講談社文庫

藪の奥

眠る義経秘宝

平谷美樹

講談社

目次

藪の奥——眠る義経秘宝

序章

I

一八六二年　冬　モスクワ郊外

石造りの広間は、家具も絨毯《じゅうたん》も、壁に掛けられていた絵も無く、がらんとしていた。

シュリーマン――ヨハン・ルートヴィヒ・ハインリヒ・ユリウス・シュリーマンは部屋の中央に立って、広間を見回した。

嚙みしめた歯の間から吐き出した呼気が白く凍る。冷気が、分厚い毛皮の襟《えり》の外《がい》套《とう》、シルクハット、革手袋を通して体に染み込んだ。口髭に呼気の霜が張りついている。

窓から差し込む弱々しい灰色の陽光の中で、豪華な飾り付けのあるマントルピースが何かの冗談のように見えた。

シュリーマンはその年四十歳。およそ十年後、トロイアの発掘によって世界にその名を知られるようになる男であるが、今の彼にとって考古学は、商売上のネタに過ぎない。

二十年近く前のイギリス旅行で大英博物館を訪れた時、多くの発掘品の素晴らしさに感動して事細かにメモを取ったことなど忘却の彼方であり、トロイア発掘に対する熱い情熱など寸毫《すんごう》も持ってはいなかった。

そして、唯々《ただただ》、無駄骨を折ってしまったことにたいする悔恨に苛立っていた。

二週間ほど前。館の主でありシュリーマンの友人であるアレクセイ・マルコヴィチ・チェリョムヒンが危篤だとの報せを受け、サンクトペテルブルクから駆けつけた。

当時、サンクトペテルブルクとモスクワの間に鉄道は開設されていたが、冬場は積雪と凍結のために運休となり、通行手段は旧態依然とした馬橇《うまぞり》に頼らざるを得なかった。氷点下二十度以下の雪の荒野六百キロを、シュリーマンは七日かけて旅した。

友と最期の別れをするのが目的の第一ではなかった。

チェリョムヒンの妻ソフィーヤからの手紙には『夫はあなたに預けたいものがあるのでどうしても会って話がしたいと言って聞かないのです』とあった。

預けたいもの——。

友人に厳冬期のロシアの荒野の馬橇の旅を強いてまで預けたいもの。

その苦行に見合うだけのものに違いない。

シュリーマンは吝嗇家《りんしょくか》で有名な男であった。それは少年時代に味わった、学校を中退して働かなければならないほどの貧困が原因であったが、そのおかげで現在、富豪の仲間入りをしている。

しかし、財貨はいくらあっても邪魔にはならない。友が自分に何か遺そうとしているのならば、その好機を逃す手はない。

シュリーマンは躊躇無く馬橇を手配して白い荒野へ走り出したのであった。

極寒の旅の末に辿り着いたチェリョムヒンの館に入り、シュリーマンは愕然とした。館を飾り立てていた数々の調度品がすっかり姿を消していたのである。

一昨年訪問したときには、豪奢な家具や美術品が随所に置かれた美しい館であった。

シュリーマンを迎えたソフィーヤの窶《やつ》れた顔や質素な服装も、病気の夫を慮《おもんぱか》ってのことばかりではないことも察しがついた。

チェリョムヒンは道楽——史学、考古学の書籍や、発掘品、骨董品の蒐集——のために会社の経営まで傾けてしまっていたのだ。

チェリョムヒンはロシアのほかの富豪たちと同様に、商売と道楽の境界線が曖昧な男だった。違ったのは、多くの成功者の道楽者たちよりも財力で劣ったという点である。

チェリョムヒンの道楽と病が、この館から美しい物を一つずつ剝ぎ取って行ったのだ。

シュリーマンは、金輪に通した鍵束を外套のポケットから出した。

『ぼくの妻のためにこの館と敷地を買ってはもらえないだろうか……』

弱々しい友の声が蘇《よみがえ》る。

その時、自分はどんな顔をしていただろう。と、シュリーマンは思う。

おそらく、冷たい微笑を浮かべていたのではなかろうか。

ソフィーヤの手紙には『預けたい物がある』とあった。それを期待して極寒の中を旅してきたというのに。この古びた館と敷地にどれだけの価値があろう。

物乞いをするために、わたしを呼んだのか？

身から出た錆だ。チェリョムヒン。君は、歴史の研究という道楽にのめり込みすぎ、趣味と実業の境目を見失ってしまい、財産を食いつぶそうとしている敗残者だ。

そうは思ったが、今まさに死出の旅に立とうとしている友を哀れに思う気持ちもあった。

『アリョーシャ（アレクセイの愛称）。これからのことは何も心配はいらないよ』

シュリーマンは溜息とともにそう言った。

あの時深く吐いた息には、自分の甘い期待への反省も含まれていた。

シュリーマンは、鍵束の中から真鍮製の小さな鍵を選び出し、広間の奥の扉へ歩く。

手袋のまま鍵を鍵穴に差し込み、ドアノブを回した。

扉の向こう側は書斎だった。

扉と窓以外はすべて天井までの書棚で覆われている。窓を背にするように置かれた机の上には何冊もの本が積み上げられていた。

以前訪れたときと全く変わらないチェリョムヒンの〝道楽部屋《ホッビイコームナタ》〟がそこにはあった。

壁の書棚は歴史に関する書籍で埋められていた。稀覯《きこう》本もかなりある。家財道具や妻の宝石類は売り払っても、自分の研究だけは死守したかったか。

研究者とは結局、そういうものかもしれない。

シュリーマンは苦笑しながら書斎に入り、扉を閉める。

シュリーマンは机を回り込んで椅子に腰掛けた。いつもここに座っていたであろうチェリョムヒンの体温が残っているはずもなく、座面はひどく冷たかった。

机の上には、開かれたままのノートが置いてあった。チェリョムヒンの几帳面な字が右側のページの中程までを埋め尽くしている。

どうやら日記のようなものらしく、日付が記されていた。最後の日付は半年あまり前。チェリョムヒンが病床についた頃だった。

机上に広げられたノートの最後の一文は、震える筆致の走り書きだった。

『ぼくは、ここ一年ほど日本に関する研究をしてきた。机の上の品々は、君の夢を叶える一助となるものだ。それは、ぼくの夢を叶えることにもつながる。すべてを君に預ける』

明らかにシュリーマンに宛てたものであった。

君の夢？

自分の夢とはなんだったろうか？

シュリーマンは机に積み上げられた書籍のタイトルに目をやった。

いずれも日本に関するものだった。日本を訪れた欧米人の旅行記がほとんどで、何冊か私家版らしい日本史の研究書もあった。

ノートの上端を押さえるように、細長い木箱が置かれていた。紫檀の木地に東洋風の唐草模様を象眼した箱である。

長さ一メートル足らず。十センチくらいの厚みがあるそれをシュリーマンが取りあげると、中で硬い物が転がる音がした。

シュリーマンは机の上で箱の蓋を開ける。

筒状に丸められた紙が納められていた。それを引き出すと、小石のようなものが机の上に転がって、ゴトリと重い音をたてた。

丸めた紙を開きかけたシュリーマンの手が止まった。視線は転がり出たものに釘付けになった。

「これは……」

シュリーマンは呟いてそれに手を伸ばす。

大きさは親指ほどだろうか。鈍い黄金色をしている。何かを象ったものではなく、歪《いびつ》な形をして表面には不規則な凹凸があった。指で摘むと、大きさのわりにズッシリとした重さがあった。

「砂金だ……」

砂金はゴールドラッシュのサクラメントで嫌と言うほど見てきている。しかし、これは今まで見た砂金の中でも大きい部類に入る。

シュリーマンは大きな砂金をそっと箱の中に戻すと、丸めた紙を開いた。

地図だった。

山に囲まれた都市の地図である。

《黄金郷《エリダラーダ》 Hiraizumi 地図》という文字が記されていた。そして赤いインクで〈複製〉とあった。

かつて、パナマに滞在していたとき、黄金郷を探して冒険したことがあった。治安の最悪な国での、最悪な旅を思い出した。

黄金郷ヒライズミ？

「ヒライズミとはどこだ……？」

シュリーマンは地図を置くと、チェリョムヒンのノートのページを捲る。

“Japon”という文字が目に入った。

そういえば――。

マルコ・ポーロが記した【東方見聞録】に出てくる黄金の国チパングこそ、“Japon”日本であるという。

ノートは、日記形式の雑記帳で、ここしばらくチェリョムヒンが興味を持って調べていた七百年前の日本のある都市と、そこに君臨した豪族についての書籍からの抜き書きや考察の断片が思いつくままに書かれている。

都市の名は“Hiraizumi”＝平泉。

豪族の名は“Fujiwara”＝藤原。

シュリーマンは寒さも忘れてノートを読みふけった。いつの間にか右手に大きな砂金を握りしめていた。

II

慶応元年（一八六五）春　陸奥国《むつのくに》伊達家中前沢の山中

木々の間に土を掘る音が響いている。

若い男が尻端折《しりはしよ》りをして、こんもりとした土饅頭を掘っている。汚れてはいたが、着物は上等な仕立てで、羽振りのいい商家の若旦那といった風情である。

月代《さかやき》には髪が伸び始め、流れた汗が顔の土埃に筋を作っている。

鋤《すき》の刃が小石に当たり硬い音を立てる。土の下からは掌に隠れるほどの大きさの川原石が無数に現れた。いずれも筆で梵字が書き込まれている。

「何をしておる」

背後からかけられた太い声に、若い男は飛び上がった。

振り返ると、金剛杖を持った偉丈夫の修験者《しゆげんじや》が立っていた。大きな目がじっと若い男を見つめている。蓬髪《ほうはつ》に小さく丸い頭巾《ときん》をつけて、笈《おい》を背負い、腰には柄《つか》を革で巻いた太刀を佩《は》いていた。

「いえ……、あの……」

「ただの経塚じゃ。金目のものは埋まっておらぬ」

若い男は自分の行為を見透かされ、慌てて平伏した。

「なにとぞ、お見逃しを！　先頃の大火で店《たな》が焼けて、困り果てていたのでございます！」

「大火？　南部家中、盛岡の者か」

二月に隣の藩の盛岡で大火があり多くの者が焼け出されたということは聞こえていた。

「左様でございます！　出来心でございます！」

「埋めよ」

修験者が言うと、男は弾かれたように立ち上がって、鋤で穴を埋め戻した。

「これでよろしゅうございましょうか？」

男は再び平伏すると震える声で言った。

「行け。二度とするな」

修験者の言葉に、男は這々《ほうほう》の体《てい》でその場を離れた。

下生えの笹を鳴らして男が森の中に消えると、その修験者、貪狼坊《たんろうぼう》の背後に数人の修験者姿の男たちが姿を現した。

「大先達《だいせんだつ》。あのような者、斬り捨ててしまえばよろしかろうに」

「そのようなことをすれば、山《やま》ノ目《め》の代官所が動き出す」

貪狼坊は苦笑して答えた。

「飢饉続きで盗掘者が後を絶たぬというのに、今度は盛岡の大火じゃ。脅かして帰らせていたのではきりがないではござらぬか。いっそ、経塚を荒らせば修験者に斬り殺されるという噂が立てば、誰も手をつけ申さぬ」

「掘られるのはただの経塚じゃ。荒らされたとしても、盗まれるのは古い経筒。殺生をしてまで護らねばならぬものでもない」

「しかし――」

「旭さす　夕日かがやく木の下に　漆千盃《うるしせんばい》　こがね億々《おくおく》」貪狼坊は謡うように言う。

「みなこの和歌《うた》の周りをグルグルと回るだけじゃ。心配はいらぬ」

貪狼坊は経塚に向き直って読経を上げた。他の修験者たちも唱和する。

経塚の向こう側は崖になっていて、広い沃野が見下ろせた。

田起こしの最中であり、一面濃い土色が広がっている。奥羽の山並みは薄青く春霞にけむり、ほとんど空に溶け込んでいた。

左手に関山《かんざん》丘陵と高舘《たかだち》山の新緑が見えている。平泉の郷はその向こう側であった。

貪狼坊は読経を終えると、ぼんやりと幻のように聳《そび》える奥羽山脈の高峰、大日《だいにち》岳に合掌する。背後の修験者たちもそれに倣った。

第一章　横浜

親愛なるヘンリー・シュリーマン

貴殿の希望を叶えるのは、なかなかに困難な事です。

なぜならば、この国の大君《タイクーン》は横浜に居留する我々に〈遊歩《ゆうほ》〉なる規則を押しつけているからです。

我々が移動できるのは、横浜の居留地から陸路二十五哩《マイル》（約四十キロ）。それ以上の旅をする場合は特別な許可が必要であり、護衛の役人を多数随行することになるのです。

これには、日本人による外国人襲撃事件が頻発しているために、我々の身を守るという理由がつけられていますが、その実、大君も政府も我々に国情を知られるのが怖いのです。また、古くからキリスト教の流布を警戒する国でありますから、我々と庶民が接触する機会はできるだけ少ない方がいいと考えているのです。

先日、アメリカ公使館へ行ってきたのですが、公使館がある江戸にさえ、公使の紹介状がなければ入れない始末。護衛も六人つきました。遥か北方の領国への旅行は許可されるはずもありません。

貴殿のアメリカにおける最良の友人を自任する吾輩は、貴殿の望みを叶えるべく、様々な方法を考えましたが良案が浮かばず、本日、陸奥屋に相談いたしました。

ご安心下さい。陸奥屋は日本人にしては極めて進歩的な考え方をし、口も堅い男です。

陸奥屋は吾輩の邸宅や居留地のホテルに出入りし、食材の配達や建物の営繕など、様々な便宜を図ってくれる業者ですが、本業は廻船による海産物や米の輸送です。

博学の貴殿のこと、陸奥屋という名前を読んですぐに閃いたことと思いますが、彼は貴殿が旅行を望んでいる地の出身です。

吾輩と陸奥屋で、いい案を思いつきました。

それを実行するために貴殿には二つのことをして頂きたいのです。

第一に、貴殿と背格好のよく似たドイツ人を一人、日本に随行させること。貴殿のように十数ヵ国語に堪能である必要はありませんが、せめて母国語の他に英語も話せる男であることが望ましいと思われます。

時に貴殿の国籍はどこだったでしょう? アメリカで出会ったときにはアメリカ国籍でしたが、ロシア国籍であるという噂も聞きます。

閑話休題。

その男を何に使うかは、ご理解できますね?

いずれにしろ、日本の通訳の能力は低いので、ドイツ語にしろ、ロシア語にしろ、片言であってもバレはしないでしょう。

第二に、貴殿にはユダヤ教の司祭《ラビ》のような口髭、頬髭、顎髭を伸ばしておいてほしいのです。

吾輩は極めて保守的な人間でありますから、貴殿やその他の冒険家たちの、蛮族の土地にわざわざ旅をしたいという気持ちを分かりかねます。貴殿はきっと『アメリカ人のくせに冒険心がない』と笑うでしょうね。

かの地は〝地の果て《ランズエンド》の国〟を意味する〝ミチノオク〟という言葉で呼ばれております。

日本の国の果てに旅をするのは、アフリカの秘境へ足を踏み入れるよりも安全ではありましょうが、吾輩などは、横浜でも住みづらい土地と感じております。早く本国に帰りたいと願う日々です。

せっかく順調に進んでいる商売を畳んで、こんな不衛生な蛮族の国を好きこのんで訪れようと言う貴殿の気持ちがわかりません。

吾輩などは、まだ雇われ人の身分。貴殿が羨ましくてなりませんよ。

ともあれ、極東の地でお会いできる日を楽しみにしています。

追伸

うっかり書き忘れるところでした。

【アズマカガミ】とかいう書物に詳しい人物についても、陸奥屋が手配してくれていますから、ご心配なく。

一八六四年十一月二日

横浜外国人居留地ベアズリー商会
ディミトリアス・ファウラー

一

蒸気船北京号の左舷からは、青黒い海の彼方に、細く東西にのびる陸地と、高く聳える美しい円錐形の山が望めた。裾野に雲がたなびき、山巓《さんてん》の万年雪が白く輝いている。

乗客達は手摺りに並んで、有名な霊山富士山《フジヤマ》の偉容に歓声を上げている。シュリーマンはファウラーからの手紙を丁寧に畳んで封筒に戻し、麻の上着の胸ポケットに仕舞った。

一八六五年六月三日。この年、シュリーマンは四十三歳。巨万の富を与えてくれた事業から引退して二年経っていた。

チェリョムヒンが遺した資料を目にするまでは歴史や考古学は商売の道具としか考えていなかったシュリーマンは、今では一端《いっぱし》の在野研究家に変貌していた。

最初シュリーマンは、箱から出てきた地図と大きな砂金から、チェリョムヒンは大きな金鉱の在処《ありか》を見つけだしたのではないかと思った。しかし、ノートを読み、几帳面に記入された参考資料と照らし合わせるうちに、そうではないことに気づいた。

チェリョムヒンは、日本の陸奥国《むつのくに》平泉におよそ七百年前に栄えていた藤原氏という一族が隠した財宝の行方を捜していたのだ。

チェリョムヒンがシュリーマンに残した遺産は、彼の以後の人生を変えた。偽りであった幼い頃からの夢が、本当の夢となり、トロイアの発見に向けての本格的な準備期間に入った二年間でもあった。

平泉藤原氏の財宝探しはトロイア発掘の前哨戦であり、名声と資金を得るための重要なイベントであった。

その目的を公にし、鳴り物入りで旅に出れば、失敗したときのリスクが大きい。それに、どこかの金持ちが先を越そうとするかもしれない。だから、旅の名目は世界漫遊である。

世界漫遊は一八六四年、エジプトやポンペイなどの遺跡を実際に見聞することから始まった。時折、パリやドイツに戻りながら、長い探検旅行に備えた体作りをした。

エジプトのアレクサンドリアからインドへ向かう一ヵ月の船旅でヒンディー語を学んだ。インドから中国を回り、そして今、いよいよ日本の地を踏もうとしている。

トロイア発掘の六年前のことである。

長く伸ばした髭が潮風に揺れて、顔の半分がくすぐったかった。

「シュリーマンさん」

背後から声を掛けられてシュリーマンは振り返った。すぐ後ろに、彼と同じように長い髭を蓄えた男が立っていた。

顔半分を覆う髭のために二人は双子のようによく似て見えた。旅の間中、二人は試しに時々入れ替わって他の客達に接したが、誰も見破る者はいなかった。

男の名はエッケハルト・フックスベルガー。二年前までシュリーマンの貿易会社で働いていた男である。

「いよいよ上陸ですね」

フックスベルガーの頬は紅潮していた。

「気が早いね。上陸できるのは明日の朝だよ」

「いや、今までが長かったですからね。明日の朝ならもうすぐです」フックスベルガーは手摺りにもたれる。

「でも、心細いな。すぐに例の土地へお出かけでしょ？」

「居留地には大勢の外国人がいる。ファウラー君もいるし、何も心配することはない」

「うまくシュリーマンさんになりきれるでしょうか……。それが心配なんですよ」

「君がハインリヒ・シュリーマンではないと知っている人物はファウラー君だけだ。初対面の人間は疑いもしないよ。そんな心配よりも、見聞したことをよく覚えておくことに心を砕いてくれたまえよ」シュリーマンはフックスベルガーの肩に手を置いた。

「わたしが横浜の居留地に滞在していたという証拠を残さなければならないんだから。君の目だけが頼りなんだよ」

シュリーマンは日本で目的を遂げた後、アメリカへ向かうことに決めていた。日本はあくまでも世界漫遊の旅の一寄港地——。

そういう体裁にしておかなければならない。

太平洋を渡るには一月以上かかる。その間に見聞録を執筆するつもりでいたのだ。留守にする間、フックスベルガーを影武者として横浜に住まわせ、彼が見聞したことを旅行記にまとめる。そういう計画であった。

「分かっていますよ。だけど、清国の事を思い出すと気が滅入るのです。日本もあの国のように薄汚いのでしょうか」

三日前まで滞在していた清国の猥雑さや不潔さがよほどこたえたのか、フックスベルガーはしかめっ面をした。

シュリーマンには、多分に衒学的《げんがくてき》な所があったので、旅に出る前に仕入れた知識を披露した。

「二百五十年ほど前のスペイン領フィリピン臨時総督のロドリゴ・デ・ビベロ・イ・ベラスコが記した【日本見聞録】には『ヨーロッパ諸国のどの都市よりも秩序だって清潔である』と記されている」

シュリーマンはモスクワのアレクセイ・チェリョムヒンの書斎にあった品々をすべて運び出し、日本に関する書籍を読破していた。

シーボルトの【日本】。ドレスデンの画家ハイネの【日本誌】。プロシアの商人シュピースの【プロイセンの東アジア遠征】等々。

日本に滞在したことのある外交官や軍人、商人と書簡のやり取りもした。

そして、日本語を話す清国人を招き——長崎でオランダ人と日本人の間に立つ通訳をしていた男である——日本語も学んだ。

十余ヵ国語を操るシュリーマンであったが、短時間で日本語を習得することは難しく、なんとか日常会話が出来る程度にしかならなかった。

「二百五十年前の話ではあてになりませんよ。北京にはホテルさえなく、街は阿片中毒者で満ちあふれ、所構わず唾を吐き、店に入れば法外な支払を要求され、雨が降れば道は泥沼。大国の清でさえそうなんです。小さな島国の日本ではそれを上回る不潔さ、不便さに甘んじなければならないと思うと泣けてきます」

フックスベルガーは微苦笑する。

シュリーマンは少しむきになった。

「ここ十年以内にこの国に来たことのある者たちにも話を聞いた。横浜には小さいながらもホテルがあるし、街道はきちんと管理されて水溜まりが出来るとすぐに砂で埋めるそうだ。馬糞も塵埃も街の者たちが片づけるという話だ」

「馬糞もですか。それは凄い」

「市民の生活はロンドンの貧民窟の連中と大差なくても、とても清潔な国であるということだ。なにしろ、貧しい者たちでも日に一度は風呂に入るらしい」

「本当ですか？」

フックスベルガーは驚いたようにシュリーマンの顔を見た。

そこでシュリーマンはフックスベルガーが好みそうな話題を挟む。

「日本人は羞恥心というものを知らないらしく、職人も商人も、騎士も、男も、女も、全員が裸になって一つの大きな湯船に浸かるという話だ。色情狂の街パリよりも刺激的な日々が待っているかもしれないよ」

「本当ですか？」言葉は同じだったが、今度は下品な笑みがフックスベルガーの顔に浮かんだ。

「それは楽しみです。智慧の実を食べた者の末裔ではないという証拠ですね」

「外国人である君が、公衆浴場に入ることを許されるかどうかが問題だがね。それに――」

シュリーマンはニヤッと笑うと、上着のポケットから畳んだ紙を取り出す。それを広げてフックスベルガーの目の前で広げて見せた。

「これは」

フックスベルガーは目を見開き、絶句した。

男女が交合する場面を描いた多色木版画である。男性性器は赤ん坊ほどの大きさがあった。〈枕絵〉と呼ばれるもので、シュリーマンがパリの画商から手に入れたものだった。

「君が公衆浴場に首尾よく潜入できたとしても、こういうものをぶら下げた日本人男性と出会うことになる。多少の誇張はあるだろうが、君の下半身が日本人女性の関心を引くかどうかは、はなはだ疑問だね」

シュリーマンは版画をフックスベルガーに手渡す。フックスベルガーは唸りながらそれを受け取って絵に見入った。

「ともかく、上陸した瞬間から、君はヨハン・ルートヴィヒ・ハインリヒ・ユリウス・シュリーマンだ。わたしの名を汚すような行動は慎んでくれたまえよ。便宜を図ってくれるベアズリー商会のファウラー君の顔に泥を塗ってはまずい」

「承知していますとも。行儀良くすることをお約束します」

フックスベルガーは力無く微笑して版画をポケットに仕舞った。

蒸気船北京号はその日の夜十時頃、浦賀水道を抜けて横浜港に投錨した。上海から横浜までは三日の航程であった。

北京号の近くには数隻の蒸気船が停泊していて、船窓からランタンの光が漏れている。

港の周囲と海岸沿いの外国人居留地には明かりが灯り、夜空をぼんやりと染めていた。しかし、その他に燈火の光は見えず、青みがかった星空を山地の形が黒々と切り取っている。住民はもう眠ってしまったのか、それとも無人の荒野の中に港があるのか。

明日は朝早く起きて税関の検査を受けなければならない。

わずかな不安を感じながら、シュリーマンはベッドに入った。

二

シュリーマンは今でこそ一生遊んで暮らせるほどの財を蓄えているが、少年時代は貧困のどん底にあり、食品会社でこきつかわれた経験ももっている。

十九歳の年、貧困から抜け出すべくベネズエラに移住を決意し船に乗った。しかしその船はハンブルク沖で難破。流れ着いた島がオランダ領であったため、以後オランダで暮らす。

知遇を得て二十三歳でシュレーダー商会に就職。二十四歳で独立し、サンクトペテルブルクで商社を立ち上げた。

アメリカのゴールドラッシュに目を付けて自ら赴き、カリフォルニアのサクラメントに銀行を設立した。しかし、商売上のトラブルを起こし、莫大な資産を持ってパナマへ逃げ、ニューヨークへ戻った。

そして一八五三年、ロシア帝国とオスマン帝国との間でクリミア戦争が勃発した。

ロシア帝国側の口実は、オスマン帝国内のギリシャ正教徒を保護することである。しかし、真の目的は地中海地方に進出し、新しい貿易港を手に入れることであった。

ロシアが南下して地中海側に領土を広げると、ヨーロッパからインドへの陸路が封じられアジアとの貿易に支障が生じる。イギリスとフランスはそのことを恐れ、オスマン帝国と同盟した。

シュリーマンは、すぐにロシアに物資、すなわち火薬の材料である硫黄や硝石、弾頭になる鉛などを供給しはじめる。

戦争は最大の市場である。シュリーマンの関心事はただそれ一つであり、政治的な思惑などまるでなかった。

そうやってシュリーマンは幼い頃の不幸を埋め合わせるように、富を蓄え続けた。一度貧困を経験した者は、再びその状態に陥ることを極度に恐れる。シュリーマンは、幻の餓《う》えに怯え、底のない蓄財の地獄へ堕ちて行った。

そして、〈別の飢餓〉が膨らんでいった。

財産が増えれば増えるほど、その餓《かつ》えは強まっていったのである。

一八五六年、自分が武器を売りつけたロシアは敗北する。ヨーロッパ南東部への勢力拡大は頓挫した。

クリミア戦争が終わった頃から、シュリーマンは〈別の飢餓〉を強く意識し始めた。

ロシア帝国では戦争の最中《さなか》に没した皇帝ニコライ一世に代わり即位したアレクサンドル二世が、自由主義的な改革に着手した。

一八六一年の農奴解放。三年後、地方自治会の創設——。自由主義的改革とはいっても、本質的に貴族中心の体制であることは否めなかった。だが、クリミア戦争の敗戦は、少なくとも国内の近代化を進めなければならないという危機感を生んだ。

さらに大きな商売のチャンスが到来した。

そうは思ったが、シュリーマンは積極的に金儲けに奔走する気力を失っていた。

商売仲間に起こされた不当な訴訟。

妻エカテリーナとの不仲。

怠惰で狡賢いだけのロシア人への幻滅。

それらに加えて、強さを増した〈別の飢餓〉が原因である。

人はパンのみに生くるに非ず。

心の充足がなければ、真に生きているとは言えないのではないか。

そういう思いが日々シュリーマンに重くのしかかって来たのである。それは、蓄財に奔走してきた自分自身の半生に対する後悔と罪悪感の逃げ場所であったかもしれない。

そんな時、チェリョムヒンの危篤の報せを受けたのである。

チェリョムヒンと知り合ったのは一八四六年。シュリーマンが天然藍《インディゴ》などの貿易商社であるシュレーダー商会の社員としてサンクトペテルブルクに赴任した年だった。

その年シュリーマンは精力的にサンクトペテルブルクとモスクワの間を行き来して、地元の豪商たちと親交を深めていた。チェリョムヒンはロシアでの取引相手の一人であった。

チェリョムヒンは、一代で財をなした父マルコムの貿易会社を継いだばかりだった。しかし、マルコムが創り上げた人脈は広かったが、息子のチェリョムヒンはお坊ちゃん育ちのために商才に欠けていた。

宝の持ち腐れ。

シュリーマンはそう思った。これを利用しない手はない。チェリョムヒンが人脈をうまく使えないのならば、自分が使ってやろう。

チェリョムヒンは口数の少ない男であったが、趣味の歴史研究のことになると饒舌になった。シュリーマンは商売に有利な情報を引き出そうと、自分も歴史好きだと言ってチェリョムヒンに近づいた。

シュリーマンは歴史にはたいして興味を持っていなかった。しかし、嘘にリアリティーを持たせなければならないと考えた。

シュリーマンは、子供の頃に父親からもらったイェラーの【世界の歴史】のトロイア炎上の挿し絵が忘れられず、いずれ発掘をしてみたいと熱く語ってみせた。

チェリョムヒンは疑いもせずに目を輝かせてシュリーマンの語った〝嘘の夢〟を褒め称えた。

シュリーマンはバルト海の最奥、フィンランド湾に面した都市サンクトペテルブルクに会社を持っていたし、チェリョムヒンの経営する会社はモスクワにあり、距離的には六百キロ以上隔たっていたが、頻繁に書簡をやり取りし、時にはお互いの屋敷を訪れた。嘘がばれないように、歴史の勉強にもはげんだのだった。

チェリョムヒンは友人というよりもカモであった。

報せを受けたシュリーマンがモスクワの彼の館に着いたその夜、チェリョムヒンは息を引き取った。

館と敷地をシュリーマンが買い取ってくれるという約束に安心したかのような、安らかな臨終だった。

葬儀を終え、サンクトペテルブルクのシュリーマンの会社から有能な幹部数人を呼び寄せて傾いたチェリョムヒンの会社の再建策を立案させた。チェリョムヒンの妻ソフィーヤに会社を継がせるためだった。

ソフィーヤは館と広大な敷地をシュリーマンに売却した金でモスクワ市内にもう少し小さい屋敷を買って住むことになった。

様々な手続きのためにほぼ一週間を費やした。

ただのカモとその妻のために骨を折っているのは、多分に贖罪の意味を含んでいた。

チェリョムヒンに関わる一切を終了し、彼の館と敷地を売却するためにもう一度下見に出かけた。

葬儀代や諸々の手数料と相殺できるかどうかの値踏みである。

そして、手つかずのままの書斎を見つけたのだった。

三

翌朝、甲板に出ると、昨夜感じた不安が杞憂であったことが分かった。

船は入江の中央に浮いていた。近くに投錨する船にはオランダ、アメリカ、ロシアなどの国旗が掲げられている。

左舷側に横浜の街が見えた。

中央に、二本の大きな突堤に挟まれた波止場が見えた。左手にも小さな突堤が二本並んでいる。大きい方が西波止場、小さい方が東波止場である。

西波止場の奥に木の塀に囲まれた建物の一群が見える。おそらくあそこが税関であろうとシュリーマンは思った。そこを中心にして、板塀とそこからのぞく家々の屋根が整然と並んでいる。外国人は濠に囲まれた土地に閉じ込められて生活しているとフアウラーからの手紙にあったが、今見えている一帯がそれなのだろう。

税関を中心にして右手、西側が日本の商家が並ぶ日本人街。左手、東側が外国人居留地になっているはずだった。

日本人街に見える屋根が東西に真っ直ぐ並んでいるのに比べ、居留地の建物は雑然として見えた。灰色の瓦で葺いた寄棟の屋根が多いようだった。

右舷側のすぐ正面には、青々とした植物が一面に生い茂る平地が見える。たぶん、あれは日本人が主食にしている米の栽培地、田と呼ばれるものだろう。それを囲むように集落があった。前方には小さな石垣に囲まれた砲台らしき姿も見える。その辺りにはイギリス、フランスの公使館や宣教師館などに使われている寺院が集まっているはずだった。

かなりの数の家屋があるというのに、夜の明かりがほとんど見えなかったのは、日本人が貧しく燈火の油を節約しているのだろう。と、シュリーマンは思った。

そして、船の周囲の様子に気づいてシュリーマンは驚いた。

清国の港では、物売りの小舟がびっしりと船を取り囲むのが常であり、赤ん坊を背負った女たちが、なんとか食い物や土産物を買って貰おうと哀れな売り声を上げていた。その姿は鯨の遺骸に群がるフナムシさながらで、微かな吐き気をもよおす景色だった。

だが、今北京号の回りに物売りの船はなく、屈強な男二人を乗せた上陸用の小舟が数艘、乗客が下船の準備をするのを待っているだけだった。

男達は白い褌《ふんどし》だけを身につけ、赤銅色に焼けた肌には龍神や猛獣、異国の神々の色鮮やかな入れ墨をほどこしている。頭頂部を剃り上げ、ちょんまげを結った髪型は滑稽ではあったが、筋肉の盛り上がる腕を胸の前で組んだ男達の姿を見てシュリーマンは感動を覚えた。小柄ではあったが均整の取れた筋肉質の体はギリシャ彫刻を思わせるほど美しかったからだ。

海洋を仕事場とする民族の中には、万が一の海難事故のために全身に入れ墨を入れるものたちがいる。浜辺に打ち上げられた無惨な死体が誰のものであるか確認するためである。彼らの入れ墨は、ただの強がりではなく、必要に迫られた悲壮な決意の現れなのである。

シュリーマンは唇を歪めて苦笑すると、裸の日本人から目を逸らした。

彼らは人よりも獣に近い民族なのだ。その姿に感動を覚えるとは、どうかしている。

シュリーマンはフックスベルガーを伴い、革鞄を一つ持って小舟に乗り込んだ。大きな荷物は後から別の船で居留地のホテルに運ばれる手筈になっていた。

男達は、定員の乗客が乗り込むと、長い櫓を操って桟橋に向かった。

「チョキブネ？」

シュリーマンは旅行前の学習の成果を試そうと、船頭に訊いた。

船頭は驚いた顔でシュリーマンを見た。

目が吊り上がっているので、怒ったような表情だったが、一瞬の後、破顔して何度も肯いた。

「猪牙船。猪牙船。唐人さん、よく知っているな」

猪牙船は船首が猪の牙のように突き出し反り返っている船で、小型だがスピードの出る船である。

「トウジンサン？」

シュリーマンは自分を指さして訊く。

「おお。外《と》つ国から来る人たちを、日本では唐人って呼ぶんだ」

シュリーマンは自分を指さして「トウジン」と言い、船頭を指さして首を傾げてみせた。

「あんたたちが唐人さんで、おいらたちは、そうさなぁ、日本男児《にっぽんだんじ》ってとこかな」

船頭は豪快に笑った。

当時の欧米人にとって、日本人は文明の遅れた国に住む、教化してやらなければならない哀れな蛮族である。

国という体裁を持っていて、政治機構も存在したので傍若無人な侵略行為をするわけにもいかなかったが、搾取の対象であることには変わりなく、あらゆる手段を講じて利益を吸い上げようとしていた。

本心を隠し、愛想良くして現地人に接し、言葉を覚えて有利な商談を進める。それがシュリーマンの常套手段だった。そのために十数ヵ国もの言語を学び、巨万の富を蓄えたのだ。

日本を旅した欧米人の中には『日本は、大英帝国と同様に、いまだに騎士道が存在する国だ』という者もいる。

大君に忠誠を誓い、その命に従い命を捨てることも辞さない武士の国。

それが本当ならば、尊敬に値するとは思うのだが、裸族同然の姿をし、小柄で色が黒く扁平な顔をしている船頭を見ていると、蛮国に来てしまったのだという思いが強くなる。自分の言葉に反応して楽しそうに話し続ける船頭を見ると頭のいい犬と遊んでいるような心持ちになった。

シュリーマンは港の中を眺める。形の異なる大小の船が行き来していた。

大型の帆船——弁財船《べざいぶね》から米俵を降ろしている船を指さす。

「チョキブネ？」

シュリーマンが荷の積み込みをしている船を指さして言うと、船頭は首を振る。

「いや、あれは伝馬船《てんません》だ。そっちが瀬取船《せどりぶね》。屋根が付いてるのが日除船《ひよけぶね》。あっちに泊まってる帆柱をたたんだのが高瀬船《たかせぶね》。向こう側のもっと大きなやつが弁財船」

そうやってシュリーマンは桟橋に着くまでに、船や港に関する幾つかの単語を新しく学習した。

猪牙船が桟橋につくと、船頭は、

「天保銭《テンポー》。天保銭。こんな形で四角い穴が空いているやつ」

と言って両手の親指と人差し指をくっつけて楕円を作って乗客たちに見せた。

「四枚」

今度は指を四本立てる。

「ずいぶん安いですね」フックスベルガーは小声で言って財布から天保銭を出した。

「清国の四分の一だ」

「清国と違って、日本は長く国を閉じていた。外国人を食い物にすることにも、外国人の食い物にされることにも慣れていないのだ。誠実で騙しやすい」

「しかし、外国人と見ればサーベルを抜いて斬りかかる輩《やから》もいると聞きますからね。用心はかかせませんよ」

フックスベルガーは言って革鞄を持ち、栈橋に上がった。シュリーマンも船頭に労賃を渡すと「アリガト」と言って船を下りた。

船頭は何度も「アリガト。アリガト」と繰り返し、シュリーマンに手を振った。

シュリーマンとフックスベルガーが栈橋に立つと同時に、わらわらと裸の人足が集まってきて、二人の鞄を引っさらうように取りあげると、竹竿に鞄を吊して走り出した。

「あ、こら！　どこへ持って行く！」

フックスベルガーは慌てて人足を追った。

人足はフックスベルガーの叫び声を聞き、自分が咎《とが》められたと気づいたらしく、振り返って叫び返した。

「運上所《うんじようしよ》！　運上所！」

シュリーマンが旅立ち前に学習した日本語の中に、その言葉はあった。

「エッケハルト！　彼らは荷物を税関に運んでいるのだ」

人足は桟橋近くの板塀に囲まれた建物群にシュリーマン達の鞄を運んだ。船の上から税関の建物であろうと思った場所である。

当時の横浜の街は、大岡川河口に浮かぶ島の風情だった。大岡川と掘り割りで陸地から切り離され、陸地と繋がっているのは数本の橋のみで、いずれにも関所が設けられている。関所の内側の街なので関内《かんない》と呼ばれていた。

川沿いには太田新田の田圃が広がり、海側に日本人街と外国人居留地の家並みが続いていた。

太田橋の関所からは、両側に日本人の経営する店舗が並ぶ大通りがあり、鉤《かぎ》型に曲がって日本人街に続いている。中央に役人屋敷や運上所が建つ区画とフランス人居住区を挟み、その向こう側が外国人居留地であった。掘り割りの対岸の山手も各国の公使館用の土地として貸借契約がなされていたが、実際に外国人居留地が広がっていくのはシュリーマンが日本を訪れた二年後のことである。

運上所には、既に船倉から運び出されてあった北京号の乗客の荷物の中にシュリーマンとフックスベルガーのトランクが四つ並べてあった。

荷物置き場のある建物の奥の広間では、三十人ほどの役人が低い机を並べて正座し、帳簿に筆を走らせていた。

二人の役人が近づいてきて、荷物を指さし何か言った。

どうやら荷物を開けるようにと言っているらしい。

シュリーマンは面倒なので、財布の中から小さく四角い銀貨を取って役人に差し出した。

「だめですよ。シュリーマン《シユリム》さん。フックスベルガーさん」

突然名前を呼ばれ、しかもドイツ語だったので、二人は驚いて声の方を見た。

若い役人が微笑しながら二人を見つめていた。歳は二十代後半だろうか。背は周りの日本人たちよりも高い。

「日本の税関《ツオルアムト》の役人は、賄賂では動きません。どうぞ、荷物改めをお受け下さい」

綺麗な発音のドイツ語である。

ファウラーの手紙では、日本の通訳の能力は低いとのことだったが、とんでもない。

しかし、なぜこの男はドイツ語で話しかけて来たのだ？

それに、なぜ二人の名前を知っている？

シュリーマンの当惑を読みとったかのように、若い役人は肯いて、トランクを筆で差した。

「名前が分かったのは、その荷札です。ドイツ風のお名前でしたので、ドイツ語で声をおかけしました」

「そういうことか。君はドイツ語の通事《つうじ》かね？」

「通弁《つうべん》ではありませんが、ドイツ語のほかに、英語、フランス語、オランダ語、ロシア語を話します」

「日本が修好通商条約を結んだ国々だな」

シュリーマンが訊くと若い役人は苦笑するように唇を歪め、肯いた。

修好通商条約は明らかな不平等条約であり、そのことにこの若い役人が不満を感じているのは明らかだった。なにしろ、居留地に住む外国人達は税金を納めないばかりか、街灯がないの下水道がないのと日本政府に文句ばかり言っているらしい。ファウラーが送ってくれた【ジャパン・パンチ】という雑誌は、日本人や日本政府を小馬鹿にした風刺画を載せていた。居留地の外国人はそれを喜んで読んでいるというから、日本人との接し方も推してしるべしである。

この若い男、運上所の役人であるからには、日本ではそれなりの地位なのだろうが、外国人からは屈辱的な扱いを受けている——。そういう日常なのではあるまいか。

弱い者は搾取される。弱い者は蔑視される。それは個人も国家も同様だ。それが万国共通の理論である。

シュリーマンは高圧的に言った。

「我々の名前だけこそ泥のように調べ、自分が名乗らないのは失礼ではないかね?」

「これは失礼いたしました」

若い役人は腰を深々と曲げた。

シュリーマンは主人にしかられた犬を連想した。

「わたくしは、外国奉行所同心、草間《くさま》凌之介《りようのすけ》ともうします。外国語は、上役の命で学問所に通い、学びました」

同心。確か、警察官のような役人であったはずだ。シュリーマンは警戒した。

必要に迫られて数ヵ国語を学ぶ。まるで昔の自分のようだと少しばかり親近感を抱いたが、相手は警察官である。用心しなければならない。

シュリーマンは不機嫌な顔を作り、トランクに歩み寄り、鍵を開けた。フックスベルガーも不承不承といったふうにトランクと革鞄を開けた。

二人の役人が愛想笑いを浮かべながら、ざっとトランクと革鞄の中身を調べる。

「どちらがシュリーマンさんですか？」

草間が訊いた。

フックスベルガーが慌てたように「わたしだ」と答えた。

「よく似ていらっしゃるから、ご兄弟かと思いました」

「血の繋がりはない。エッケハルト君とは船で知り合い、友達になった」

と、フックスベルガーが答える。

シュリーマンは苛々してきた。草間は自分たちに何か疑いを抱いているのか。

「ユダヤ教をご信仰で？」

髭のことを言っているのだ。

この男、侮れない。

苛々は焦りに変化した。

「税関では宗教も申告しなければならないのかね？」

シュリーマンは語気を荒げて草間を振り返る。

「これは、失礼いたしました！」

草間は慌てたように一歩退いて、髷《まげ》の髻《もとどり》が見えるほど深く腰を曲げる。

二人の役人が何かを言ってトランクと鞄を閉めた。

「結構で御座います。荷物改めは終了いたしました」

草間は腰を折ったまま言った。

「もう行っていいのかね？」

「どうぞ。滞在中は、ごゆっくりお楽しみ下さい」

草間はまだ礼をしたままだった。

シュリーマンは人足を促した。人足は荷車を運んできて、トランクと鞄を積み込んだ。

四

チェリョムヒンのノートには平泉藤原氏が隠した財宝の行方に関する研究が記され

ていた。

主に引用している文献は、オランダのヒルベルスム大学で博物学の教鞭を執るヨハン・ハウテンの【世界の黄金文化　東洋編】だった。チェリョムヒンはその記述から財宝の大きなヒントを得たのである。

平泉藤原氏が隆盛を誇っていた頃、平泉は出羽国《でわのくに》、陸奥国両国の首都であった。

藤原氏は仏教を尊び、平泉には大きな寺院がいくつも建っていた。

産金の土地でもあり、黄金で造られた寺院も存在していることから、平泉こそマルコ・ポーロが口述した【東方見聞録】の〈チパング〉であるという説もある。

京都に次ぐ人口を誇る大都市だったが、相模国の新興の領主源頼朝という武将の陰謀によって百年の平和を破られ滅びていった。

頼朝は平泉に入城。焼け落ちた館の片隅に一つの蔵を見つける。

蔵の中には金銀財宝が詰まっていた。

頼朝はそれを家臣に分け与えた。

京都に次ぐ大都市。

百年に亘《わた》って北日本を統治した藤原氏。

そんな藤原氏の財宝が蔵一つ分だけであるはずはない。

もし、頼朝がそれ以上の財宝を見つけていれば記録に残っているはずである。なぜ藤原氏の財宝が蔵一つ分だけしか見つからなかったのか？藤原氏は莫大な財宝をどこかに隠したのではないか？どこに隠したのか？それは誰にも見つけられないままに眠っているのか？チェリョムヒンはそう考えたのである。

チェリョムヒンはモスクワにいて集められる限りの資料を集めたようだった。一番の収穫は、平泉の地図と藤原氏時代に採取されたという砂金の塊だった。地図は平泉の寺院が信徒のために刷った木版画を複写したものだった。（実際にそのような地図はロシアに実在していて、平泉町の世界遺産推進室が確認している）

チェリョムヒンが集めた資料は、日本の〈奥州平泉〉に莫大な財宝が隠されている可能性を示唆していた。

しかし、チェリョムヒンは謎の入り口を見つけただけで死んでしまった。

チェリョムヒンにもう少し財力と知力があり、病に倒れずにいたら、必ずそれを手に入れていたのではなかろうかと思われた。

シュリーマンは興奮した。

『机の上の品々は、君の夢を叶える一助となるものだ。それは、ぼくの夢を叶えることにもつながる』

というシュリーマンへの遺言とも言うべき走り書きは、財宝の隠し場所の謎を解くというチェリョムヒンの遺志を受け継ぎ、その財宝をシュリーマンの夢であるトロイアの発掘——それはチェリョムヒンに取り入るための嘘であったが——の資金にあてて欲しいということだったのだ。

謎を解けば、巨万の富が手に入る。

極東の蛮族の財宝の在処を発見した者としての名声も得られる。

ただの商人ではなく、考古学者として尊敬される立場になるのだ。

シュリーマンは自分が何を求めていたのか、〈別の飢餓〉とは何かに気づいた。謎を解き、財宝を手に入れることは、自分を悩ませ続けている〈別の飢餓〉を癒すことにも繋がるのだ。

シュリーマンはチェリョムヒンが遺した蔵書を読破した後、著者に質問状を書くことにした。それぞれの書籍にある奥州平泉や平泉藤原氏の記述はあまりにも短く、謎を解くには情報が不足していたからだ。

まず、シュリーマンはハウテンに手紙を書いて、彼が【世界の黄金文化　東洋編】

の執筆に用いた資料がどのようなものであるのかを質問した。

返事には【吾妻鏡】という日本の中世の歴史書が資料であるが、原本も訳本も友人の蒐集家から借用したものであると書かれていた。

シュリーマンはその蒐集家にも手紙を出したが、返事は無かった。色々な大学にも問い合わせたが蔵書に【吾妻鏡】は無いという応えばかりが返ってきた。

封蠟を割るたびに落胆する日々が続いたが、シュリーマンの平泉藤原氏の財宝に対する思いは強まる一方だった。そして、トロイア発掘の夢まで、本当に昔からそれを望んでいたような錯覚にさえ陥るようになった。

働かなくても余生を楽しめるほどの蓄えはある。しかし、トロイア発掘の資金まで考えれば、不安もある。

もし、平泉藤原氏の財宝を手にすることが出来れば、まさに自分の夢を実現する一助となるのだ。

シュリーマンは日本文化に影響を与えた中国の文化や仏教を学び、日本の外側からも平泉藤原氏の財宝の隠し場所に迫った。

チェリョムヒンの死から二年が経ち、シュリーマンはおおよその仮説を完成させた。

あとは、現地を歩いて確証を得るのみ。

鬱陶しいロシア人との付き合いから解き放たれ、不愉快な妻のことも忘れ、宝探しに没頭しよう。

宝探しに費やした費用は、発見した宝で補えばいい。今まで自分は人生の荒波をうまく乗りこえてきた。

十九歳の時、ドロテア号の難破で生き残った。

あくどい商売をして命を失いかけたアメリカからも脱出に成功した。修羅の巷であったパナマからも生還した。ロシアのメーメルで大火があった時も、自分の倉庫だけは無事だった。

商売の危機も何度も経験しているが、知力で逃げ切った。

この強運と知力をもってすれば、残りの人生を宝探しに懸けたとしてもうまくやっていける。

そしてシュリーマンは世界漫遊の旅を計画した。本当の目的地は日本。

シュリーマンは、フロリダ時代に知り合ったベアズリー商会のディミトリアス・ファウラーが横浜の外国人居留地に赴任していることを知り、相談の手紙を書いた。

一八六四年に、シュリーマンは世界漫遊の旅に出る。

インドで仏教の基本を確認し、中国へ入って香港、北京、上海と、自分の仏教や道教の知識を確認した。

北京で幸運にも清国語で書かれた【吾妻鏡】の抄訳本を手に入れ、英語の分かる清国人を雇って翻訳させた。

日本までの旅の間、暇を見つけては【吾妻鏡抄】を読み、ある程度の知識を得、謎解きを進めたのであった。

そして、チェリョムヒンの遺した平泉の地図を眺めているうちに、大きな手掛かりを得た。中国で、かの国から日本に伝播した思想を学んだことも手掛かりを見つける大きな役割を果たした。

それは〈方角〉であった。

五

運上所を出ると、ベアズリー商会のファウラーが待っていた。フロックコートに山高帽という出で立ちだった。シュリーマンよりも十歳ほど若く、精悍な顔をしている。

をした。

「ようこそ極東の地へ。ヘンリー」

ファウラーが英語で言って、自分に歩み寄ろうとしたので、シュリーマンは目配せをした。

ファウラーはそれに気づき、フックスベルガーと握手をした。

「妙な同心がいた。まだその辺りにいないか？」

シュリーマンはファウラーに小声で訊きながら手を差し出す。

「草間だな。運上所の出口に立ってこっちを見ている」

ファウラーは早口で答えた。

「何者だ？」

「外国奉行所の同心の中でも切れ者で知られている。密輸でかなりの数の外国人が捕まっている」

ファウラーは密輸を抜け荷という日本語で言った。

「捕まったって」フックスベルガーが顔色を青ざめさせる。

「領事裁判権があるから日本の裁判所では裁けないでしょう？」

アメリカ、イギリス、フランス、ロシア、オランダと結んだ安政五ヵ国条約には領事裁判権が定められていて、外国人が起こした犯罪は本国の法律によって本国の公使が裁判をすることになっていた。

「いくら相手が弱小国であったとしても、毎回我々側に有利な判決を出すわけにもいかないのだよ」

ファウラーはシュリーマンたちを促して歩き出した。

「日本では肉を食えないと聞いていましたがどうなんですか？　日本人の体臭はみんな魚くさい。本当に肉を食わないんですか？」

フックスベルガーがファウラーに聞く。

ファウラーは笑った。

「五月に、北方村に屠牛場が出来た。今までよりは肉が食いやすくなっているよ」

「よかった。魚ばかり食わせられるかと、そればかり心配していました。実は、清国で干し肉を買い込んで来たんです」

三人は、運上所の東南の砕石を敷き詰めた大通りを渡り、外国人屋舗《やしき》と呼ばれる居留地に入った。

家々はおおむね木造の二階建てで、板塀や杭で作った柵を廻らせてあった。棟が繋がった長屋など日本風の家屋が多かったが、西洋風を意識した石壁の建物も散見された。しかし、煉瓦積みの建物は皆無である。

シュリーマンは、壁面に菱形の瓦を張り、その接続部に漆喰を盛り上げた壁の意匠に興味を持った。ファウラーに訊くと海鼠壁《なまこかべ》というのだと答えた。それらは、日本政府が外国人の意見も聞かずに建てたもので、内部は狭くすこぶる使い勝手が悪いとファウラーは付け加えた。

数はそう多くはなかったが、欧米の郊外に見られる小さな個人住宅のような風情の建物も見られる。おそらく、日本の大工に命じて外国人が建てさせたのだろう。運上所の窓には薄紙を張った格子がはめられていたが、外国人の家にはガラス窓がはめられている。

辺境の探検を好む有産階級の者たちは、しかし、その土地に馴染もうとはしない。従者を大勢引き連れて、日常生活を快適に過ごすための道具類を山ほど持ち込んで、辺境にイギリスを、フランスを、アメリカを再現しようとする。今は日本の匂いを残すこの界隈も、いずれ移築された西洋になってしまうだろう。

我々はそうやって在来の文化を破壊し、自国の文化を移植する。それは歪《いびつ》な混合文化に育っていくが、我々はその醜悪さを自分たちが生みだしたことも忘れ「本国の方が美しい」と嘲笑する。

醜悪なのは自分たちの文明を至上として疑わない欧米人の方だ。辺境の人々は野蛮だが、欧米人は鼻持ちならない愚者だ。

シュリーマンはそこまで考えて、渋面を作った。

一人超然として文明批判をしているつもりの自分もまた、醜悪なるものの一部だということを思い出したからだった。

「ともかく、あの男にだけは気をつけなければならない」

ファウラーの言葉でシュリーマンは現実に引き戻された。

「わたしとフックスベルガー君がよく似ていることに引っ掛かっているようだ。着いたばかりで前途多難だな」

シュリーマンは溜息をつく。

「大丈夫だ。フックスベルガー君は着いた早々体を壊して寝込んだよ。ホテルから一歩も外に出ない。シュリーマン君はあちこちを歩いて日本を見聞する。連中はホテルの中に入って来られないから、フックスベルガー君の部屋が空っぽであることに気づくことはない。夜はわざとカーテンに影を映して在室しているように思わせる。事細かに仕掛けを考えているから心配するな」

ファウラーがそう言った時だった。

「シュリーマンさん」

背後から草間の声が言った。

フックスベルガーが反応しなかったので、シュリーマンはそっと彼の腕を押した。

フックスベルガーがハッとして振り返る。

「ファウラーさんのお知り合いでしたか」

シュリーマンたちは立ち止まって草間の方を見た。

草間は、にこやかな笑顔を三人に向けた。

「英語もお話しになるのですね」

「君も五ヵ国語を話すのだ。不思議はあるまい」

ファウラーが答えた。

「左様でございますな。ところで、どこのホテルにお泊まりで？　ベアズリーホテルですか？　それとも、横浜ホテル？　ロイヤル・ブリティッシュ？」

「君にそこまで答えなければならないのか！」

ファウラーが怒鳴ると、草間は素早く数歩後ずさって、あの嫌味なほど丁寧なお辞儀をした。

「知りたければ、ついてくればいい！」

言い捨ててファウラーは歩き出した。

「最近、つけ回されて迷惑している」

と、ファウラーは小声で言った。

「なにかまずいことに関わっているのか？」

シュリーマンも声をひそめて言った。

「まさか。草間は何にでも首を突っ込みたがる奴なんだ」

シュリーマンも歩調を合わせながら、後ろを振り返った。草間が立ち止まって一礼する。

「本当についてきた」

「放って置けばいい。あれは、あいつなりの牽制だ。『目を付けていますので、悪いことはなさりませぬように』ってね。いくら頭がよくても猿は猿だ。我々人間には敵わない」

「でも、その猿に捕まえられた欧米人も多いんでしょう？」

フックスベルガーが不安げに振り返る。

「欧米人にも猿以下の者はいる」

ファウラーは不機嫌に言った。

草間はずっとついてきた。

コロニアル風の白い建物、ベアズリーホテルの入り口で振り返ると、草間は深く礼をした。そして、シュリーマンたちが中に入るまで微動だにせず頭を下げ続けていた。

六

ホテルに荷物を置いた後、シュリーマンたち三人は横浜見物に出た。

西側の日本人街である。

伊勢屋、山城屋や、両替商であり呉服屋でもある三井などの大きな店舗をはじめとして、数多くの店が建ち並んでいる。通りには外国人よりも日本人の姿が多かった。すれ違う日本人は、港町だからであろうか、みな魚臭い臭いを漂わせていた。

天秤棒の前後に樽や籠、箱をぶら下げた大勢の物売りが、騒々しい声を上げて往来している。売り声が交錯して何を言っているのか分からないのではないかとシュリーマンには思えたが、町の人々はちゃんと聞き分けているらしく、物売りを呼び止めて買い物をしていた。

「日本では店舗での商売よりも、商品を担いで家々を回る訪問販売が多いのだ」ファウラーが言った。

「食料品から日用品まで、家のすぐ近くまで売りに来るので便利なんだ」

魚屋や箒売り、道ばたで提灯を張り替えている者など、見ればその職業が分かるものもあったが、中には首を傾げるような物を扱っている者たちもいた。

壊れた陶器を幾つも籠に入れて担いでいる者。箱に山積みした灰を荷車に載せて運ぶ者。路地の奥で、小さな箱についた棒をしきりに出し入れしている者。

ファウラーに尋ねると、それらは陶器の焼き継ぎ屋や、家々を回り竈《かまど》の灰を買い集める灰買い、鉄鍋などの穴を直す鋳掛屋《いかけや》だという。「灰は何に使うのだ？」と訊くと「肥料や陶器の釉薬など、色々なものに使える」と教えてくれた。

道に沿って瓦葺きの二階屋が並んでいた。ほとんどが木造だったが、時折白い漆喰塗りの蔵がその間に挟まる。間口の広い大きな商家の店先には家紋や屋号を染め抜いた暖簾《のれん》が掛けられている。

商売をする家は道のすぐ側に建っていたが、民家は少し引っ込んでいて、生け垣を回《めぐ》らしていることが多かった。

シュリーマンは、家々の屋根に目を向けた。

屋根の仕上げでも商家と民家を区別しているのか、概ね商家は灰色がかった瓦葺き。民家は薄板を並べた柿葺《こけらぶ》きが多いように思われた。

家々の屋根に煙突はない。事前に読破した色々な書物に書かれていたことだが、実際に見るととても奇異な光景であった。

日本の家屋には暖炉は存在せず、持ち運びの出来る火鉢という暖房具を使用するからだ。また、炊事は竈や囲炉裏で行い、その煙は屋根の煙出しの穴や窓から外に出すのだという。

夏に湿度の高い日本では『家造りは夏を旨とすべし』といって、盛夏の過ごしやすさを優先し、風通しのいい構造になっているという。だが、冬には雪も降るというから、火鉢程度で暖がとれるのだろうか——。

屋根に煙突は無かったが、面白いものが載っている家もあった。

小さな櫓《やぐら》を組んで、その上に桶が載せてある。これは天水桶といって、火事の多い日本ではよく見られるものだという。木と紙で出来た日本の家は、近隣で火事があると火の粉が降りかかり、簡単に燃えてしまう。だから屋根の消火を行うために雨水を溜めておくのだ。

防火のために屋根に設置する設備は他にもあった。家と家の間に壁が下から立ち上がったように防火壁、うだつが突き出しているのだ。うだつの上部には瓦が載せられ、見た目にも美しく仕上げられている。このうだつはどの家にもあるものではなく、豪商であろうと思われる大きな家にだけ見られるものだった。

屋根の下の二階には連子窓《れんじ》や、吹き寄せ格子と呼ばれる格子窓があった。豪壮な建物であっても、欧米の貧民の家のように、ガラスは嵌め込まれていない。富豪の住まいらしい豪邸であっても同様である。日本では、まだガラスは高級品なのだ。おそらくガラスを窓にはめ込めるほど平らに加工する技術がないからに違いない。

シュリーマンは時々後ろを振り返りながら歩いた。草間が尾行してくることを予想していたのだが、彼の姿は見あたらない。もっとも、日本人の顔はどれもよく似て見えるので、確実ではなかったが――。ホテルまでついてきたしつこさは、ファウラーが言うように牽制であったのかもしれない。

街の異国情緒を楽しみ、店先に並ぶ日本製の品物などを物色しながらブラブラと街を歩く。

小一時間ほどたった時、ファウラーが「少し休んでいくか」と言った。

ファウラーに案内されて、シュリーマンとフックスベルガーは一軒の旅籠に入った。異人屋敷と呼ばれる、外国人の休憩所に指定された旅籠であった。遊歩の取り決めで、外国人は定められた休憩所以外に立ち入ることは禁じられていた。

亭主が出てきて三人を薄暗い廊下の奥に案内した。亭主は苔むした裏庭に面した障子の中に声をかけて、廊下に膝をつき、それをそっと引き開けた。

狭い部屋だった。しかし、床には絨毯が敷かれ、螺鈿《らでん》細工が施された清国風の丸いテーブルが置かれていた。

三人の日本人が座っている。一人は灰色の着物を着た小太りの中年男。羽織の紐の鳶色が全体の淡い色彩を引き締めていた。

後頭部の髪にふくらみを持たせた髷を結っている。町人の髷である。あとの二人は後頭部から髪を引き上げるように髷を結っている。侍の髷である。

侍の一人は三十代。紺色の着物を着た痩せた男である。近眼なのだろうか、物を見るときに目を細める。

二人目の侍は、月代《さかやき》を剃らずに髷を結った若い男である。消し炭色のくたびれた木綿の着物の襟元《えりもと》が擦れて白くなっている。手元に【商用会話】など数冊の簡単な和英単語帳と、ウェブスターの分厚い辞書が置かれていた。

シュリーマンたちが部屋に入ると、三人の日本人は立ち上がって一礼した。

「陸奥屋舷兵衛《げんべえ》にございます。この店は私の持ち物で御座いますので、ゆっくりとお過ごし下さいませ」

中年の男が言って頭を下げると、すかさず若い男が英語で「彼の名前は陸奥屋舷兵衛です」と通訳した。訛は強かったが聞き取れないほどではなかった。

「橘藤実景《きつとうさねかげ》ともうします。【吾妻鏡】に詳しく陸奥国磐井郡《いわいぐんだ》伊達領平泉《てりようひらいずみ》をよく知る人物をお捜しとのことで、陸奥屋殿から推挙いただきもうした」

紺色の着物の男が言った。

「わたくしは通弁の深野信三郎《ふかのしんざぶろう》ともうします」

シュリーマンとフックスベルガーは、それぞれ本名を名乗った。ファウラーは橘藤や深野とも面識があるのだろう、何も言わず椅子に座る。

「ファウラー様からおおよそのことはお聞きしております」陸奥屋は切り出した。

「あまりにも奇想天外なお話でございましたので、お会いするまで半信半疑でございました。本気で平泉藤原氏の財宝を探すと仰《おお》せられる？」

「本気だ」

シュリーマンは肯いた。

「今まで多くの者たちが財宝探しをいたしましたが、誰一人見つけることはできませんでした」

「わたしは見つける」

「大層な自信でございますな」陸奥屋は笑った。

「わたくしめは商人《あきんど》にございます。シュリーマン様も少し前まで商人で御座《おわ》したとのこと。ならばご理解いただけましょうな。商人は損をすると分かっている商売はいたしませぬ」

「確証が欲しいというのか？」

「御意にございます。あるいは、今ここで今回の事に関するすべてのお支払いをいただけるのであれば、何も聞かずご指示に従いましょう。諸外国相手の商取引はメキシコ銀貨の銀立てになっておりますが、それではこちらの不利。わたくしは黄金でお支払いいただきたい」

「欲が深いな陸奥屋」

ファウラーが舌打ちした。

「わたくしはどちらでも構いませぬ。ここでわたくしめが損をしないだけの金額を頂戴するか、それとも宝を見つけてからその何割かを頂戴するか。わたくしとしては後者のほうが利鞘が大きいと思っているのです。シュリーマン様も、わたくしが提示する金額を今お持ちであるとは思えませぬ。だとすれば、シュリーマン様のお話を伺った上で、わたくしめが信用貸しをするという形にする方法が一番よろしいのではないかと」

「我らを相手に対等に商売をしようというのか？　お前たちは奴隷も同然。黙って言われた通りにしていればいいのだ」

ファウラーが不快そうに顔を歪める。

深野が顔を紅潮させ、ファウラーを睨んだ。

「分かった」

シュリーマンは言った。

「平泉への往復から財宝の運び出しまで陸奥屋を頼るほかはないのだから、いずれ全てを話さなければならないことだ。まず、平泉藤原氏の財宝についてだ。源頼朝が平泉に攻め込んだ日の【吾妻鏡】の記述に——」

その時、シュリーマンの言葉を遮るように、橘藤が朗々とした口調で言った。

「文治五年八月二十二日。己酉《つちのととり》。申《さる》の剋《こく》」

深野は懐から帳面を出して、指を嘗めページをめくる。

「西洋の暦では一一八九年です。和暦の八月ではありますが、この年は閏月《うるうづき》もあったので、西洋の暦では十月の初め頃でございましょうか。己酉とは、日本で日にちを表す言葉です。時間は午後四時から五時——夕方であります」

深野が通訳し終えるのを待って橘藤は続けた。

「その日は豪雨でございました。二品《にほん》が到着した時にはすでに平泉之庁《ひらいずみのたち》は灰燼《かいじん》に帰し、泰衡《やすひら》公は比内《ひない》郡まで逃げた後でございます」

「二品とは頼朝公のことです」深野が帳面を見ながら注釈を加えた。

「従二位の位を朝廷から賜っていたので【吾妻鏡】では頼朝公を二品と記すことが多いようです。比内郡とは出羽国（秋田県）にある土地の名前です。平泉の北西方向にあたります」

シュリーマンは感動を覚えた。【世界の黄金文化　東洋編】に記されていなかった部分を、この橘藤という男は事細かに知っている。

「わたしが手に入れた資料には、頼朝は焼けた館の敷地の西南に蔵を見つけたという記述があったが、ほんとうにそうなのか？」

シュリーマンは身を乗り出して訊いた。

「頼朝は御家人の葛西三郎清重《かさいさぶろうきよしげ》や小栗十郎重成《おぐりじゅうろうしげなり》たちに命じて蔵を開けさせまする。すると、その中には豪華な仏具や、金銀、錦の織物などが収められておりました」

橘藤は収蔵品の名を一つ一つあげていったが、深野は訳しきれず大雑把にまとめたようだった。

「問題はそこなのだ」シュリーマンは興奮を抑えながら言った。「平泉藤原氏は、当時の日本の首都にも負けないような大都市平泉を築いた。しかし、その残された財宝が蔵一つ分であったというのはおかしいと思わないか？」「その他の財宝はすべてどこかに隠されていたのだと？」

陸奥屋が静かな声で訊いた。

その瞬間、シュリーマンの興奮は一気に引いて行った。陸奥屋は自分の妄想に呆れてしまったのではないか。彼の声音からそう思ったのである。

「わたしはそう考えている」

「頼朝公が見つけだして、密かに鎌倉に持ち去ったのでは？」

「わたしの読んだ抄訳の資料にはそのような記載はなかった。【吾妻鏡】には、文治五年八月二十二日の記述以外に、平泉藤原氏の財宝を見つけたという記述や、頼朝が宝を持ち去ったという記載はあるか？」

「いえ。多くの美しい宝や金銀の蓄えは平泉之庁とともに灰になったとだけ書かれておりもうす」

と橘藤が答えた。

「金銀はたとえ炎に包まれたとしても、溶けることはあれ燃え尽きることはない。もし頼朝がほかにも平泉藤原氏の財宝を発見していたとすれば、自慢げに【吾妻鏡】に書き記すだろう。発見できなかったからこそ、『残りは灰になった』などと言いわけじみたことを書き残しているのだ」

「なるほど」

陸奥屋は小首を傾げ、視線を円卓に向けて何か考え込んでいる様子だった。

「正直に話すと、今のところ財宝を見つけだす手だてを見つけただけで、隠された場所の特定にまでは至っていないのだ。わたしの住んでいたサンクトペテルブルクには、日本の情報はほとんど届かない。現地に行かなければ分からないことも多い」

シュリーマンは陸奥屋の表情をうかがいながら言った。ここで興味を失われたのでは万事休すだ。

「少ない情報の中から有力な手だてを見つけだしたと仰せられるのですな。それでなければわざわざ日本まで出向こうとは思わないでしょう」

「まさにその通り。その手だてを確実にするためにインドや清国でも調査をした」

「しかし」橘藤は当惑したような顔をする。

「何を手掛かりとなさる？　隠し財宝の伝説は沢山ありまするが、どれも眉唾でございまするぞ」

「方位」シュリーマンは言った。

「日本は古来より、方位を重視すると聞いている。平泉藤原氏の都市計画から、その思想を読みとり、財宝の在処を見つけようと考えている」

陸奥屋が顔を上げる。

「平泉は往時の姿をとどめておりませんぞ」

「現在の姿から充分類推できる」

「確かに」橘藤は肯いた。

「古《いにしえ》の平泉は池や堀の多い都でございます。土地の起伏に気をつけながら平泉を歩けば、今でも、苑池の痕跡を見つけることができもうす」

「お前は平泉を訪れたことがあるのか？」

シュリーマンは訊いた。

「生国《しょうごく》にございます。そのご縁で陸奥屋殿に援助していただいておりまする」

「そうか。平泉の生まれか」

シュリーマンは感嘆の声を上げた。

かつて黄金の都市があった場所に生まれた男。道案内にこれほど頼もしい者はいまい。

「しかし、今の平泉は平泉藤原氏が栄えていた頃とは比べものにならないほど寂れておりまする」

橘藤は寂しげに言う。

「生まれ故郷であれば、平泉の地図は描けるな？」

シュリーマンは言って、深野に帳面と筆を貸して欲しいと付け加えた。

深野は橘藤に帳面と矢立を渡す。

橘藤は、サラサラと平泉の略図を描いた。

「北側は二つの山に囲まれております。北西に関山、北東に高舘山。中央に白山日枝神社があり、藤原氏の時代には、それを囲むように町がございました。しかし、現在は見渡す限りの田畑。所々に防風林に囲まれた農民の住まいが点在するばかりにございます」

「やはりな」

シュリーマンは上着のポケットからチェリョムヒンの遺品である平泉の地図を取りだし、卓の上に広げた。

「これは……。平泉の地図ではありませんか」

橘藤は目を見開いて地図に見入った。陸奥屋も驚いたように椅子を立って地図を見つめる。

「この地図は東が下、西が上、北が右、南が左に描かれていたのだな。中国で学んだ思想と照らし合わせると、山や川、街道の位置がどうにもおかしいと思っていたのだ。我々は北を上にした地図に慣れているのでな」

「日本の地図には東西南北を意識せずに描かれる物が多うございます。この地図の原本は〈奥州平泉旧跡略図〉ですな。六十年ほど前に刷られたもので、平泉の毛越《けごし》あたりの家にはまだ残っています」

「この地図からは、平泉藤原氏が方位を大切に考えていたことが見て取れる。まず、仏教には西方浄土という考え方がある。西に仏の国があり、東に人間の国がある。その考え方からすれば、平泉の西側に寺院が幾つも建立されている」

「なるほど。西方浄土と東方浄瑠璃世界ですな。関山には中尊寺。そして町の南西に毛越寺《もうつうじ》がございます。中尊寺、毛越寺は初代清衡《きよひら》公の建立とされておりまする。しかし、某《それがし》は毛越寺は二代基衡《もとひら》公の建立ではないかと思っておりまする」

橘藤は自分で描いた地図に二つの寺院を書き入れ、北の山塊の向こう側に線を引き衣川《ころもがわ》と付け加えた。

シュリーマンは中尊寺と毛越寺を指さした。

「だとすれば、三代秀衡《ひでひら》が建立した寺が西側にもう一つあるはずだ。それはおそらくここ〈ムリョウコウイン〉ではないか？」

シュリーマンはチェリョムヒンの地図を指さした。

「ここは今は田畑になっておりまするが、ここに秀衡公が建立した無量光院があったと言われておりもうす」

橘藤は肯いて自分の地図の中尊寺と毛越寺の間に筆で丸印を描いた。

「そして、西が仏の世界で寺があるならば、東の人の世界にはそれを建立した人物の居館があるはず」

シュリーマンは中尊寺、無量光院、毛越寺の東に×印をつける。

中尊寺の東につけた×は衣川として引いた線の上だった。

橘藤は唸った。

「地元の伝承では、まさに衣川が流れている場所に柳之御所《やなぎのごしょ》と呼ばれる館が建っていたといわれておりまする。洪水のために衣川が流れを変え、今は水の底だと——。また、無量光院跡の向かい側の田畑からは、白磁や青磁の欠片《かけら》が出て参ります。毛越寺の隣には観自在王院《かんじざいおういん》という寺があったと言われておりもうすが、それは寝殿造りの基衡の屋敷を寺としたものという説もございます。また、その東側には泉屋という地名が残っております。泉屋の東には秀衡公の三男、忠衡《ただひら》公の館があったという伝説がございます。忠衡は二代基衡公の館を引き継いで暮らしていたことも考えられまするな」

「イズミヤとは、どういう意味を持つ言葉だ？」

シュリーマンは肯いた。

「泉屋というのは、納涼のために泉の上に立てた離れ屋などのことを言います」深野が説明する。

「寝殿造りの建物で池の中に突き出したバルコニーのようなものもそう呼ばれます。泉殿という呼ばれ方もしますね。文字そのものの意味は〈泉〉は水が湧き出す場所、綺麗な池のようなものでしょうか。〈屋〉は屋根。あるいは、屋根をかけた場所という意味です」

「泉屋という地名、とても重要だ」シュリーマンはチェリョムヒンの地図と橘藤が描く地図を見比べる。

「日本の方はご存じだろうが、中国の思想に四神相応《しじんそうおう》というものがある。地形を東西南北を護る神に見立てる考え方だ。東に青い龍に見立てた川。西に白い虎に見立てた道路。南に赤い霊鳥に見立てた低湿地。北に玄武と呼ばれる蛇と亀の神に見立てた山。それらに囲まれた都市は、神のご加護があるという思想だ。まず、東に青龍」

シュリーマンはチェリョムヒンの地図の下側、左右に長く描かれた川を指さした。

「北上川にございます」

橘藤は自分の地図に北上川を描き入れる。

「西には白虎」

チェリョムヒンの地図の上方に描かれた山地の麓を指さす。

「奥州街道でございます」

「北には玄武。関山丘陵と高舘山がそれに当たる。そして、そして南には朱雀。さきほど橘藤が、泉屋という地名が残っていると言った。そこには、低湿地や、沼、泉の痕跡は残っていないか？」

「確かに。大きな池があったと思われる土地の高低差がございます」

橘藤は〈奥大道《おくのおおみち》〉、〈泉屋〉を地図に書き込んだ。

「京の街は四神相応の思想によって造られた街であると聞いた。規模は京の方が大きいが、平泉もその思想に則って造られていることが分かる」

「方位を重視する街であるから、財宝を隠すにも方位を意識したはずだというわけだな」ファウラーは椅子の背もたれに体を預ける。

「さあ、その先を聞かせてくれたまえ」

「わたしが今まで集められた資料から推理できるのはここまでだ。橘藤に【吾妻鏡】の事をもっと教えてもらい、かの地で古伝を採話できれば、必ず宝の隠し場所は見つけられると思っている」

「なんだ」ファウラーは眉をひそめる。

「平泉が四神相応とかいう思想の下に造られた都市だということだけが手掛かりだというのか？」

シュリーマンは無言でポケットの中から小さな鹿革の袋を取り出し、紐を解いて中身を卓の上に落とした。

重い音を立てて卓の上に落ちたのはチェリョムヒンの遺品の一つ、大きな砂金だった。

全員の目が卓の上で鈍い光を放つ砂金に吸い寄せられた。

「わたしに財宝探しの資料を遺した友人のノートによれば『平泉藤原氏の隠された財宝の、ほんの一欠片《ひとかけら》』だそうだ。地図と砂金は、ロシアのある貴族から手に入れたものだと書かれている。その貴族は〈エゾ〉に住む、〈フジワラ〉の子孫から譲り受けたのだという」

「蝦夷地《えぞち》（北海道）には平泉藤原氏三代秀衡公の三男忠衡公の子孫がいるという話を聞いたことがございます」

陸奥屋は腕組みをする。

「中世の武将に源頼朝という男がございました」橘藤が言う。

「鎌倉幕府を開いた武将にございます。その弟に義経《よしつね》公が御座《おわ》します。平家との戦いに源氏が連戦連勝したのは、この義経公の力にございました。しかし、独断専行の義経公の戦法に危機感を覚えた頼朝は義経公を疎《うと》み始めます。二人の仲は次第に険悪になり、ついに頼朝は義経公を反逆者として討伐しようとします。義経公は幼い頃に世話になった平泉藤原氏を頼って奥州に落ち延びます。迎えたのは平泉藤原氏三代秀衡公。しかし、嫡男の泰衡公は義経公を、源氏との戦の火種と考えておりました。義経公が平泉に入った翌年、秀衡公は病没します。遺された六人の息子たちは義経公の擁護派と排除派に分かれます。擁護派の筆頭が三男の忠衡公。排除派の筆頭が秀衡公の跡を継いで四代目の御館となった泰衡公。【吾妻鏡】によれば、忠衡公は反逆者として泰衡公に討たれたのでございますが、実は蝦夷に逃れて生き延びたという伝説もございます」

「百歩譲って」ファウラーが口を挟む。

「藤原忠衡とやらの子孫が蝦夷地に住んでいたとしよう。なぜその家に伝わる地図と砂金をロシアの貴族が手に入れることが出来る？」

「寛政四年、一七九二年の九月にロシア使節ラクスマンが根室を訪れて以来、ロシアの船は頻繁に蝦夷地周辺に出没しています」橘藤が言った。

「文化元年、一八〇四年に通商を求めて来日したロシア使節レザノフが、日本の対応に腹を立て、文化三年、文化四年に樺太《からふと》、択捉《えとろふ》の松前藩の番屋を襲撃し、御公儀は蝦夷地の警備を強化します。文化八年にはディアナ号の船長ゴロウニンが国後《くなしり》の測量をしようとして騒動を起こします。国同士は険悪な時期で御座いましたが、小さな湊などでは密かに交易が行われておりました。そういう交流の中で手に入れた地図と砂金がロシア貴族の手に渡ったとしても不思議はありませぬ」

「では、なぜ地図が複製なのだ？」

「地図については、わたしはこう推理している」シュリーマンは言う。

「地図は重大な国家機密だ。海外に持ち出すことは禁じられている。忠衡の子孫は地図まで譲ることを躊躇したのではないだろうか。だから複写させた」

「シュリーマン殿」深野が訊く。

「忠衡公の子孫には財宝の在処は伝えられていなかったのでしょうか？　地図まであ

って――」

深野はそこまで言うと何か気がついたように「あっ」と言った。

「鈍い奴め」橘藤が苦笑する。

「地図は六十年前のもの。宝の地図ではないわ」

「その通り」シュリーマンは肯く。

「地図はあてにならない。それから忠衡の子孫には財宝の在処についての言い伝えは残っていなかったそうだ」

「ならば砂金だってあてにはならない。カリフォルニアでもこういう物は採れる」

ファウラーは言って砂金を手に取り右手で弄ぶ。

「蝦夷地にも砂金の採れる川がございますからな」

陸奥屋は言った。

「川で見つけた砂金に由緒をでっち上げて高く売りつけたのではないか？　持ち主だった人物も本当に藤原忠衡の子孫だったかどうか怪しいものだ。君は、こんな疑わしい物だけを頼りに、わざわざ極東の蛮国まで来たのか？」

ファウラーは呆れたように言って砂金を卓の上に放り投げた。重い音を立てて転がった砂金をシュリーマンが拾い上げ革袋に戻す。

「わたしは今まで金を儲けることだけ考えて生きてきた。それが生き甲斐だったし、楽しくもあった。だが、友の死をきっかけに幼い頃の興奮を思い出した。少年の日、わたしはトロイアという都市に魅了されていた。今はどこにあったかも忘れられた都市だ。しかし、トロイアは、どこかに眠っていると確信している。トロイアを見つけるためには、古史古伝から真実を探り出す推理の方法を確立しなければならない。わたしは二年間の読書三昧の中で発見した手法に手応えを感じている」

「その手法を平泉藤原氏の財宝で証明したいと？」

陸奥屋の問いにシュリーマンは肯いた。

「それもある。しかし、一番の動機はやはり胸の高鳴りだ」

「胸の高鳴りとは？」

「トロイアの事を思うと、居ても立ってもいられなくなる。胸が高鳴り、顔が熱くなって息は荒くなり、すぐにでも発掘の旅に出たくなる。それと同様の思いを、この平泉藤原氏の財宝にも感じるのだ」

シュリーマンは熱い口調で言ったが、本音はまったく違った。

実のところ、平泉藤原氏の財宝に文化的価値を見いだしているわけではないし、さして思い入れがあるわけでもない。

シュリーマンの関心は古代ギリシア先史時代に限定されており、東洋の文化には興味を持てなかった。

平泉藤原氏の財宝探しの目的の第一は、大きな考古学的な功績として財宝を持ち帰り、欧米に自分の名を知らしめたいということである。考古学者としての名が高まれば、トロイア発掘のための手続きをスムーズに進めることができると思ったからだった。

平泉藤原氏の財宝を発見したいという思いは、金儲けの日々の彼方に霞んでしまった【世界の歴史】に書かれたトロイアの物語を読んだ頃の心のときめきを、再燃させるための燃焼剤でしかない。

発見した財宝は、当然換金してトロイア発掘の資金の一部にする。

現在の財力でも発掘は充分に行えるが、資金はいくらあってもいい。

地の下から掘り出そうとしているのはトロイアという〝都市〟である。発掘は広範囲に及び、すべてが姿を現すまでどれだけの歳月がかかるか分からないからだ。

文化の遅れた道徳心の低い国であれば、墓荒らしは今を生きる者の当然の権利として原住民の間にも横行している。現地で雇った人足や土地の長《おさ》に幾ばくかの礼をすれば、発掘した財宝を本国に持ち帰っても何の問題も起こらない。

だが、日本の場合は少々事情が違う。もしかすると日本人は欧米人や清国人よりも道徳心が強い。

陸奥屋は『商人は損をすると分かっている商売はいたしませぬ』と言った。今回の旅の費用を要求し、すぐに支払わないのであれば財宝がある証拠を見せろとも言った。遠回しに分け前を請求したのだ。それが本心ならば何の問題もないが、用心にこしたことはない。

陸奥屋がどういう人物であるか分からない状態で、欲望丸出しの儲け話を持ち出して助力を求めるのは危険だ。陸奥屋の正体が分かるまでは、考古学を愛する善意の外国人である立場を崩してはならないのだ。

また、不平等な修好通商条約を受け入れざるを得ない弱小国ではあっても、植民地ではない。ここで欧米至上主義的な発言をしてしまえば、陸奥屋の協力は得られないだろう。

陸奥屋の人柄が分かるのはもう少し話が進んでからだ。

はっきりと自分の分け前を要求するようならば、自分と同じ穴の狢《むじな》。少しは腹を割った話もできる。そうでなければ、最後の最後まで〈考古学に燃えた外国人〉を演じるまでだ。

「君の商売の仕方を見てずっと思っていたんだが、やはり君は根っからの山師だ」

ファウラーが呆れたように笑う。

「ただの山師ではないよ。鉱脈を探してあてもなく山中を彷徨《さまよ》うことなどしない。ちゃんとした根拠を見つけるまで徹底的に学ぶ」

「極東の辺境に埋められた財宝を探すよりも、すぐにでもトロイア発掘に着手した方が簡単だと思うんだがね」

「トロイアの滅亡はイエスが生まれるずっと以前。平泉藤原氏の滅亡は一一八九年頃。情報は年月がたつほど変形する。藤原氏が滅んでから七百年ほどだ。トロイアの発見よりもずっと容易だ」

「それで、見つけた宝をどうなさるおつもりで?」

陸奥屋は訊いた。

シュリーマンは乾いた唇を嘗めて、話し出す。

「それは、陸奥屋しだいというところだな」

「ほう」陸奥屋は面白そうに微笑んだ。

「それはどういうことで御座いましょう」

「幾通りのもの方法があるということだ」ここが正念場だとシュリーマンは思った。

「欧米諸国では考古学《アーキオロジー》という学問がある」

「アーキオロジーとは、地面を掘って昔の人々の暮らしなどを研究する学問のことです」

と、深野は訳した。

「しかし、日本をはじめ他の国々にはまだそういう学問は存在しない。だから、開拓、開墾、家屋の建設などで次々に遺跡が破壊されて行く。欧米の考古学者はそれを防ぐために各地で発掘を行っている。そして、発掘した品々を大切に保管し、庶民も見学できるように博物館《ミュージアム》という場所に展示しているんだ」

「ミュージアム、ですか」

陸奥屋は腕組みをした。

「そう。盗掘とは違って、私蔵したり売却して利益を得たりするのではなく、学術的な研究をし、民衆にもその成果を還元するのだ」

「平泉藤原氏の財宝を展示するミュージアムをお作りになると？」

橘藤が訊く。

「残念ながら、日本には博物館を作って発掘品を展示するという考え方がないし、今から啓蒙活動を行ってもそれが根付くまでには時間がかかる。それまでは、設備の整った外国の博物館に預けることになるだろう。わたしが責任を持って管理しよう」

シュリーマンが答えると、陸奥屋は腕組みをしたままじっと彼を見つめた。

当然、平泉藤原氏の財宝を博物館に収めるなど選択肢の中にはない。その提案は財宝を国外に運び出すための布石である。

心の底を見透かされている気がして、シュリーマンは話を続けた。

「しかし、今回の財宝探しにも資金がかかる。陸奥屋さんも色々と金銭的な負担が発生するだろう。探し出した財宝の一部を、身元の確かな好事家《こうずか》に売却し、それを補塡するという方法もある」

「身元の確かな好事家ともうしますと？」

陸奥屋が訊く。

「一旦は財宝を売却しても、その持ち主が分かっていれば、博物館が建設された後、買い戻すことができる」

「なるほど」

言って、陸奥屋は目を閉じる。

眠ってしまったのではないかと思うほど長い時間目をつむったままなので、シュリーマンは不安になった。

商売として旨味の無い話なので興味を失ってしまったか？　あるいは、陸奥屋から報酬の話を出させる計略を読まれてしまったのかもしれない。

いずれにしろ、こちらがあまりにも無欲だと、真実味が失われる。

「財宝の存在を確かめられればそれでいい、という綺麗事ばかりも言っていられない。できれば、トロイアを発掘する資金は減らしたくない」

「正直な方ですな」陸奥屋は目を開き、笑った。

「そして、狡い方でもある。わたくしに選択せよと仰せられるのですな？」

「そういうことだ」

「わたしが財宝の山分けを要求すれば、今回の旅の費用は折半ということになりましょう。財宝が見つかるにしろ、見つからないにしろ、シュリーマン様にとって損はない」

「財宝が見つからなくても半額を負担するのだから、損失はある」

「いやいや。格安で禁じられた物見遊山の旅ができるのでございますから、シュリーマン様にはお得でございましょう。一方、我らは何度も旅した道筋を行くわけですから、楽しみはない」

「そちらには、わたしの申し出を断るという選択もある。橘藤から【吾妻鏡】を学び、平泉へ行けば、必ず財宝を見つけることが出来ると確信している。しかし、それを今証明することはできない。さあ、どうする？」

「平泉はわたくしの在所の近くでございますから、幼い頃より平泉藤原氏の宝については色々と伝説を耳にしてまいりました。本気で探そうと思ったことも、何度かございます。シュリーマン様のお気持ちは分からぬことでは御座いませぬな。また、財宝を研究のために保管するというお考えにも賛同できます。人知れず隠された財宝は、どんなきっかけで失われてしまうか分かりませぬからな。地震、洪水、山崩れ、大火、そして戦《いくさ》。それはいかにも勿体《もったい》のうございますな」

「ならば、協力をしていただけるのか？」

「七掛けとまいりましょうか。シュリーマン様が七分。わたくしめが三分。旅の費用もそのように」

「欲がないな」

ファウラーが言った。

「財宝が見つからなかったときの用心にございます。損も得もほどほどに。それが商売上手にございます。欲をかけば身を滅ぼしますゆえ」

「陸奥屋さんがそう望むならば」

「これからのシュリーマン様の推理に期待を致しましょう。三分であってもたんまりと儲けられるよう、祈っておりまする」

「分け前が貰えるという話ならば」ファウラーが円卓に乗りだして肘をついた。

「わたしも報酬が欲しいね。君と陸奥屋を繋いだのはわたしだ。フックスベルガー君の取り分と同じくらいはもらいたいものだ」

ファウラーは、じっと黙ったまま座っているフックスベルガーを見る。

フックスベルガーは不愉快そうに口を開く。

「ぼくの報酬は世界漫遊です。それ以上の報酬は欲しいと思いません」

「ならば、ぼくも世界漫遊の費用程度をもらおうか。宝が見つかろうと見つかるまいと、それくらいは欲しいな」

ファウラーはシュリーマンを見た。

商売で知り合った相手に純粋な友情による好意を期待していたわけではない。当然そういう話が出ると思っていた。今までの書簡のやり取りでそういう話題が出てこなかった方が不思議なくらいだ。

「君もついて来たまえ。陸奥屋さんと相談して、見つかった財宝の中から相応の物を差し上げるよ」

「わたしは行かない」ファウラーは首を振る。

「居留地を出れば、外国人を斬り殺したいと考えている攘夷派の奴らがゴロゴロしている。護衛も無しに地の果てまで旅しようとは思わないね」

「分かった。危険な旅だから、無事に帰還出来ないことも考えられる。万が一のことがあってもわたしの財産から君に支払えるように証文を書いておこう」

「強欲な男だと思わないでくれたまえ。ぼくもそろそろ独立しようと思っているので、色々と物いりなんだ」

「気にすることはない。当然の報酬だ」

シュリーマンは言った。

「それで――」フックスベルガーが小さく吐息をついて口を開いた。興味のない歴史の話や、生臭い金の話が終わったのでホッとしたらしい。

「出発はいつになります？」

「今夜です」陸奥屋が答えた。

「港の外れから船を出します。隅田川河口の船溜まりまでその船で行き、弁財船に乗り換えていただきます。陸奥国の牡鹿《おしか》湊まで二、三日。そこから平田船《ひらたぶね》で北上川を遡《さかのぼ》り一日。船頭には虎次郎という信用のおける男をつけました。旅の終わりまでお世話をいたします。私はご一緒できませんが、虎次郎がすべて承知しておりますので、ご安心を」

弁財船は船足も速く、夜も帆走すれば大坂から江戸まで平均で五日。最速で二、三日で航行した記録も残っている。

当時の東北地方からの航路は、日本海側から津軽海峡を経て、三陸沖を江戸まで下る〈東《ひがし》廻航路《まわりこうろ》〉があった。陸奥屋はその航路を利用して江戸に海産物や米を送る〈登《のぼ》せ商人〉として財をなした男であった。

「それにしても」フックスベルガーは、長く伸びた顎髭を引っ張る。

「シュリーマンさんはどう見ても外国人。辺境の地では目立ちすぎませんか？　すぐに役人に捕らえられたのでは宝探しどころではありません」

「だから、その髭を伸ばしていただいたのです」

陸奥屋は微笑む。

「その髭を伸ばしておけという指示が、ずっと謎だったのです」

フックスベルガーは眉根を寄せる。

「シュリーマン様には一つ、覚悟をして頂かなければなりません」

陸奥屋は少し身を乗り出してシュリーマンの目を見つめた。

「すでに役人や攘夷派の者たちに斬り殺されるかも知れないという覚悟はできている。死を上回る恐怖などないだろう」

「覚悟していただかなければならないのは、屈辱です」

「屈辱……」

「外国人であるあなたが、平泉の町を歩き回り、財宝を探すために、今まで味わったことのない屈辱を覚悟しなければならないともうし上げているのです」

「勿体ぶらずに言ったらどうだ？」

ファウラーがうんざりしたように懐中時計を見る。

「シュリーマン様には〈蝦夷《えぞ》〉になってもらいます。蝦夷地についてはさきほど地図と砂金の話題でお口に上りましたゆえ、ご存じでございましょう？」

「蝦夷とは、蝦夷地の原住民のことか？」

「左様にございます。昔は出羽、陸奥の国にも多く住んでいた民でございますが、吾等日本人に追いやられて今は渡島《おしま》、後志《しりべし》、胆振《いぶり》、石狩、日高、十勝、天塩《てしお》、北見、釧路、根室だけに住んでおります。蝦夷ヶ島の諸国にも日本人が移り住み、蝦夷は痩せた土地に追いやられ続けております」

「どこかで聞いたような話だ」

　ファウラーは渋面を作る。

「アメリカでも同じようなことが起こっているそうでございますな」陸奥屋はチラリとファウラーを見た。

「蝦夷の民の顔は彫りが深うございます。男は髭を長く伸ばしております」

「なるほど。髭を伸ばすようにという指示はそういうことだったのか。しかし、蝦夷ヶ島にしか住まない蝦夷が平泉にいては怪しまれるのではないか？」

「陸奥屋は蝦夷地の伊達御領地、警衛地の元陣屋《もとじんや》、出張陣屋《でばりじんや》にお出入りを認められておりまする」

　陸奥屋は言った。

　安政二年（一八五五年）、仙台藩は東蝦夷地の大部分の警備を幕府から命ぜられている。元陣屋は苫小牧（当時はユウフツ）。厚岸、根室（当時はネモロ）、国後、択捉に出張陣屋を持ち、数百名の藩士が常駐していた。

「そこで蝦夷とも内々に交易をしておりまする。平泉に近い山《やま》ノ目宿《めしゆく》にある店《たな》に、時々、繋がりのある村《コタン》の村長《コタンコロクル》を招くこともございますので、怪しまれることは御座いませぬ。しかし、日本人は蝦夷を蔑視します。外国人が日本人を蔑視するように」

「わたしは対等に話をしているつもりだがね。それに蔑視は我々だけではあるまい。日本人も我々を唐人と蔑視する。遊歩で出歩いても、はやし立てられたり石を投げられることもある」

ファウラーは陸奥屋を睨む。

「まぁ、お互い様ということで」陸奥屋は受け流す。

「シュリーマン様。外国人が蔑視する日本人から、さらに蔑視される蝦夷に身をやつす覚悟はございますか？」

シュリーマンは唇を嚙む。

アメリカ、アフリカ、アジアの諸国――ヨーロッパ人がそれらの植民地で原住民たちをどのように扱っているのかはよく知っていた。

若い頃、極貧に喘いだ経験はあるが、人間以下の扱いを受けたことはなかった。

「もちろん、陸奥屋の客としての扱いで御座いますから、伴の者と一緒の時には、そう手ひどい悪戯《いたずら》はされずにすみましょうが」

シュリーマンは面子のためには命も捨てるという類の人間ではなかった。

外面的な面子はフックスベルガーが自分の身代わりになって立ててくれる。宝探しをするのは、あくまでも蝦夷の男なのだ。

自分が少しの間屈辱に耐えれば、名も実も取れる。

「分かった。そのようにしよう」

シュリーマンの答えに、陸奥屋は肯いた。

「それでは、旅の間、あなたはアイヌの村長《コタンコロクル》ニシパです」

「ニシパだな。分かった」

「では、話がまとまったところで、お食事でもいかがで御座いましょう？」

陸奥屋は廊下に出て使用人を呼び、宴席の用意を命じた。

七

深更。生暖かい雨が降り始めた。

ベアズリーホテルの裏口を陸奥屋の使いが叩いた。

シュリーマンは革の鞄一つを持って外に出た。使いの者が用意してきた雨具を身につけると、洋装に簑笠というちぐはぐな格好になった。

ランプを手に裏口まで見送りに出たフックスベルガーは笑いを堪《こら》えながら「お気を

つけて」と言った。

月のない夜である。常夜燈の数も少ない。人目を気にして提灯も持たない使いの者の背中を見失わないようにシュリーマンは目を凝らしながら進んだ。

使いの者は路地を足早に抜けて、居留地の西を流れる堀切に出た。谷戸橋の下流側に回り込む。対岸の本村側に関門が見えた。

居留地は浅い海を埋め立てて造成した土地で、堀切の河口部は石垣で護岸されていた。

使いの者が護岸の縁に立って促すので、シュリーマンは下を覗き込んだ。二メートルほど下に屋根付きの日除船が浮いていて、舳先に船頭が立ち、提灯を振っていた。船までは縄ばしごが垂れ下がっている。

使いの者に鞄を預けると、彼は船頭に声を掛けてそれを放り投げた。船頭は鞄を受け取るとシュリーマンに向かって何か怒鳴った。

「シュリーマンさん。早く!」

屋根の下から深野が英語で叫んだ。

シュリーマンは恐る恐る縄ばしごに足をかける。体重を預けると縄が軋《きし》み、撓《たわ》んで、シュリーマンは恐怖に歯を食いしばった。

なんとか縄ばしごを降りて、屋根の下に転がり込むと、提灯のほの明かりの中に深野と橘藤の姿が見えた。

縄ばしごが護岸に引き上げられ、使いの者が手を振ると、船頭は船尾に移動して櫓を漕ぎ始めた。

日除船はゆっくりと中村川の河口から海に出た。

「ファウラーさんから、これを預かって来ました」

深野がシュリーマンに小さな木箱を渡した。辞書ほどの大きさだったがズッシリと重い。

シュリーマンは真鍮の留め金を外して蓋を開けてみた。

拳銃が入っていた。

スミス&ウエッソン社のモデル2という中折れ式の回転式拳銃《リボルバー》である。他の拳銃がシリンダーへの火薬詰めや弾丸のはめ込みという作業を必要としたのに比べ、三十二口径のリムファイヤー弾という画期的な金属薬莢式の弾丸を使用することで操作性を格段に向上させた拳銃だった。シュリーマンも商品として扱ったことがあった。

「短筒ですか？」

深野と橘藤は興味深げに箱の中を覗き込んだ。

「六連発にございますか。話には聞いたことがあったが、見るのは初めてでございます」橘藤は唸る。

「外国人はこのような物を誰でも所有しておるのでございますか？」

「誰でもということはないが、容易に手に入れることはできる」

シュリーマンは銃身を折って、シリンダーの中に弾丸がこめられていることを確かめた。

銃の扱いは自信がなかった。パナマに滞在していた頃、身を護るためにやむを得ず人を殺《あや》めたことがあるが。

「こういう物を庶民が持てる国とは戦をしたくないものにございます」

橘藤は呟いた。

シュリーマンはファウラーが自分の身を案じてくれた事をありがたく感じながら、拳銃の箱を鞄にしまった。

「いい気分で旅立つことが出来る」

シュリーマンは呟いて、鞄を抱きしめた。

船は港の沖合を大きく回り込んで、左手に陸地の影を見ながら北上した。

雨は強くも弱くもならずに降り続けている。海が荒れていないのが幸いだった。

「あの明かりが神奈川宿です」深野が陸地の中に光の点が集まっている所を指さして言った。

「本来、あの港が諸外国に開放されることになっていたのです。御公儀は人の出入りの多い東海道の神奈川宿では、日本人と外国人の軋轢《あつれき》が起こると心配して、海辺の寒村であった横浜村を開港の場所としました。『横浜も神奈川のうちである』と、諸外国の嵐のような抗議を退けたんです」

「物騒な攘夷派の襲撃を防ぐには、掘り割りで隔離できる横浜の方が都合がいい。結果的に横浜に居留地が出来てよかったと思うよ」

と、シュリーマンは答えた。

船は明け方近くに江戸湊にたどり着いた。

そぼふる雨の向こうに江戸の町並みが青白い薄明かりの中に霞んで見えた。

日本橋辺りの魚河岸に向かっているのだろう。数え切れない数の小さな漁船《いさりぶね》が隅田川河口に向かって櫓を漕いでいる。

シュリーマン一行の船は、隅田川の河口から少し先に進み、小名木《おなぎ》川との合流点に近く停泊する弁財船に近づいた。

「これが千石船か。意外に小さいものだね」

シュリーマンは簑と笠を着けながら、船を見上げた。

舳先には水押《みよし》と呼ばれる水切りが大きく反り返っている。天をつく水押の尖端からは紫色の大きな房、下がりがぶら下がっていた。

船尾もまた大きく反り返っていて、突き出した舵は驚くほど大きかった。旗が立てられていて海尊丸と記されていた。

「なにが書かれているんだ？」

「この船の名前です。カイソンマルと読みます」

深野が言った。

「海尊は、源義経公の家来の名にございます。僧兵と言って、武装した僧侶でございましたが、元は腕のいい楫取《かじとり》だったそうで」

橘藤が補足する。

「源義経の名は幾つかの書籍で見たが、平泉と深い関係があるのか？」

「義経公は、平泉藤原氏に育てられたといっても過言ではござらぬ」

「後ほど、そのあたりの講義もよろしく頼む」

「もちろん」

橘藤は肯いた。

弁財船は、清国や欧米の船と違って船体を塗装しないので、全体が風雨に晒されて灰色になっている。喫水から下は黒く焦げていた。こびりついたフジツボや海草を焼いて掃除した跡である。碇《いかり》を繋いでいるのだろうか、三本の綱が水中に斜めに突き刺さっている。

「船の大きさは帆の大きさで判断できます」深野が言った。

「この船の帆の大きさなら、五百石の船。弁財船の中では小さい方です。ほら。沖に見えるあの船の帆はもっと大きいので、千五百石の船です」

深町が指さした辺りには十隻あまりの弁財船が浮いていて、かなり大きな船が数隻見えた。

日除船は、海尊丸に寄り添うように停まった。左舷側の中程、伝馬船を引き上げる伝馬込《てんまこみ》から垂らされた縄ばしごの下である。

最初に橘藤が縄ばしごを登った。次にシュリーマン。深野が最後に日除船を離れた。

船縁によじ登ったシュリーマンは、危うく船倉に転がり落ちそうになった。

甲板がないのである。菰《こも》を巻いた荷物が船倉から山積みになっていて、十人ほどの日本人が忙しげに荷物の積み直しをしていた。全員が裸に下帯一つという姿である。

帆は下ろされていて帆桁と分厚い木綿の帆布が横たわっている。

帆柱の側の足場に立ち、大きな声で乗組員たちに指示している男がいた。

男の背中から臀部にかけて見事な入れ墨があった。

荒海の中に巨大な鯨。海に突き出した岩場に鯨と同じ大きさの虎。渦巻く雲からは稲妻が走り、二者は眼光鋭く睨み合っている。

「あの人が虎次郎さんです」深野が言った。

「勇魚《いさな》（鯨）と虎の入れ墨があるから、勇魚の虎次郎って呼ばれています」

一通り指示を終えると、虎次郎はシュリーマンたちを振り返って歩み寄ってきた。

三十代前半くらいだろうか。精悍な顔つきをしている。太い眉の下の大きな目がスッと細められた。そして、赤銅色に焼けた顔をほころばせて「来たねぇ。唐人さん」と言った。

深野が手短にシュリーマンを紹介する。

「おれが虎次郎だ。牡鹿《おしか》湊から先も用心棒でつき合ってやるから安心しな」

虎次郎は言って、分厚い胸板を拳で叩いて見せた。

「日本の船乗りはいつも裸なのか？」

シュリーマンが訊き、深野が通訳すると、虎次郎は唾を飛ばして豪快に笑った。

「雨が降ってるじゃねぇか。せっかくのおべべが濡れたらもったいねぇ。心配するな。陸《おか》ではケツ出して歩くこたぁねぇよ。まずは中でゆっくりしてくんな。上乗《うわのり》（荷物番）の藤吉爺《とうきちじい》が居るから、白湯《さゆ》でも飲ませてもらえ」

虎次郎に促され、シュリーマン達は艫《とも》の側の屋根がかけられた船矢倉に潜り込んだ。

筵を敷き詰めた矢倉には、下帯姿に袖無しを羽織った老人が座っていた。萎《しな》びたように弛んだ胸元の皮膚に、荒波の文様の入れ墨が見えた。手元に長火鉢があり、鉄瓶が湯気を上げていた。

「あんたかい？　蝦夷に化けるってぇのは」

藤吉は睨《ね》め付けるようにシュリーマンを見上げた。

「そうだ。ハインリヒ・シュリーマンという。よろしく頼む」

シュリーマンはぎこちなくお辞儀をした。

藤吉は背後に置かれた頑丈な金具で補強された船簞笥《ふなだんす》の引きだしを開けて一着の着物を取りだし、シュリーマンに差し出した。

「着てみろ」

と、ぶっきらぼうに言った。

蛮族にぞんざいな態度をとられ、シュリーマンは一瞬ムッとしたが堪えて着物を受け取った。

シュリーマンは裸になってその着物を羽織る。ごわごわとした固い繊維だった。襟と袖、裾、そして背面に黒い飾り布が縫いつけられてあった。飾り布には︸形が組み合わされた連続文様が白抜きされている。

「その着物はアットシアミプ。日本語では厚司《あつし》と呼ぶ、蝦夷の着物だ。オヒョウの樹皮の繊維で作られている」

藤吉は引きだしの中から細い帯と白い樹皮を円形にまとめたものを取り出し、シュリーマンの横に立った。

藤吉は小柄で、白髪頭がシュリーマンの胸のあたりにあった。

「これはアットシクッ。厚司の帯だ」

と言いながら、シュリーマンの腰に帯を回し、背中側の右寄りに片結びにした。

「そしてイナウル。礼冠だ。柳の木を削って造る。儀式の時以外は被らないが、これを着けておけばさらに蝦夷らしく見える」

シュリーマンは腰をかがめて藤吉が頭にイナウルを載せるのを助けた。

「どうだ？」

藤吉はシュリーマンの体を橘藤と深野に向ける。

「おお」

二人は同時に感嘆の声を上げた。

「まさに、蝦夷にございますな」橘藤が言った。

「陸奥屋殿の店で何度か見たことがございますが、蝦夷の村長《コタンコロクル》そのものでございます」

「言っておくが、唐人さん」藤吉はシュリーマンの腰に赤い鞘の太刀を佩かせた。

「自分のことを絶対に蝦夷なんていっちゃならねぇぜ。蝦夷は蔑称だ。彼奴等は自分たちをアイヌと呼ぶ。人間という意味だ。アイヌは誇り高い。自分たちだけが人間《アイヌ》で、日本人は人間《アイヌ》じゃない。日本人はシサムウタラ。略してシャモと呼ぶ。シサムウタラは、『私の隣人』ってぇ意味さ。蝦夷ヶ島――連中の言う神の国《カムイモシリ》では、アイヌと日本人の小競り合いが多い。日本人がアイヌを人として扱わないのが悪いんだがね」

「分かった。アイヌだな。藤吉は日本人なのに、随分アイヌのことに詳しいな」

シュリーマンが言うと、藤吉は長火鉢の側に戻った。

「昔、北前船で、松前、函館、江差、宗谷まで行った。陸奥屋の船に世話になるようになってから蝦夷ヶ島の伊達家中の元陣屋や出張陣屋に出入りするようになった。自然にアイヌとの関わりも強くなる」

藤吉は言葉を切り、筵の上に茶碗を三つ置いて鉄瓶のツルを手拭いで握ると、白湯を注いだ。

「なぁ、唐人さん。誇り高いのはアイヌも日本人も同じだ。人として扱わないと、小競り合いが起きる。小競り合い、喧嘩ってぇのは武器――〝得物《えもの》〟によって事が大きくなる。素手で殴り合ううちはまだいいさ。人死にが出ることも少ない。だがな、匕《あい》首《くち》、段平《だんびら》を持ち出したら、殺し合いだ。鉄砲、大筒なんぞ持ってる者同士が喧嘩したら、こりゃあ、もう戦さ。分かるか? 唐人さん」

「藤吉」深野がとりなすように言う。

「シュリーマンさんは横浜の唐人たちと違って日本の文化に敬意を払ってくださる。我々を蔑視などなさらぬ」

「そうかい。唐人さん」藤吉は唇を歪める。

「まぁ、仲良くやって行こうや」

シュリーマンは藤吉が差し出した湯飲みを受け取って、白湯を啜った。

外から碇を上げる指示を出す虎次郎の声が響いた。微かに船が揺れた。

帆を揚げる縄の軋み。帆布が風を孕《はら》んだ音。

海尊丸はゆっくりと江戸湊を離れた。
雨は瀟々《しょうしょう》と降り続き、江戸の町は白い紗幕《しゃまく》の向こう側に、朧《おぼろ》に消えて行った。

第二章　旅路

一

シュリーマンたちの乗る海尊丸は、本来であれば、江戸湊を出て、小湊、銚子、那珂湊、平潟、塩竈と寄港する。陸奥国牡鹿湊に到着するのはおよそ半月後である。しかし、今回の荷は陸奥屋の計らいで、すべて陸奥国に運ぶものであったので、海尊丸は、まっすぐに牡鹿湊を目指していた。

虎次郎の予想によれば、四日目の深夜までには牡鹿湊に入れるという。

雨は降り続けていた。

シュリーマンたちは、十数名の乗組員達と共に、矢倉で過ごした。初日の夜は雑魚寝の乗組員たちの鼾《いびき》や歯ぎしり、彼らの魚くさい体臭でよく眠れなかった。

シュリーマンが驚いたのは、乗組員達がよく煙草を吸うことだった。

大人はもちろんのこと、少年までが洒落た煙草入れを持っていて、器用に煙管の火皿に煙草を詰め、数服吸って煙草盆の灰落としに灰を叩き落とす。中にはまだ火のついている煙草の玉を掌で転がして見せる者もいた。深野に訊くと、日本人は百人のうち九十人以上は煙草を吸うのだと答えた。老若男女、煙草をいかに粋に吸うかの研究に余念がないのだという。

翌日の昼は、休憩の乗組員たちが花札やサイコロの賭博をしている横で、橘藤から平泉藤原氏や平泉についての講釈を聞いた。

橘藤の知識は驚くべきもので、シュリーマンの厄介な質問にも間髪を入れずに答えが返ってきた。

シュリーマンも博識には自信があったが、橘藤には敵《かな》わないと舌を巻いた。

「凄まじいばかりの博学だな。【吾妻鏡】を暗記しているのか？」

「左様。全巻諳《そら》んじることができもうす。博覧強記は祖先からの血にございます」

橘藤は嬉しそうに言った。

「祖先から？」

「文治五年、一一八九年九月十四日。平泉之庁《ひらいずみのたち》とともに出羽、陸奥国の民部省図帳《みんぶしょうずちょう》と大田文《おおたぶみ》——年貢を算出するための土地台帳のようなものです——が焼けてしまったので、頼朝は困り果ててござった。土地の古老が、故事に詳しい兄弟がいるというので、呼び寄せまする。館に招いて問うと、兄弟は暗記していた出羽、陸奥の絵図や土地の証文書をスラスラと紙に書き出したのでございます。頼朝は感心して兄弟を御家人として召し抱えまする。兄の名は清原実俊。弟の名は橘藤実昌」

「その弟が、あなたの祖先なのか」

シュリーマンの問いに、橘藤は肯いた。

「左様。平泉藤原氏に仕えていたのに、その敗北後、唯々諾々《いいだくだく》と頼朝の命令に応じたことは、子孫として忸怩《じくじ》たる思いがございます」

「なるほど。平泉藤原氏について、もう少し突っ込んだ質問をしてもいいだろうか?」

「どうぞ」

「平泉藤原氏とは、そもそも何者なのだ?」

「色々な説がございます。初代清衡公の父、経清《つねきよ》は、藤原秀郷流の藤原氏でございました。秀郷は平将門という朝廷に叛逆した武将を討った英雄にございます。しかし、以後の平泉藤原氏は、実は蝦夷《えぞ》の血を引いているという話がございます」

「蝦夷だったのか？」

「今、シュリーマン殿がおめしになっている厚司と同じような文様のある着物が、平泉に残ってございます。平泉藤原氏の持ち物であったと伝えられるものでございます。また、平泉藤原氏の前に陸奥国の奥六郡という場所を統治していた安倍氏は俘囚《ふしゅう》長《ちょう》でございました」

「俘囚長とはなんだ？」

「昔むかしの話にございます。まだ奈良に都があった時代、それよりも東はエミシと呼ばれる民が住んでおりもうした。漢字での表記はエゾと同じ蝦夷にございます。大和朝廷はそれらを征伐しながら国を広げて行きもうした。京に都が移ってからも、まだ出羽、陸奥国には多くのエミシが残っておりもうした。それらの中で、朝廷に恭順の意を示した者が俘囚。その俘囚をまとめる頭目が俘囚長にございます。平泉藤原氏はその安倍氏の血を引く女を妻としておりもうした。よって、彼らには蝦夷の血が流れていると言われるのでございます」

「そのエミシが蝦夷ヶ島に追われて移り住み、蝦夷になったのか？」

「元々、蝦夷ヶ島に住んでいる者たちもおりまするが、そのような例もあったに相違ありませぬ。また、平泉藤原氏滅亡の際に、多くの者が蝦夷ヶ島に逃げたという伝説もありもうす」

「なるほど」シュリーマンは顎髭を撫でる。

「エミシは大和朝廷に蔑視されていたのか」

「はい。蔑視されていたのはエミシばかりではござらぬ。国栖《くず》、土蜘蛛《つちぐも》、熊襲《くまそ》と呼ばれた人々もおりもうす。これは国学者が大っぴらに話してはならないことにございますが、古事記に記される天孫以外の土地神たちが、それらの人々の祖先ではないかと某《それがし》は思うのでございます」

そこで橘藤は一旦言葉を切り、シュリーマンの方へ体を傾けた。

「ここだけの話にございますが」と、小声で言った。

「某は、現在の国学に不満を持っておりまする」

「国学とは何だ?」

「日本の古典を学び、儒教や仏教伝来より前の日本人本来の精神を学ぼうというものです」

深野が説明した。

「古事記や万葉集などの研究が中心でございまするが、それらは天孫が降臨した後の書物。天孫が降臨する以前、秋津島は土地神が支配する国でござった。土地神は天孫に従属し、あるいは叛逆して討たれて行きもうした。土地神やそれを敬う人々は熊襲、国栖、土蜘蛛などと呼ばれたのでございます。エミシも従属させられた者たち。その者たちの心を知らぬ限り、真の日本人の精神など学べませぬ。某は、天孫降臨以前に日本に住んでいた人々の心を探る〈真国学〉というものを興そうと考えておりまする」

「橘藤さん。それ、まずいですよ」

深野が橘藤の袖を引っ張った。

『まずい』という日本語を耳にして、シュリーマンは訊いた。

「なぜまずいのだ？」

「尊皇攘夷ってご存じですか？　武士を排して帝を政《まつりごと》の中心に立てようとする侍達が増えているんですよ。橘藤さんの考え方は、そいつらの逆鱗《げきりん》に触れる恐れがあります」

「断片的にではありまするが、山に住み、獣を追い木を伐って暮らす者たちの中に、太古の人々の心が残っておりまする。白河より南に住む者たちに蔑まれる奥州の中に、それがあるのでございます。某は、それを集めて一つの体系を築こうと思っておりまする」

橘藤の言葉に熱がこもった。

「奥州の人々は、まだ古い土地神を崇拝しているのか？」

「ほとんど消え去ってしまいもうしたが、まだ神社の客神《まろうどがみ》として残っている神も御座《おわ》します。客神ともうすは、神社の主神の脇に祀られている神にございます。以前はその神社の主神となっていたものが、新しく勧請《かんじょう》された神に母屋を乗っ取られたのでございます。衣川の集落には、巨大な磐座《いわくら》がございまして、今では名も知れぬ神が鎮座した場所として祀られておりまする」

「その神は、エミシの神なのか？」

「おそらく」

「北へ追いやられた蝦夷が、エミシの子孫だと仮定すれば、その神は蝦夷、アイヌの神であったとも言えるな」

「エミシと現在のアイヌが同根であるという証はありませぬが、そういう見方もできましょう」

「エミシの言葉は、今の蝦夷の言葉と同じものだったのか？」

「と、仰《おお》せられますと？」

「世界には、原住民の言葉を残す地名というものがある。今は英語を話す民族が住んでいても、以前フランス語を話す民族が住んでいれば、フランス語の地名が残っていたりする」

「ああ。平泉に蝦夷言葉の地名が残っているかどうかという質問でございまするな？　陸奥（福島から青森）、出羽（秋田、山形）あたりには、多くの蝦夷言葉の土地が残っておりもうす。しかしながら、平泉の辺りは、大和朝廷が置いた胆沢《いさわ》城が近くにあり、そのために古くから大和言葉が使われていて、蝦夷言葉の土地が少ない地域の中にありまする。それでも、伽羅楽《からく》という地名が平泉にございます。これは、平泉藤原氏の伽羅之御所があったので伽羅楽と呼ばれるのだという説がございます。しかし、某は、伽羅楽とは蝦夷言葉であると確信しております」

「カラクという言葉はどういう意味になるのだ？」

「ハシボソガラスでございます。烏には二種類おりまして、嘴《くちばし》の太いハシブトガラスは町に、嘴の細いハシボソガラスは山に棲みまする。また、烏は古来より聖なる鳥とされておりますれば、伽羅楽の地はエミシたちの聖なる土地であったかもしれませぬな」

「なるほど。平泉の町には蝦夷言葉の地名が残っているのだな」

「その他にも、エミシが住んでいたと思われる地名が残っておりまする。志羅《しら》山という地名でございます」

「白い山という意味か？」

「語源はそうだと思われます。先ほどもうし上げた俘囚に関わってくるのでございますが、彼らは大和朝廷によって、強制的に日本各地に移動させられました。それを〈移配〉と呼びます。俘囚の移配地を俘囚郷ともうしまする。その俘囚郷には必ずともうしてよいほど白山《しらやま》神社がございます。現在は白山社《はくさんしや》と混同されて、白山《はくさん》神社となっているものも多くありまする。加賀、越前、飛騨、美濃の四国にまたがる白山山塊をご神体とし、白山比《しらやまひ》咩《め》＝菊理《くくり》媛《ひめ》を祀る神社にございます。しかし、エミシたちが祀ったのは、おそらく故郷の白い山、雪を被る早池《はやち》峰《ね》山《さん》や姫神山、巌鷲山《がんじゆさん》（岩手山）などであったと思われまする。平泉の白山神社に祀られているのは、白兎を従者として唐から渡ってきた神といわれておりまする。一般的な白山神社と異なるという好例でありましょう」

橘藤は話し出すと思い出した知識を繋げて話し続けるので、シュリーマンはなかなか次の質問ができなかった。

「それで、その土地は平泉のどの辺りにあるんだ？　町の端か？」

「いえ。ほぼ中央にございます」

「そうか」

シュリーマンはその言葉に満足して大きく肯いた。

今まで書籍に記された不十分な情報だけで財宝の在処《ありか》を推理してきたので朧《おぼろ》な輪郭しか見えなかった。しかし、橘藤の膨大な知識がその細部を描き出して行く。必ず財宝は見つかる。シュリーマンの確信は深まった。

「蝦夷言葉の地名が残っていることが宝探しに重要なのですか？」

深野が訊く。

「エミシが蔑視されていたのにもかかわらず、平泉にエミシ言葉の土地が残っている。これはとても重要だ」

シュリーマンは答えた。

「なぜですか？」

「民族が蔑視されているならば、その言葉も蔑視される。その言葉を使うことは恥ずかしいこととされ、いつしか消えて行く。しかし、消えずに残っているのは、完全に蔑視されていたのではないということだ。蝦夷言葉の地名が町の中央に残っているのならば、平泉藤原氏の時代、エミシは町人と同等に近い存在として町に住んでいたということになる。アメリカのどんな町でも、原住民が白人と同等に暮らしているということはあり得ない。ケルトの人々もヨーロッパの端に追いやられている」

シュリーマンが言うと、深野も橘藤も複雑な表情をした。

「どうした？」

「いや。古《いにしえ》の平泉の人々に比べ、今の我らはなんと狭量であることかと感じたのでございます」橘藤は言った。

「我々は身分制度の名のもと、ずいぶん多くの人々を蔑視しているなと」

二人の日本人にそう言われて、シュリーマンはハッとした。

彼らよりも自分の方が罪深い。

日本人を心の中では蔑視しながら、同等扱いをしているフリをしている。外国人相手の商売はそういうもので、今まで罪悪感など感じたことはなかったが。

シュリーマンは自分の中で何かが変わり始めていることに気づき、冷や汗をかいた。

自分は冷静さを欠いている。

日本人に親近感を感じてしまえば、最後の詰めが甘くなる。この猿のような小男たちは、自分から搾取されるだけの者たちなのだ。

「ともかく、平泉はエミシも住み、京にも劣らない寺院群が存在し、京から出張してくる貴族も、関東から来る武士も住んだ、混沌とした都市であったと推測できる、ということだ」

「混沌とした都市、でございますか」

「平泉藤原氏がそういう考えの下に平泉という都市を構築していったということが大切なのだ。財宝を隠す方法にもそれは反映されているはずだ」

「そういえば――」橘藤は腕組みをする。

「中尊寺落慶供養願文の中に、平泉藤原氏初代清衡公は『官軍の死も夷虜《いりょ》の死も、区別はない』とする一文を書いておりまする。また、中尊寺が本尊とする阿弥陀如来は西方浄土――御仏《みほとけ》の世を司る仏。そして毛越寺《もうつうじ》の本尊であった薬師如来は東方浄瑠璃世界――生きとし生ける者たちの世界を司る仏。平泉は二つの浄土、世界が混在する場所でもあるわけでございますな」

「世の中では穢《けが》れた存在とされるエミシも、貴いとされる公卿も、神仏も、すべて重なり合っている町。それが平泉であったと仰せられるのですね」

深野が言った。

「供養願文で語られる平等の思想は、台密《たいみつ》の〈非情成仏義《ひじょうじょうぶつぎ》〉の中にありまする。草木《そうもく》有情《うじょう》も非情も、つまり、生物も生物ではないものも、あまねく仏性をもち、すべてが成仏できるというものでございます。官軍も夷虜も成仏できるというわけでございます。出羽、陸奥国の台密は、慈覚大師《じかくだいし》円仁《えんにん》が巡錫《じゅんしゃく》し、寺を開いていったのが始まりでございます。平泉藤原氏の時代の三百年も前のことでございます」

円仁は七九四年、下野国の有力豪族の家に生まれた。八〇八年に伝教大師最澄の弟子となる。八三八年に遣唐使として唐に渡り、およそ十年間仏教を学んだ。帰国後、諸国を行脚し仏の道を説いた。特に東北地方での寺院の建立や産業の振興に尽力した。

円仁が東北を巡錫したのは、八五〇年ごろであったとされている。

「そういう理由で古くから出羽、陸奥国に広まっていたということもありましょうが、平泉藤原氏が台密を篤《あつ》く信仰した理由は、ありとあらゆるものに開かれた成仏の道であったと某《それがし》は思っております。仏の御前に貴賤の別などはないのだと」

シュリーマンは肯く。

「もし、七百年も前にそういうことを本気で考えていたとすれば、あまりにも先進的だ。博愛を唱えるキリスト教でさえ異教徒を排斥する。平泉藤原氏が、すべてを認め、すべてを包み込もうとしたのであれば——。平泉藤原氏の思いは神の領域にあったのかもしれない」

自分の言葉は蛮族を喜ばせる誇張に過ぎない。そう思いながらも、シュリーマンは何か熱いものが体の中心に生まれるのを感じていた。

深野が橘藤のためにシュリーマンの言葉を訳すと、隅で博打をしていた若衆《わかいしゅう》（乗組員）の一人が嗤《わら》った。

「奥州のど田舎に神様がいるって？」

「いるのは水飲み百姓ばかりだって。飢饉飢饉で肉がつく暇がねぇ奴らの国だぜ」

「元禄、宝暦、天明、天保の大飢饉の時にゃあ、死人《しびと》の肉を喰らった奴もいるって話だ。他にも、三年に一度の割合で飢饉に襲われる土地だぜ。神様に見捨てられた土地だ」

「今年の二月には盛岡で大火があった。疫病神に魅入られた国だ」

「盛岡は南部家中。平泉は伊達《だて》家中じゃ。一緒にするでない」

橘藤が憮然とした顔で言った。

「南部様家中だろうと伊達様家中だろうと、田舎には違いあるめぇ」若衆が筵に花札を叩きつける。

「おれの生国《しょうごく》は陸奥国だが、一度だっていい国だと思ったことはねぇよ」

「己の生国に誇りを持たぬとは何事か！」

橘藤が脇に置いた刀を抜き放ち、立ち上がった。

「やるってぇのか！」

若衆が花札を蹴散らして立ち上がる。

「喧《やかま》しいやい！」

矢倉に入ってきた虎次郎が怒鳴り、いきり立っている若衆の頬を張り飛ばした。

若衆は吹っ飛んで上棚の板に叩きつけられた。鼻血を垂らしながら怯えた目を虎次郎に向ける。

「今のは、橘藤さんが正しい」虎次郎は若衆の側にしゃがみ込む。

「お前ぇはまだ若ぇから、派手な江戸の町がいいと思うだろうがよ。生国っていうのは、いいもんだぜ。おれが世話になった船頭や表《おもて》（航海士）、片表《かたおもて》（航海士補）の連中は、爺になって息を引き取る前、みんな故郷とおっ母《かあ》のことを話してたぜ」

「すみません……」

若衆は素直に謝った。

「まぁ、おいおい分かって来るわさ」虎次郎は言って橘藤を振り返る。

「ということだ。橘藤さん。刀を収めてくんな」

橘藤はばつが悪そうに俯くと、刀を鞘に戻した。

「こちらこそ、大人げないことをして、もうし訳ござらぬ」

「さあ。講釈を続けてくんな」

言うと、虎次郎は矢倉を出ていった。

二

三日目。海尊丸は塩屋の鼻（岬）を過ぎて、真っ直ぐな海岸線を左に見ながら進んだ。

雨は小やみになり、前方の雲間には青空が見えた。

梅雨である。前線の雲は関東の辺りに停滞していて連日雨を降らせていたが、東北は概ね晴天が続いていた。

矢倉での橘藤の講義は延々と続いていた。

シュリーマンは、少しずつ分かる単語の数も増え、できるだけ日本語で話をするように心がけていた。

そんなシュリーマンを面白がったのは若衆である。

片言の日本語を話すシュリーマンに、まるで子供に言葉を教えるように色々と話しかけるようになっていた。昨日、橘藤と喧嘩になりかけた清五郎《せいごろう》という若衆も積極的にシュリーマンに話しかけた。

最初の内、シュリーマンの心の中には正体不明の蟠《わだかま》りがあった。若衆たちから言葉を教えられていると、胸の中に重苦しいモヤモヤが出現するのである。

しかし、それもしばらくすると消えていった。

穏やかな心で若衆達と話をしていると、唐突にその蟠りの正体に気づいた。

蛮族の下層民がなれなれしく自分に話しかけ、あまつさえ言葉を教えようとしている。

何かを与えられ教えられる立場はお前達の方だ。

そういう思いが自分の中にあったのだ。

シュリーマンは愕然とした。

自分が彼らを蔑視していたことが衝撃だったのではない。蔑視する自分を恥ずかしく思っていることに驚いたのだ。

今までシュリーマンは未開の国に住む者たちも尊重しようとする姿勢はもっていた。しかしそれは、商売を有利に進めるための手段であり、文明人としての自分という立脚点からの決意でもあった。

富める者は貧しい者に施す責任があるのと同様に、未開人を導くのは文明人としての義務なのである。未開の人々を文明人に引き上げてやるために、物質的、精神的な施しを与える。それが真の文明人のやるべきことなのだ。

未開人にとっての〈善き文明人〉とはそういう存在であるべきなのだ。

そこには、けっして崩すことのできない大前提がある。〈自分は優れていて、彼らは劣っている〉というものである。

日本を訪れる欧米の公使、宣教師、軍人、商人、その誰もが例外なく盤石の大前提の下に日本人と接している。

それは劣等感の裏返しではない、優、越、感、の、た、め、の、優、越、感——。

だが、シュリーマンの中で今、それが揺らいでいる。

その大前提こそが蔑視の根元なのだと気づいてしまった。

日本人と同等であろうとし始め、そのことに心地よさを感じている自分自身にシュリーマンは驚いたのである。

同時に、罪悪感が強まって行った。平泉藤原氏の財宝を我が物としようとしていることに対してである。

『それは、それ。これは、これ』

シュリーマンは、自分の大望を叶えることこそ人生の目標と強く己に言い聞かせた。

＊

四日目の昼過ぎ、雨は止んだ。

雨雲は南の空に去り、海尊丸は晴天の中を進んだ。

シュリーマンと橘藤、深野は矢倉の外に出た。矢倉板に腰掛けて潮風を浴びながら講釈の続きをした。帆布がちょうどいい日陰を作っていた。

「橘藤。平泉の周辺でよく山を歩いている者はいないか？」

「さて、産金、産鉄の国にございますから、山師は多くおります」

「まったく財宝と関係なさそうな人々で、山をよく歩いている者たちを知りたい。山師は黄金の鉱脈も探るから財宝を連想させる」

「なるほど、それならば樵《きこり》や修験者《しゅげんじゃ》でござろうか――」

「シュゲンジャとは何だ？」

「仏教と神道が習合した山岳宗教を信仰する人々にございます。時に滝に打たれ、時に崖をよじ登り、修行のために山を駆け回りまする」

「なるほど。禁欲的な生活をする宗教家たちか」

「いや、真面目な修験者は禁欲的でありましょうが、中には生臭な連中もおりましてな。加持祈禱をすると称して婦女子を犯す者もおりまする」

「まぁ、宗教家を隠れ蓑にしていかがわしいことをする者は古今東西、どこにでもいる」

「前もお話し申しましたが、出羽、陸奥国には、古くは慈覚大師円仁という徳の高い僧侶が巡錫し、寺を開いて行きました。円仁は天台宗の僧侶ですから、その足跡を辿るように天台系の修験者が多く出羽、陸奥国に入って参りました」

　深野が口を挟んだ。

「すると、修験者が山の中を駆け回る姿は、平泉藤原氏の時代の三百年も前から当たり前の景色になっていたわけだな？」

「左様でございます」

「ならば、財宝を埋めるために修験者が山の中に入っても怪しむ者はないということだ」

　シュリーマンがそう言ったとき、橘藤は大きな声で「あっ」と言い、目を見開いた。

「経塚ですよ！　シュリーマンさん！」

「キョウヅカとはなんだ？」

「経典を埋めた塚です。京で政が行われていた時代、末法思想というものが広く信じられていたことがあります」

「ああ、それは知っている」シュリーマンは言った。

平安時代の半ば永承七年、西暦一〇五二年より末法――仏の教えが衰える時期――を迎えるという説が広まった。

『末法を迎えれば世は乱れ、衰退した仏の教えは軽んじられ、経典は失われてしまう。我々を救済してくれる弥勒菩薩が地上に出世するまで、経典を保存しなければならない』と、考えた信仰心の篤い人々によって、経塚は作られた。

経典の埋納は天台宗の寺院の影響が大きく、近畿地方、北九州に多い。特に九州に経塚が多いのは、天台宗と宇佐八幡宮の影響下に独特の山岳信仰が発達したためであるという。

「経塚は後に、現世利益を願う〈願掛け〉のようなものに変化していって、強い願い事がある場合に経典を塚に埋めるようになって行きまする。経塚は、北九州にとても多いのですが、それを作ったのが天台系修験道の人々なのでございます」

「平泉にもそれがあると？」

「平泉だけでなく、出羽、陸奥国には沢山ありまする。慈覚大師円仁の時代から、三百年間、連綿と作られ続けていたのでございます。平泉藤原氏の時代、修験者たちが経塚を作る姿はもはや日常の風景だったことでござろう」橘藤の口調は興奮に上擦ってゆく。

「左様。彼らならば、山で地面を掘っていても怪しまれませぬ。見た者は経塚を作っているると思いまするからな。平泉藤原氏が財宝を分散して経塚に埋めるという方法をとるならば、経塚ほどふさわしいものはありませんぞ！」

シュリーマンにも橘藤の興奮が伝染し、早口で訊いた。

「平泉から一番近い経塚を知っているか？」

「一番近いもなにも」橘藤は大きく目を見開き、シュリーマンに顔を近づけた。

「町のど真ん中にございまする」

「町の真ん中」

「中尊寺の建つ関山の南。華館《はなだて》という屋敷があったと伝えられている場所の後ろに、金鶏山という小山がございます。これは、初代清衡公、あるいは、三代秀衡公が人足を使って土を盛り上げたと言われる山でございます。山頂には経を埋納したとも、雌雄二羽の黄金の鶏が埋納されているともいわれておりもうす。菅江真澄《すがえますみ》という国学者が金鶏山の埋蔵金伝説について書いておりまするが、その中に財宝の在処を示していると言われる歌が載っております。『旭さす　夕日かがやく木の下に　漆千盃《うるしせんばい》　こがね億々《おくおく》』という歌でございます」

橘藤が小声で言うと、深野も顔を寄せて小声で訊いた。

「京で同じような童歌を聞いたことがありますよ。誰かが悪戯《いたずら》で作ったんじゃないですか？　それに、大切な財宝の隠し場所を示した歌なら、一族の口伝にするとかして、外には出しませんよ。もし、歌が本当だとしても、もう誰か謎を解いて掘っているんじゃないですか？」

「掘れば祟《たた》りがあるという伝説だ。誰も手は出さぬ」

「欲の皮がつっぱらかった奴はいつの世もいます。埋めたという話があれば、誰かは掘っていますよ。七百年もそのまま埋まっているとは考えられません」

橘藤と深野の話を訊いているうちにシュリーマンの興奮は冷めて行った。

深野が言うとおり、財宝を埋めた場所に、わざわざ埋めたという噂や歌を残すはずはない。

いや。

裏の裏をかく方法であるかもしれない。

深い場所に財宝を埋め、浅い場所に経典を埋納する。

伝説を信じて金鶏山を掘った者は、経典が出てきたところでガッカリし、それ以上掘ろうとは考えない。

いや、いや。

そのような単純な仕掛けではないはずだ。

シュリーマンは猜疑の迷宮に迷い込んだ。

掻分けても掻分けても続く深く暗い藪の中に足を踏み入れてしまったような感覚だ。

信じれば、すべてが真実のように思えてくる。そして、疑えばすべてが疑わしく思えてきて、何もかもが闇の中に滲《にじ》んで行くのだ。

シュリーマンは首を振った。

冷静に考えろ。可能性のあることは捨てずにとっておけ。

いずれにしろ、経塚というのは、重要なキーワードだとシュリーマンは思った。

「誰かが掘り出したとすれば、そういう話も伝わっているはずだ」橘藤は不機嫌な顔になった。

「が、財宝を手に入れた者が居るという話の言及はない」

「財宝を手に入れたなんて話をすれば、いろんな人が集まって来て、むしり取られますよ。押し込みに殺されてしまうかもしれない。手に入れた奴は黙ってますよ」

その時、帆柱の向こうから虎次郎が顔を出し、橘藤と深野の間に割って入った。

「深野さんは若いから分からねぇかもしれねぇが、人は弱いものだぜ。お宝を手に入れれば人に話したくなるさ」

「盗み聞きですか？」

深野がしかめっ面をして虎次郎を見た。

「人聞きの悪いことを言うな。陸奥屋さんからあんたらの用心棒も頼まれている。事情をよく知らなければ、誰からあんたらを守るか判断がつかねぇ」

「誰から守ることになりそうですか？」

シュリーマンは訊いた。

「そうさねぇ。今の話の流れから言えば、相手は山伏かな」

「ヤマブシ、修験者のことですか？」

「ああ。出羽、陸奥国には霊場が多いから、山伏の数も多い。中にはあんたらのように宝探しをしている奴もいるかもしれねぇ。衣食足りて礼節を知るってね。襤褸《ぼろ》を着て腹を空かしていれば、礼節もへったくれも無ぇってことさ。神様、仏様よりも握り飯一つが有り難ぇってこともある」

「そう言えば」橘藤が咳払いを一つして、話題を変えた。

「義経公のお話をする約束で御座いましたな」

「平泉に深い繋がりがある武将だったな」

「左様。以前お話ししたように、源義経公は、鎌倉幕府を開いた源頼朝の弟君にございます。義経公と頼朝の他に何人かの兄弟が御座《おわ》しましたが、父源義朝が戦に敗れたために、別々の場所に預けられました。京に近い鞍馬寺に預けられた義経公は元服の年に、奥州の商人金売り吉次《きちじ》こと吉次信高《のぶたか》に連れられ、平泉に入ります。平泉藤原氏三代秀衡公の時代です」

「なぜ平泉に？」

「秀衡公が貴種――貴い家柄の源氏の血を自分の家系に取り込もうとしたというのが通説です。日本は血筋を重視するので、中央で地位を上げるためには貴種の血統を必要としたのです」

「エミシの血を引く藤原氏は高い地位を得られなかったというわけか」

「いや、そのあたりが通説を鵜呑みにできぬところなのでございます。平泉藤原氏の祖先は藤原秀郷という鎮守府将軍を務めた人物です。義経公は清和天皇の血筋ではあっても、母親の常盤《ときわ》御前の身分が低い。貴種とはいっても、危険を冒してまで迎えようとは思わないはずです。また、秀衡公は義経公を迎える五年前には従五位下《じゅごいのげ》、鎮守府将軍という地位を得て御座《おわ》す。従五位は、帝の宮殿に出入りすることができる地位にございまする。鎮守府将軍は陸奥国の国防の長にございます。また、義経公が頼朝の挙兵を聞いて平泉を飛び出した翌年、秀衡公は従五位上《じゅごいのじょう》、陸奥守《むつのかみ》という地位を得て御座す。陸奥守は、陸奥国の領主のようなもの。秀衡公の出世と義経公はまったく関係ないのでございます。秀衡公の舅《しゅうと》が藤原基成という人物で、この男が中央に縁者が多かったために、秀衡公は出世できたと考えられもうす」

「義経は何の役にも立たなかったと？」

「さに候。義経公が平泉にいたのは十六歳から二十一歳までの五年間。源義朝の子とは言っても側室の御子でございましたし、平家との戦いで名をあげるのは平泉を出てからでございます。頼朝挙兵に応じて平泉を出たのでございますが、秀衡公は義経公に軍勢を与えることもなさいませぬ。義経公は流れ者や猟師、僧兵など寄せ集めの数十人だけを従えて頼朝の軍に合流したのでございます」

「では、何のために義経を招いたのだ？」

「某《それがし》は憐れみではなかったかと思っておりまする」

「憐れみとは？」

「秀衡の舅、基成の祖父の従兄弟に藤原長成という男がございます。大蔵卿という役職をもつ公卿でございましたが、この妻が義経の母親である常盤御前にございまする」

「常盤御前は源義朝の妻ではなかったのか？」

「そのあたり、複雑な事情がございます。まず、常盤御前は夫義朝亡き後、仇《かたき》である平清盛の妾になりもうした」

「それはまた、惨《むご》い運命だな」

「義経公は常盤が清盛の妾になった当時は牛若という幼名で、まだ赤ん坊でございました。常盤はその他に今若、乙若という子供を連れて御座《おわ》しました。夫は反逆者として処刑されていますから、子供達の命も危ない。母としてはなんとか子供達を助けようと考えたのでございましょう。そこで、仇である清盛の懐に飛び込んだ。常盤は絶世の美女として京でも名が通っておりもうした。清盛は鼻の下を伸ばし、子供達の命は助かったというわけにございます。その後、常盤は藤原長成の妻となりもうした」

「なるほど。そういう過酷な運命を背負った義経を哀れに思ったというわけだな？」

「いえいえ。もっと深い意味がございまする。この義経公の運命は、平泉藤原氏初代清衡公によく似ているのでございます」

「清衡と同じ運命？」

「今から八百年ほど前の話でございます。奥州の地で俘囚長安倍氏が叛乱を起こしもうした。それを前九年の役ともうします。それを鎮圧したのが源頼義《よりよし》。清衡公の父、藤原経清公は奥州の俘囚長安倍氏に味方したために処刑されまする。経清の妻は、名前は伝わっておりませぬが安倍氏の女《むすめ》にございました。その女は、息子である清衡公を連れて、敵方であった清原武貞の妻となったのでございます」

「あっ。義経も清衡も、母が敵の妻となったということか」

「秀衡公は義経公に、祖父清衡公の姿を見ていたのだと存ずる。寺に預けられた男児は、女を抱くことの出来ない僧侶たちの性欲の捌《は》け口になることが多いのでございます。秀衡はそれを哀れんで、引き取ったのではないかと思うのでございます。自分の子と同様に育て、いずれは出羽、陸奥国を自分の子らと共に統治させようと考えていたのでございましょう」

「しかし、兄の挙兵に応じて自らも参戦しようとすることは、武士として尊い行いではないのか？　なぜ秀衡は軍隊を預けなかったのだ？」

「平泉藤原氏は、地上に極楽浄土を作ろうとしていたのでございます。初代から三代まで、出羽、陸奥国には戦いらしい戦いは起こらなかった。百年の静寂を保ったのでございます。中尊寺落慶供養願文にも、初代清衡公の不戦の誓いが垣間見られまする。自分の子と思って育てた義経公が参戦するのを止めるのは当然でございましょう。源頼義と頼朝、義経公の関係を考えれば、秀衡公は複雑な思いで御座《おわ》したことでございましょう」

「頼義、頼朝、義経はどういう関係だったのだ？」

「頼朝、義経公は頼義の玄孫《やしやご》にございます」

「え？　では、清衡の父親を殺した人物の玄孫を、秀衡は平泉に迎え入れたのか？」

「そこがまた複雑なのでございます。清衡公は父の仇である清原氏に引き取られ、長じてその清原氏を倒しまする。それを後三年の役ともうしまする。その時に清衡公に味方をしたのが源義家。頼義の嫡子にございます」

「平泉藤原氏にとって、源氏は仇であり恩人であるというわけか。たしかに思いは複雑だろうな」

「あっ、そのへんも義経と同じですね！」深野が言った。

「清衡は父の仇であり、母を寝取った清原氏を亡ぼす。義経も父の仇であり、母を寝取った平家を亡ぼす」

橘藤は肯いた。

「義経公と清衡公の運命は重なり合う部分が多いのでございます。後に頼朝に追われ平泉に逃れてきた義経公を匿《かくま》ったのも、そういう運命の類似を強く感じ、何かの導きと捉えたのではなかろうかと」

「なぜ頼朝は、平家を破った最大の功労者だった義経を追討したんだ？」

「確かに、平家は義経によって滅ぼされたと言っても過言ではないでしょう。しかし【吾妻鏡】を読み解くと、義経は鎌倉側にとって英雄ではなかったのでございます。当時の合戦は色々な作法や暗黙の了解がありもうした。たとえば、非戦闘員である船乗りを殺してはならないなど。ところが義経公はそういう作法や暗黙の了解を無視して、独断専行で兵を動かし平家を亡ぼしたのでございます。鎌倉武士たちにすれば、義経公は卑怯千万の武者。義経公の横暴に手を焼いていたようなのです。頼朝が目指した幕府は、棟梁の命令によって御家人が一斉に動くという組織にございました。義経公はその組織を無視する存在だったのでございます。そして始末の悪いことに、義経は戦《いくさ》に強い。そのままにしておけば、自分の地位を危うくする存在にございます」

「なるほど。そういうことだったのかい」虎次郎が大きく肯いた。

「頼朝ってぇのは、弟の方が目立ちやがるから嫉妬して殺そうとしたケツの穴の小さい奴だと思ってた。義経って男は出る杭だったたってわけだ」

「義経公は九州の豪族を頼ろうと、大物《だいもつ》ヶ浦から船出したのでございますが、嵐で難破。その後、吉野の辺りに隠れて、文治三年、一一八七年の春に平泉に逃れまする。秀衡公は義経公を匿いまするが、その年の秋に死去。朝廷や頼朝から『義経を匿っているのであれば差し出せ』という催促が頻繁に来るようになりもうす。そして、文治五年、一一八九年に秀衡公の後を継いだ四代泰衡公は義経公を襲撃。義経公はもはやこれまでと刃に伏されたのでございます」

「なんとも哀れな生涯だ」

シュリーマンは深い吐息をついた。

「だから日本人は義経が好きなんだよ」虎次郎が言った。

「判官贔屓《ほうがんびいき》って言ってな、弱い奴や負けた奴に同情するんだよ」

「虎次郎さん。そろそろ仕事にもどったらいかがです？」

虎次郎は舌打ちして前方を見る。

左手にはなだらかな砂浜が彼方まで続いている。所々に漁師の苫屋が見えた。

「ずっと先に見える、海の色が白っぽくなっている所が逢隈川《おうくま》（阿武隈川《あぶくま》）の河口だ。予定よりも船足は速いぞ」

＊

海尊丸は空がほんのりと茜色に染まる頃、北上川河口に開けた牡鹿湊に入った。

海尊丸は牡鹿湊の沖合に停泊し、シュリーマン達は伝馬船で上陸した。三日間船に揺られっぱなしだったので、地面に立っても揺れている感じがした。湊の人々は、すぐに蝦夷の衣装を纏《まと》ったシュリーマンを見つけ、物珍しげに近づいてきた。虎次郎は、

「陸奥屋の客人だ！　見せ物じゃやねぇ！」

と、怒声を上げて人垣を追い払った。

「蝦夷なんか連れて来るんじゃやねぇ！」

後退した人垣から罵声が上がった。

「湊が穢れる！」

「なんだと！　誰だ、今言った奴ぁ！」

虎次郎は怒鳴って、シュリーマンが腰に佩いている太刀を素早く抜きはなった。

「文句のある奴ぁ、出て来やがれ！」

声はない。

一人、二人と人垣を作っていた者たちが去って行く。

「出て来ねぇのか！　人の後ろに隠れなきゃ文句を言えねぇ奴は男じゃねぇぞ！」

虎次郎は抜き身を引っさげたまま、人垣の前を行ったり来たりする。そのたびに人垣はさらに後退し、逃げるように走っていく者の数が増えた。

シュリーマンは体を硬直させながら成り行きを見守っていた。心臓は高鳴り、顔からは血の気が失せていた。

深野は湊の者たちの言葉を訳すのを躊躇《ためら》っていたが、シュリーマンはすべて訳させた。

清国でも罵声は浴びた。しかしそれは、搾取される者の恨み辛みが主で、有産階級が常に浴びせられる類のものであったから、特に気にはしなかった。

しかし、牡鹿湊の人々から浴びせられた罵声は、たった二言、三言であったが、今自分は蔑視される対象としてここに立っているのだと実感させられた。

その事実は衝撃的であった。

陸奥屋からは覚悟するように言われ、そんなことは何ほどのものでもないとたかをくくっていたが、いざ実際に侮蔑の罵声を浴びてみると、体の中から今まで体験したことのない羞恥や恐怖や怒りが湧き上がってくるのを感じた。

「いつの世も人はああやって、自分を慰める」橘藤がボソッと言った。

「自分より惨めな者が存在するということを確認することで、安心するものにございます」

虎次郎が「散れ！」と怒鳴って太刀を一振りすると、残っていた人垣は悲鳴を上げながら逃げ去った。

虎次郎はすぐに宿場から馬五頭を調達して来た。

馬は藁《わら》で編んだサンダルのようなものを履かされている。なぜかと訊くと虎次郎は馬の爪を痛めないためだと答えた。シュリーマンは日本人は蹄鉄というものを知らないのだと驚いたが、深野が数年前から侍達の馬には蹄鉄がつけられるようになったと付け加えた。

「船で行くのではないのか？」

シュリーマンは夕暮れの河口に停泊する小型の帆船の群を指さした。できれば人目の多い陸路は避けたかった。

「川の流れってぇのは意外と強いもんでね。平泉から牡鹿湊まで下るなら二日とかからないが、川を遡《さかのぼ》るとなると、平泉まで五日はかかる。歩行《かち》で行くのと大差ない。できるだけ早く着きてぇんだろ？」

「早いにこしたことはないが……。街道を進むとなると、目立ってしまう」

シュリーマンは自分が着ている厚司の襟《えり》をつまんだ。

「表街道ばかりが街道じゃねぇよ。表街道を歩きたくねぇ者たちが行く裏道が沢山あるんだ。山道が多いが、三日で平泉に着ける」

「不眠不休でですか？」深野がげんなりした顔をする。

「船旅で疲れているんです。少しゆっくりさせてもらえませんか？」

「それは雇い主に相談しな」

虎次郎は顎でシュリーマンを指した。

深野は虎次郎の言葉を通訳しながら、すがるような目でシュリーマンを見る。

「残念だが、あまり時間がない。日本の滞在予定は一月《ひとつき》くらいと考えている。江戸と平泉の往復に十二日かかるとすれば、財宝を探す日数は半月程度。我慢してくれ」

深野が落胆の表情を見せたので虎次郎はシュリーマンの答えを察し、笑いながら手綱を渡した。

海尊丸の藤吉と清五郎がシュリーマンたちの荷物を持って現れ、一頭の馬の背にくくりつけた。

「こいつらも連れて行くぜ」虎次郎は馬に跨《また》がりながら言った。

「色々と役に立つ奴らだ」

「ならば、馬の数が足りないな」

シュリーマンも慣れない和式の鐙《あぶみ》に足を入れ、弾みをつけて鞍に座る。鞍は木製で、尻が痛くなりそうだった。

「おれたちに馬なんか必要無ぇよ」

清五郎は言って自分の脹《ふく》ら脛《はぎ》を叩いた。

藤吉は不敵に笑っている。

シュリーマン、橘藤、深野が馬に乗り、虎次郎が先頭で走り出した。

かなりの速さなのでシュリーマンは藤吉と清五郎がついて来られるかと心配になり、後ろを振り返った。

清五郎は荷物を乗せた馬の手綱を持ったまま走っている。藤吉は老人とも思えぬ脚の軽さでその後ろをついてくる。二人ともシュリーマンと目が合うと余裕の笑みを見せた。

三

山里の民家に泊めてもらいながら、旅を続けた。昼食用の握り飯を頼むと、例外なく「この季節はアメやすいから」と言って梅干しを入れた握り飯を、青い笹の葉を何枚も重ねたものでくるんでくれた。

アメやすいとはどういう意味かと橘藤に訊くと、

「腐りやすいという意味の土地の言葉にございます。梅雨時だから握り飯は腐りやすいので、梅干しを入れ、殺菌効果のある青い笹の葉で包むのです。いや、腐るというのも少し違いまするな。飯が微かに酸っぱい臭いを放つ程度から、米粒が糸を引く程度までの腐敗状態を表す言葉でございましょうか」

と、教えてくれた。

言葉というものは、土地の特徴を如実に反映する。たとえば、遥か極北の国には雪を表す言葉が百余りもあると聞いたことがある。

日本は高温多湿なので、食べ物が傷むという表現が沢山あるのかもしれないとシュリーマンは思った。

梅干しは何か劇薬が使われているのではないかと思われるほど酸っぱく、とても食べられたものではなかった。シュリーマンは顔をしかめながら梅干しを草むらに捨てた。

*

シュリーマン達は虎次郎が言ったとおり三日で平泉の近くまで辿り着いた。

藤吉と清五郎は、先に平泉村の陸奥屋に向かわせた。

三日間の旅は、馬を使っていたので疲労はたいしたものではなかった。

しかし、シュリーマンにとっては辛い三日間だった。

人々の視線が胸に突き刺さるのである。

山間の狭い田圃や、急斜面に拓いた畑に働く農民たちが、手を止め腰を伸ばし、シュリーマンの一行を眺める。

シュリーマンが農民たちに目を向けると、彼らはもうし合わせたようにあからさまなしかめっ面をしている。

虎次郎が威嚇するようにそちらを見ると、農民たちは慌てて顔を背けて野良仕事を再開した。

入れ墨をした偉丈夫と刀を差した武士二人がいるので、農民たちは何もしかけては来なかった。だが、もし、自分が一人で旅をしていたとしたら、農民たちは農具を振りかざしながら襲いかかって来るに違いない。

ある山里では「蝦夷じゃ！　蝦夷じゃ！」と子供達がはやし立て、馬糞を投げつけて来た。

屈辱感を耐えていると、しだいに『自分は侮蔑されて当然の存在なのかもしれない』という気持ちになって行くのが分かった。

そうやって人は賤民を作り出していく。

そうやって人は賤民になって行く。

このままでは、自尊心が根こそぎ奪われて、人に怯える小動物と化してしまう。

跳ね返さなければならない。

シュリーマンは三日目の朝、自分を見て舌打ちをした農夫に強い怒りを感じた。

跳ね返さなければならない。

今を逃せば、本当に自尊心を失ってしまう。

シュリーマンは農夫を睨みつけて雄叫びを上げた。馬が驚いて後ろ足で立ち上がった。

声は山峡に響き渡り、木霊《こだま》した。

農夫は飛び上がって驚き、その場に尻餅をついた。

シュリーマンは何度も何度も叫び、太刀を抜いて天に突き上げた。

農夫は這うようにして逃げ出した。

虎次郎が爆発するような笑い声を上げた。

「最初《はな》っからそうしていりゃあいいんだ」

シュリーマンは肩で息をしながら虎次郎を睨む。彼が自分を馬鹿にしているのではないことは分かったが、高ぶった気持ちがなかなかおさまらなかったからだ。

「寛文九年——一六六九年」橘藤が言った。

「蝦夷地の静内《しずない》という土地を治めていたアイヌの長《おさ》シャクシャインは、和人の搾取に耐えきれず蜂起いたしました」

「戦いはどうなった？」

シュリーマンは乱れた呼吸を整えるために深く呼吸しながら訊いた。

「シャクシャインは謀殺され、乱は鎮圧されもうした。以後、何度かアイヌの蜂起が行われましたが、今では従属に甘んじておりまする」

「わたしが農夫を脅かしたのは間違いだったと？」

「宝亀七年、七七六年に朝廷軍三千人が胆沢の地に攻め込みもうした。胆沢はここよりも少し北でございます。土地の伝承によれば、朝廷軍はエミシ軍に惨敗。それから胆沢の地をめぐって朝廷軍とエミシ軍の戦いが断続的に繰り広げられ、延暦二十一年、八〇二年に坂上田村麻呂がエミシの首長大墓公阿弓流為《たものきみあてるい》と盤具公母礼《ばんぐのきみもれ》を捕らえるまで続くのでございます」

「エミシは負けたんだな？」

「いえ――」橘藤は首を振る。

「某《それがし》は負けたとは思いませぬ。エミシ軍は神出鬼没。地の利を生かして奇襲を繰り返し、何度も朝廷軍を破っておりまする」

「ならば、なぜ阿弓流為と母礼は捕らえられたのだ？」

「捕らえられたというよりも、自分たちの身柄と引き替えに、停戦をもうし入れたのでございます」

「戦いに勝っているのに？」

「戦は常に胆沢の地で行われもうした。エミシは京に攻め込もうとはしませなんだ。あくまでも、攻め込まれたから戦い追い返すということを繰り返していたのでございます」

「なぜ京へ攻め込まなかったのだ？」

「当時の奥州は一つの国ではなく、豪族ごとに固まった小国が幾つも並び立つ状態でございました。そのために意思の統一ができず、連携した動きができなかったからだと言われておりまする。しかし、某は別の理由があったと考えておりまする」

「別の理由？」

「生まれが奥州であるという贔屓目《ひいきめ》もありまするが——。エミシ軍が京を攻めなかったのは、侵略される苦しみを相手に与えたくなかったと考えたからではないかと推察いたしまする。奥州は当時から馬の産地であり、鉄の産地でもございました。優秀な騎馬軍団を要していたのでございます。その気になれば京を攻めることなど造作もなかったはずでございます。しかし、あえてそうはしなかった」

「自分たちは京を攻めない。だからお前達も奥州に手を出すなということか？」

「さに候。朝廷軍との戦は二十五年も続きもうした。当時は戦の専門家である武士はおりませぬゆえ、朝廷軍、エミシ軍ともに兵士は農民や猟師など一般の庶民にございます。当然、戦いの間は野良仕事などできませぬ。二十五年の戦乱は土地の荒廃を生みもうした。阿弖流為と母礼は自分たちの身を差し出すかわりに停戦しようと申し出たのでございます。降伏ではございませぬ。あくまでも停戦にございます」

「しかし、停戦の申し出はうまくいかなかったのだな？」

「田村麻呂は二人の命は奪わないと約束し、二人を京へ連れて行きます。しかし、朝廷は二人を河内国《かわちのくに》で斬首したのでございます。そして、朝廷軍は勢いづいて胆沢に城を築き、北進して志波《しわ》城、徳丹《とくたん》城を築き、エミシを平定して行きもうす。結局、奥州は朝廷のものとなりまする。以後、エミシはたびたび叛乱を起こしまするが、すぐに鎮圧されるのでございます」

「今のアイヌの人々と同様の状況か……」

「エミシは前もお話しした移配のために、次々に奥州から別の土地に移動させられもうした。その後に他の地方の者たちが移り住んで来るのでございます。エミシはどんどん脇に追いやられて行く。彼らの誇りが幾らかでも回復するのは、俘囚長として安倍氏がこの地を統治した頃からでございます。ちなみに安倍氏の祖は、津軽に流れてきた長髄彦《ながすねひこ》の子孫であると菅江真澄という学者の本には書かれておりまする」

「長髄彦とは、初代の帝《みかど》である神武天皇に抵抗した豪族の首長です」

深野が口を挟む。

「安倍氏は、神話時代から朝廷に抵抗し続けてきた一族ということか」シュリーマンは橘藤と深野に肯く。

「安倍氏が清原氏に亡ぼされ、その清原氏を平泉藤原氏が亡ぼす。平泉藤原氏が奥州を統治し、エミシは百年の平和を手にするわけだな」

「左様。平泉藤原氏はそういう歴史の上に成り立っているのでございます。だからこそ、初代清衡公は中尊寺建立供養願文の中に、不戦の誓いともいうべき一文を記したのだと思います。夷虜の死も官軍の死も、同等である。中尊寺の鐘の音は、それらすべてのものの死を弔う。常に中央から蔑視され、黄金と馬を搾取されても、超然として百年の王国をうち立ててみせるのでございます」

「農夫の視線など気にするな、そう言いたいんだな」

シュリーマンは苦笑した。ずいぶん回りくどい説教だと思ったが、平泉藤原氏という存在をとらえるには、ちょうど良かった。

「源頼朝は秀衡公に、朝廷に送る貢馬《くめ》・貢金《くきん》は鎌倉を通すようにという命令を出します。当時の日本の状況から見れば、新興の田舎者が調子に乗って、古くからの大国を侮蔑したのでございます。しかし秀衡公はそれに従いまする」

「分かった。以後、気をつけよう」

「面倒くせぇもんだな」虎次郎が言う。

「なめられないためには相手を威《おど》す。殴られたら殴り返すってのは常套手段だと思うんだがねぇ」

「燕雀《えんじゃく》安《いず》んぞ鴻鵠《こうこく》の志を知らんや」

橘藤はボソリと言った。

「なんだいそりゃあ。なんかの呪文か？」

言って虎次郎は馬を進めた。

深野が虎次郎に聞こえないように小声で「小者は大物の志など分からないという意味です」と言った。

四

橘藤の提案で、文治五年（一一八九年）の秋、奥州征伐を終えた源頼朝が平泉から出た旅程を逆に辿ることになり、一行は磐井川の上流部から東に向かう街道を進んだ。道は五串《いつくし》という集落で左に曲がり山道になった。

「この道は平泉藤原氏時代の奥州街道、奥大道です。平泉の町の変遷を考えると、この道は平泉藤原氏二代基衡公が拓いたものではないかと思うのです。それ以前は、一関から真っ直ぐ北上して平泉に入っていたと思われます」

橘藤は道の両側に広がる森を見上げる。鳥のさえずりの合間に蟬の声が聞こえた。気温が上がり始め、周囲の叢から植物の匂いをたっぷりと含んだ湿気が立ち上った。

道はやがて下り坂になり、大きく右に曲がった。しばらく進むと、道ばたの木々の向こうに灰白色の崖が見えてきた。

岩肌に、大仏の姿が刻まれている。磨崖仏《まがいぶつ》である。のっぺりとしたその表情は清国で見た仏像よりも稚拙ではあるが、素朴で温かみが感じられた。

「あの磨崖仏は源頼義が前九年の役の後に弓弭《ゆはず》で彫ったという言い伝えがございます」

近づくにつれて、磨崖仏のそばに建物の屋根が見えた。寺院の屋根のように軒が反っている。全体が露わになると、シュリーマンは驚きの声を上げた。

「あれは何だ？」

建物は、大きな洞窟の中にはまりこんでいた。高床の寺院建築のようだった。

「達谷《たっこく》の岩屋と申します。洞窟は、延暦二十年、八〇一年に叛乱を起こしたエミシ悪《あく》路王《ろおう》と赤頭《あかがしら》の住処であったと言われております。一説によれば、この洞窟はずっと北の津軽外ヶ浜まで続いているともいわれておりまする」

「本当か？」

外ヶ浜と言えば、平泉から五十里強、およそ二百キロである。

「伝説にござる」と、橘藤は笑った。

「この建物は西光寺。叛乱を鎮圧した坂上田村麻呂が九間四面の堂宇を建てたと記録にございます。百八体の多聞天像を安置していたといいますが、今は散逸して半分も残っておりますまい。頼朝は鎌倉へ帰る途中、ここを拝んだと【吾妻鏡】に記されております」

シュリーマン達は堂の前まで馬を進めて小さな池の畔《ほとり》に馬を止め、虎次郎を見張りに置いて、西光寺の参拝をした。

暗がりの中に並ぶ多聞天像に手を合わせながら、シュリーマンは七百年前に思いを馳せた。

頼朝が鎌倉への帰路に立ち寄った。

果たして、その時頼朝は平泉藤原氏の財宝を見つけていたろうか。

【吾妻鏡】に財宝を略奪したことを記さなかった可能性も確かにあるのだ。もし、頼朝が平泉の財宝を持って鎌倉へ向かったのなら、この堂の外の街道には、何百という荷車が並んでいたに違いない。

いや。

もし、それだけの略奪品を鎌倉へ持っていったとしたら、いくら鎌倉方が隠したいと思っても、民衆の噂になる。その噂は伝承となって残っているはずだ。

頼朝は奥州の蛮族を征伐し、沢山の金銀財宝を持って鎌倉に凱旋した、と。

平泉藤原氏の財宝は、まだこの奥州の地に眠っている。

今回の旅でそれを発見できますように。

シュリーマンは異国の神に、祈願した。

シュリーマン達は達谷の岩屋の側の空き地に座り、昼食をとることにした。布の包みを開けると、青笹の葉にくるまれた握り飯が現れた。

握り飯の中には梅干しが入っていた。当初、この酸っぱく塩辛い味が苦手だったが、食べ慣れると副菜が無くても飯が食えるのだということに気づいた。

「梅干しがだんだん好きになってきた。飯をアメさせないだけでなく、ソースの役割も果たしている」

シュリーマンは日本語で言ってみた。少し長いのでうまく喋れるか心配だった。

しかし、橘藤、深野、虎次郎は驚いた顔をしてシュリーマンの日本語の上達を褒めた。

昼食後、シュリーマン達は再び平泉を目指した。太田川沿いに東へ向かう。

「ここから西の山の中に平泉野という土地がございまして、以前は中尊寺の荘園として栄えておりもうした。幾つもの堂塔の跡が残っておりまする。西行法師という高名な僧侶であり歌人であった人物が住んだ庵の跡もございますが、今は往時の面影はなく、山里の風景が残るのみでございます」

橘藤は背後を振り返り指さしながら言った。

道を進むにつれて左右に迫っていた山は少しずつ後退し、田畑の面積が広くなり、農家の数も増えていった。

道は左の山に近づき山裾に沿った。

「平泉藤原氏の時代、この山には毛越寺の別院や宿坊が沢山建っておりもうした。今は当時の十分の一もございませぬが、ほら、屋根が見えましょう？」

橘藤の指さした先に、木々の間から灰色の瓦屋根がぽつりぽつりと見えた。

山沿いを大きく左に曲がった道は、緩やかな登りになる。前方に町の家並みが見え始めた。空はどんよりと曇り、風は冷たい。厚い雲の上で陽はすでに傾いているのか、辺りは薄暗くなり始めていた。

シュリーマンは胸の高鳴りを覚えた。

船旅で、そして馬の旅で、橘藤から教えられた古《いにしえ》の平泉にもうすぐ足を踏み入れるのだ。

この道を登り詰めた左前方に平泉藤原氏二代基衡が建てた医王山毛越寺があるはずだった。

毛越寺の名は、寺が建つ土地〈毛越《けごし》〉を音読みした〈モウオツ〉からつけられたという。

シュリーマンは、まだ山の向こう側にある毛越寺の姿に思いを馳せる。

二階建ての南大門の向こう、金銀、紫檀、花櫚《かりん》、姫沙羅《ひめしゃら》などで飾られた金堂円隆寺を中心に、講堂、経蔵、常行堂、鐘楼など四十余りの堂塔が建ち並んでいる。寺院の中には金色の薬師如来、極彩色の十二神将像、木像の二十八部衆などが納められていた。その麓は浄土を表した庭園で、大きな池と、中島を足場に掛けられた赤い橋があった。背後の山には五百の禅房があった。それらの総称が毛越寺である。

奥大道を挟んで毛越寺の東には、基衡の妻が建てた観自在王院がある。

毛越寺よりもずっと規模は小さいが、寝殿造り風の仏堂や苑池を囲んで普賢堂、小阿弥陀堂、鐘楼などが建ち、土塀が廻らされ、南大門があったという。

阿弥陀堂の四面の壁には清国の古の都である洛陽の景色が描かれていた。高欄には金箔が押され、銀の仏壇に黄金の阿弥陀像が鎮座していたと、橘藤は説明した。

外国人であるシュリーマンには、今ひとつ具体的なイメージが湧かなかったが、その脳裏には清国で見た寺院や街の景色が再構成されて、目眩《めまい》のするような極彩色の都市が浮かんでいた。

しかし。

シュリーマンは坂道を登り終え、今、毛越寺と観自在王院の辻に立っているはずであった。

だが、周囲には、曇天の下、田畑が広がるのみである。

正面の畑の向こうに見える小山は金鶏山であろう。右手に目を向けると、なだらかに起伏を繰り返す田畑とその中に点在する農家が、灰色の雲に押しつぶされそうな陰鬱な気配を漂わせている。

平泉藤原氏の時代のここは、京に次ぐ大都市であったはずである。しかし、今はその街の姿はどこにもない。集落と呼ぶには、あまりにも隣家との距離が離れていた。

絢爛たる寺院群の幻は消え去り、遥か昔に栄華の時代が過ぎ去ってしまった景色がそこにはあった。

左手の毛越寺跡には、辛うじて大泉ヶ池であった名残の窪みが見て取れる。以前は池だった窪地の畔の森の際にお堂が一つ、寂しげに建っていた。

道を挟んだ右手の観自在王院は池の痕跡さえ定かではない。木立の下に、とても小さなお堂が見えた。

両方とも兵火や野火で焼けてしまったとは聞いていたが、少なくとも小さな寺くらいは再建されていると思っていたのだ。

「寺といえば聖地。なぜ聖地が田畑になっているのだ？」

シュリーマンは呆然として訊いた。

「聖地だから寺を建てるという場所もありまする。霊場と呼ばれる、魂が集まるとされている場所でございます。しかし、寺は聖地にばかり建てるのではございませぬ。毛越寺は、慈覚大師円仁が白い鹿に導かれた場所に建てられたという伝説がございますが――。再建する財力のある者がいなければ、焼け跡はすぐに田圃や畑に変わりもうす。毛越寺は慶長二年、一五九七年にはすべての堂塔を焼失しておりまする。今ある常行堂が再建されたのが享保十七年、一七三二年にございます。この土地の財力は、あれを作るのが精一杯なのでございます」

橘藤は古ぼけたお堂を指さした後、斜め後ろを振り返る。

「あそこには、藤原国衡公と隆衡公の八花形《やつはながた》という屋敷があったと言われております。いまでは、外堀が綺麗に田圃になっているのがご覧になれましょう。国衡公は三代秀衡公の長男でしたが、母親が安倍氏の出であるために家督を継げなかった男にございます。隆衡公は秀衡公の四男にございます。国衡公の字《あざな》は〈西木戸之冠者《かじゃ》〉。平泉の西にある関所を守っていたのではないかといわれておりまする」

「何も残っていないのか」

「そう申したではありませぬか」

「これほどまでとは思っていなかった」

「しかし、貴殿が仰せられたように、地形は残ってございます。ほら、毛越寺の跡をご覧なされ。池の跡は幾分沈み込み、堂塔が建っていたあたりは盛り上がっておりまする。歩けば地面から礎石がのぞいている所もありまする」

「なるほど。確かに礎石は残っているようだ」

シュリーマンは気を取り直して肯いた。

「この道を進みまするると、金鶏山の下を通り、高舘《たかだち》山の下に出もうす。宿へは少し遠回りになりもうすが、このまま参りましょうか？」

橘藤の問いにシュリーマンは無言で肯いた。

平泉には宿場はなく、逗留先は陸奥屋が客をもてなすために用意している屋敷であった。

一行はかつての奥大道を進む。

シュリーマンは田畑の中に繁栄の痕跡を探したが、どこを見渡しても辺境の景色であった。

道は一度大きく右に曲がり、さらに左に曲がって坂道に変わった。

坂の右側には田圃に囲まれた空豆形の池が望めた。

「この辺りは華館と呼ばれております。あの池は寺院の浄土庭園の池ではないかと言われていますが、某は寝殿造りの屋敷の南庭跡ではなかったかと思っております。まあ、観自在王院も屋敷を寺として使ったという言い伝えもございますれば、寺であった可能性も否定はできませぬが」橘藤はゆっくりと馬を進めた。

「左手に金鶏山が聳《そび》えているのですが、樹木の向こう側なのでここからは見えもうさぬ。秀衡公が土を盛り上げて造らせたという伝説もございますし、初代清衡公が造ったのだという説もございます」

道は下り坂になる。前方に小高い山が見えた。麓に町屋が建ち並んでいる。坂を下りきると、結構な数の家々が蝟集《いしゅう》していることが分かった。先ほどの山は町の北を塞ぐように東に延び、その向こう側に西からの山塊が重なるように迫り出している。

「手前が平泉村の境、高舘山にございます。その後ろが関山。中尊寺がある山にございます。高舘山から北は中尊寺村となりもうす」

「高舘山というと、義経が自刃した場所ですね」

深野が訊いた。

「それは誤解なのだ」橘藤が深野を振り返る。

「文治五年、一一八九年の閏四月三十日に、『前民部少輔基成朝臣《さきのみんぶのしょうもとなりのあそん》の衣河《ころもがわ》館にいた源予州（義経）を泰衡の兵数百騎が襲った』と【吾妻鏡】には書かれておる。九条兼実《くじょうかねざね》の日記【玉葉《ぎょくよう》】にも同様の記述があるから、衣河館が義経自刃の場所として正しい」

「おれも義経は高舘で死んだと思っていたぜ」

と、虎次郎は驚いた顔をした。

「義経の死があまりにも無惨で切なかったから、〈義経公物語〉が浄瑠璃になり、戦記本となるうちに、その場所の記述が間違って写されて行ったのだ。【吾妻鏡】を元にしてはいるが〈衣河之館〉が〈衣河の高舘〉とか、〈衣河の柳之御所〉とか〈平泉の高舘〉に変化して行く。天和三年、一六八三年に伊達氏四代綱村公が山上に義経《ぎけい》堂を建立したため、高舘山が義経終焉の土地と信じられるようになった。芭蕉《ばしょう》翁もそう信じて高舘に登って『夏草や兵どもが夢の跡』の句を詠んでいる。しっかりと【吾妻鏡】を学べば、そのような間違いは起こらない。義経といえば【義経記】や【平家物語】【源平盛衰記】を元にして語られるが、あれは義経の死後何百年もたって書かれたものだ」

橘藤は得意げにまくし立てる。シュリーマン達は苦笑を噛み殺しながら顔を見合わせた。

「シュリーマン殿。貴殿は某が講釈した平泉藤原氏時代の平泉と今の平泉があまりにも違うので落胆しておられることでございましょうな」橘藤は蘊蓄《うんちく》を切り上げてシュリーマンを見た。

「しかし、このような田舎町でも、寺子屋がござる」

「寺子屋とは学校のことです」

深野が注釈を加えて訳した。

「さっき通った毛越に〈九白堂〉。そこの高舘山の下に〈省耕亭〉。それから、町の南の祇園という土地に名前を持たぬ塾が一つ。合わせて三つ。年に金一分の学費をとりますから、誰でも学べるとは言えませぬが、文化はあるのでございます」

「いや、文化が無いとは思っていない」

「シュリーマン殿。日本は諸外国に比べ、識字率が高いのはご存じでございましょうか？　多少金のある家の子は寺子屋で文字を学び、金のない家の子供は奉公先で商売を通しながら文字を学ぶ。外国の方々は、そういう日本の文化の高さを知ろうともなさらぬ」

どうやら橘藤は、生まれ故郷に還ってきて興奮しているのだとシュリーマンは思った。

そして、自分の愛する故郷が、客人である自分の目に見窄《みすぼ》らしく映っていると感じてもいるのだろう。一生懸命、自分の故郷の、日本の素晴らしいことを認めさせようとして、饒舌さに拍車がかかっているのだ。

橘藤は、今度は日本の数学〈和算〉の素晴らしさをまくし立てながら馬を南に向けて、来たのとは別の坂道を下り始めた。

時折馬を止めて、「左の下に見えるのが無量光院の跡に作られた田圃です」とか「その向こう側に政庁であった平泉之庁があります」とか言いながら、かつての平泉の中心部へ向かった。

「鎌倉に幕府があった時代、平泉保は、平泉藤原氏が統治していた頃と同様、国府多賀城と同格の都市として栄えていました。しかし、南朝と北朝に分かれた戦乱の時代を経て、足利氏の幕府が世を治める頃になると、この地を統治していた葛西氏がずっと南の登米《とよま》に移り、一気に町は寂れて行きました。そして、平泉保は平泉村と中尊寺村に分かれてしまったのです。平泉村は戸数三百あまり。人は二千人ほど住んでいます」

シュリーマンは橘藤が指さす旧跡に必ず古びた立て札が立てられているのに気づいた。

「あれは何だ？」

「伊達の殿様が時々巡見なさるので、そのたびに平泉藤原氏の旧跡の場所を示す札を立てるのでございます。旧跡は田畑に埋もれておりますゆえ。中には目印に松を植えている場所もありもうす。松尾芭蕉も菅江真澄もその立て札を頼りに旧跡を巡ったのでございます」

あたりは急速に暗くなって行った。

田園の中に点在する家々の大半に明かりは灯っていない。日暮れと共に早々と寝てしまったのだ。

障子が橙色に明るいのは、燈火の油や蠟燭を買える豊かな家なのだろう。

橘藤は、日本人は識字率が高いと言った。

確かにそうだろう。しかし、物質的には恵まれていない。西欧でも日暮れと共に寝て、日の出と共に起きる人々はいる。しかし、これほどの数ではない。今、見える限りの家の八割以上は明かりを灯していないのだ。

日本人の多くはまるで修道僧のような生活を送っている。その精神文化は西欧諸国の人間も見習うべき所が多々ある。日本人は、真に清貧の民であるといえるかもしれない。

彼らはこの生活に疑いも持たず日々を暮らしているのだろうが、もし西欧の人々がもっと豊かな物質文明を謳歌していると知ればどうだろう？

その結果が、今、江戸を混乱に陥れている事態ではないか。いずれ、この静かな村も、文化のせめぎ合いの渦に巻き込まれて行くのだ。

大和朝廷が攻め込んできた時のように。

平泉藤原氏が滅んだときのように。

葛西氏が平泉を見捨てたときのように。

辺りがすっかり暗くなった頃、シュリーマン達は毛越近くの志羅山に着いた。平泉村の中心部を大きく一回りして戻ってきたのである。

微かに灰色の光を残す空と、漆黒の影となった大地、点在する農家の防風林。前方の影の中に提灯の明かりが見えた。

橘藤はその明かりに向かって馬を進める。

近づくにつれて提灯は柱の上に吊した高張提灯であることがわかった。〈陸奥屋〉の文字が記されている。

家は広い敷地を背の低い塀で囲まれていた。薪を積み上げた上に屋根をかけたものである。農家風の造りの陸奥屋の別宅であった。

「このあたりでは〈キズマ〉と呼ぶ塀です。薪を乾かすこともできますし塀にもなります」

「なるほど。合理的だ」

塀の奥に、茅葺きに本瓦葺きの庇《ひさし》を巡らせた幾つかの棟が重なり合うように建てられているのが見えた。

表門はすでに閉まっていたので、虎次郎が拳で叩いた。

「勇魚《いさな》の虎次郎だ」

と野太い声で言う。

すぐに潜り戸が開き、山ノ目店《やまめだな》から派遣されたのであろう夏の四季施《しきせ》を着た若衆《わかしゅう》が手燭を持って顔を出した。

「今、お迎えに出る所でございました」

「迎えと申しても、どこを歩いているか分からなかったであろう?」

橘藤が怪訝な顔で訊く。

「狭い村にございますれば」若衆は笑顔で言う。

「見知らぬ方がどこをどう歩いているかは、すぐに報せが入ります」

そういう情報網が張り巡らされている、ということかとシュリーマンは思った。辺境であればあるほど、外から入って来る者に対する警戒心は大きい。小さい共同体はお互いに顔見知りであり、畢竟《ひっきょう》、犯罪の発生率が低くなる。〝悪いもの〟は、犯罪者にしろ疫病にしろ外から来るのだ。

「だとすれば」シュリーマンは言った。

「我々のことはすぐに役所にも知られるな」

若衆は、外国語を初めて聞くらしく、かすかに怯えた表情を見せてシュリーマンを見つめた。深野がすぐに通訳をしたので怯えは引きつった笑みに変わる。

「アイヌの村長《コタンコロクル》を招いて饗応するという報せはすでにしてありますので、ご安心下さい。ともかく、お疲れでございましょうから、まずは奥へ」

若衆は言って、シュリーマン達を招き入れた。

入ると広い土間であった。手燭の明かりに交錯する太い梁組みの影が屋根裏に揺れた。

若衆は奥に「お着きで御座います」と声を掛けると、数人の女中が盥《たらい》を持って現れて、シュリーマン達の草鞋《わらじ》を脱がせ、足を洗った。先についていた藤吉と清五郎も顔を出した。二人とも、こざっぱりとした着物に着替えていた。

若衆は足を洗い終えたシュリーマンたちに草履《ぞうり》を出し、土間脇の通路を中庭に進んだ。

中庭の池の向こうに茅葺きの離れが建っている。その縁先で中年の男が待っていた。

「この屋敷を任されております支配役の徳兵衛にございます。まずはこちらへ」

座敷の行灯には明かりが灯っていたが、徳兵衛はその前を通り過ぎ、奥の湯殿にシュリーマン達を誘《いざな》った。

「ごゆっくり旅の疲れをお流しになってくださいませ。その間にささやかな宴の用意をさせていただきます」

徳兵衛は一礼して小走りに去っていった。

引き戸を開けると、畳が四枚敷かれた脱衣場は天井から吊された八間行灯《はちけんあんどん》で照らされていた。その先は板張りの洗い場であった。脱衣場との仕切りは床に渡された竹棒だけである。洗い場の先に湯殿があり、四、五人が一度に入れそうな大きな桶が据えられていた。

　この時代、江戸の大きな商人であっても、湯殿を持っている家は少なかった。火災の原因となる火の元を出来るだけ減らすという防災上の理由もあったが、風呂場を作る土地があるなら店舗を広げた方がよいという、いかにも商人らしい発想がその理由であろうと言われている。

「近郷の年貢米は、いったんこの屋敷に運び込まれます。大切な米を運ぶ人足が疥癬《かいせん》に罹《かか》っていたらまずかろうということで、使用人用に作った湯殿だそうです」

　橘藤が言った。

　シュリーマンの旅行記【現代の清国と日本】には、横浜の人足たちのほとんどが疥癬を患っているという記述がある。銭湯の利用料は幕末期で十文程度であったと言われるが、その日暮らしの下層の人足にとっては、毎日入る余裕はなかったのであろう。

　脱衣場には四人分の籠が置かれ、浴衣と糠袋、手拭いが用意されていた。

　橘藤と深野、虎次郎はすぐに着物を脱ぎ始めたが、シュリーマンは少し躊躇した。

　日本の銭湯では町人も下級の武士も一緒に湯船に浸かるということは知っていた。

しかし、西欧人であるシュリーマンは大勢で風呂に入る経験が無かった。

自分の身代わりとして横浜にいるフックスベルガーは、混浴の銭湯に入りたがっていたし、自分も内心興味はあったのだが。

シュリーマンの様子に気がついた深野は「あっ」と言って褌の紐にかけた手を止めた。

「お一人で入りますか？」

「いや」シュリーマンは首を振る。

「日本のしきたりに従う」

「西洋に風呂はねえのか？」

素っ裸になった虎次郎が訊いた。

シュリーマンの目は思わず虎次郎の股間に向く。枕絵のような異様な大きさではないのを確かめて、小さく苦笑した。

「西欧の人々は、一人で風呂に入るのです」

深野が説明した。

「へぇ。それは寂しいこった」

虎次郎は言って、洗い場で体を流し、湯殿に入る。

「この袋が石鹼の代わりです。手拭いはタオルだと思ってください」

深野が言った。

橘藤と深野が続き、シュリーマンは遅れて裸になると、手拭いで前を隠し、湯船に足を入れた。ちょうど良い湯加減だったので、身を沈めた。

「わたしの友人は混浴の銭湯に入るのを楽しみにしていた」

シュリーマンは心地よい水圧と温かさに小さく唸りながら言った。

「そいつぁ、よした方がいい」

虎次郎が笑う。

「なぜです？」

「銭湯の湯殿には、湯気が逃げねぇように仕切りがつけてある。柘榴口《ざくろぐち》って狭ぇ出入り口がついているが、そこからこっちは暗がりだ。暗いから湯の様子はよく見えねぇんだが、普通の銭湯は滅多に湯を入れ換えねぇから、そりゃあ汚ぇもんだぜ。子供の糞が浮いてることもある。この湯は水を取っ替えたばかりのようだからいいがね」

「そうなのか……」

シュリーマンはドロドロに汚れた湯に鼻の下を伸ばして浸かっているフックスベルガーの姿を思い浮かべ、笑い出した。

「シュリーマンさん。明日はどう動きます？」

深野が訊いた。

「一番近い経塚を見てみたい」

「金鶏山に行ってみるのですか？」

と、深野。

「いや。深野が言っていたように金鶏山はもう何度も掘り返されているだろう。それ以外の経塚を見たい」

「平泉藤原氏三代秀衡公が経塚を作ったという山が、北上川の対岸にありもうす」橘藤が答える。

「義経の馬の蹄痕《ひづめあと》が残る馬蹄石や、弁慶が経典を埋めたという伝説もあり、なかなかに興味深い山にございます」

「平泉から見た方角は？」

「東北東でしょうか。真東からやや北にございます。赤生津《あこうづ》という集落から月山《がっさん》神社まで道は整っておりまするが、その先の経塚山山頂までは険しい道にございます」

「日本では東北東の方角に何か意味はあるか？」

「東北方向は鬼門と言って、魔や鬼が侵入してくる方角とされております」

「奥州は京から見れば東北の方向。鬼門に当たるな」

シュリーマンがそう言うと、橘藤の声が不機嫌そうに唸った。なぜ気分を害したのかと訝しく思ったが、深野が訳した橘藤の言葉を聞いてシュリーマンは納得した。

「だからエミシは鬼といわれるのです」

シュリーマンは牡鹿湊で浴びせられた罵声を思い出した。昔、エミシと虐げられていた人々が、今は北方の民を蝦夷と蔑視する。

蝦夷、アイヌの人々は、日本人《サシムウタラ》を〝人間《アイヌ》〟とは認めない。

西欧では東洋人やアフリカから連れてきた人々を数段劣った民族と認識している。

人は容易に異民族を認めない。

だとすれば。

シュリーマンは弁財船の中で語った己の言葉を思い出した。

『もし、七百年も前に貴族も武士もエミシも同等であるということを本気で考えていたとすれば、あまりにも先進的だ。平泉藤原氏が、すべてを認め、すべてを包み込もうとしたのであれば、平泉藤原氏の思いは神の領域にあったのかもしれない』

色々な状況をつなぎ合わせ、ただの思いつきで言った言葉だった。

だが、平泉藤原氏は、本当にとんでもない都市を造り上げていたのかもしれない。

シュリーマンは両手で湯をすくい、顔を洗った。

「東北東にはとりたてて重要な意味は無いわけだな」

シュリーマンは訊いた。

「思いつきませぬなぁ」

橘藤が答えた。

「分かった。ともかく、経塚というものをこの目で見てみたいので、案内してくれ」

第三章　平泉

一

むせ返るような草の匂いがした。

木々に囲まれた九十九折《つづらお》りの道をしばらく上ると突然視界が開けて、右手に広々とした田園が雲の間からのぞいた。

経塚山の山頂付近である。笹の葉が生い茂り細い道を覆い隠そうとしている。

日差しは強く、木々の葉叢が途切れると、頭頂部がジリジリと焼かれた。シュリーマンは、どうせ誰にも見られていないのだから帽子を持ってくれば良かったと後悔した。

先頭は橘藤。次に深野。シュリーマン。その後ろに虎次郎と藤吉、清五郎が鋤《すき》を担いで続いていた。

夜明けに平泉の陸奥屋の別宅を出て、山の中腹の月山神社の境内で休憩をしただけで歩きづめであったので、シュリーマンの疲れは限界に近づいていた。

足元を見ながらひたすら歩く。滴る汗が落ちて膝に当たる。太股がパンパンに張っていた。

突然、頭が何か柔らかい物に当たり、シュリーマンは驚いて顔を上げた。

深野の背中が目の前にあった。深野はシュリーマンよりも背が低かったが、急坂であったので、シュリーマンの頭がその背に当たったのだ。

「どうした?」

シュリーマンが訊く。

「修験者《しゅげんじゃ》が」

深野が小声で言った。

シュリーマンは重い足を動かして深野を追い越した。虎次郎が軽快な足取りでシュリーマンに並んだ。

坂道が終わり、ちょっとした広場になっている場所で橘藤と白装束の修験者が対峙していた。

髭面で目の大きな修験者は、蓬髪《ほうはつ》に小さく丸い頭巾《ときん》をつけて、笈《おい》を背負い、腰には柄《つか》を革で巻いた太刀。小さな鉞《まさかり》を担いでいる。

修験者は貪狼坊《たんろうぼう》であった。

「この山に何用だと訊いている」

貪狼坊は野太い声で言った。

「だから、経塚を拝みに登ってきたのだと言っておる」

橘藤が左脚を後ろに引きながら言った。いつでも刀を抜ける体勢をとったのだとシユリーマンは思った。

「蝦夷《えぞ》を連れ、鋤を担いで経塚参りか？」

「蝦夷が経塚を拝んではならぬという法はあるまい」

「鋤は何に使う？」

「経塚が荒れているって聞いたからよう」虎次郎が前に出る。

「直してやろうと思ったのさ」

「経塚は荒れてなどおらぬ。どうせ宝でも埋まっておると思うて、掘りに来たのであろう？」

「そんなさもしい真似はしねぇよ」

虎次郎は笑った。

「お前は何者だ？」

殺気を全身から発散しているような修験者の姿に、シュリーマンは思わず英語で言った。

貪狼坊は眉をひそめた。

「蝦夷言葉ではないな。汝こそ何者だ？」

貪狼坊は肩に担いだ鉞をおろした。

「蝦夷言葉にも色々あってな」と深野が言う。

「天塩《てしお》の辺りの蝦夷言葉だ」

「まぁ、何でもよい。そのような物を持った者たちをこれ以上進ませるわけにはいかぬ」

貪狼坊は顎で虎次郎の鋤を指す。

「朝早く平泉を出て、やっとここまで来たんだぜ。鋤はここに置いて行くから経塚を拝ませろ」

虎次郎が言う。

「駄目だ。帰れ」

「嫌だと言えば、どうする？」虎次郎は鋤を両手に持った。

「こっちは六人。そっちは一人だぜ」

貪狼坊は薄く笑った。

微かに葉擦れの音がした。

貪狼坊の背後の森の中に、十人ほどの修験者が姿を現した。

「大先達《だいせんだつ》。どうなされました？」

修験者の一人が言った。

「数の数え方は分かっておろうな？」

貪狼坊は唇に冷笑を浮かべる。

「どうします？」

虎次郎は背後のシュリーマンたちに問いかけた。その口調から、虎次郎は『やれ』と言われれば修験者達を相手に一暴れするつもりであることが分かった。自分の腕に相当の自信を持っているようだった。

「やめておこう。いらぬいざこざは避けたい」

シュリーマンは深野に囁《ささや》く。

深野は肯いて、修験者達を見た。

「失礼つかまつった。仰《おお》せの通り、引き上げます」

虎次郎はつまらなそうに舌打ちすると、鋤を降ろした。

シュリーマン達は頷き合い、来た道を下った。

「他の経塚にも近づくな。経塚には経典が埋まっているだけじゃ」

背後から貪狼坊の胴間声が降ってきた。

シュリーマンは振り返らずに橘藤に訊いた。

「ああいう連中が常に経塚を守っているのか？」

「いえ。そういうことはないでしょう。ここで出会ったのは偶然だと思います」

先頭を歩いていた虎次郎がシュリーマン達を振り仰ぐ。

「この山の経塚に、本当に宝が埋まっているから奴らが守っているってぇことはねぇのか？」

偶然にしてはタイミングが良すぎるとシュリーマンも思った。

平泉藤原氏の財宝の守人――。ロマン主義的な想像にシュリーマンは苦笑したが、あり得ないことではない。

「あの男達はどういう流派の修験者だろう？」

「さて、わたしには分かりませんが、そういうことに詳しい人物ならば知っています。訪ねてみましょうか」

橘藤が答えた。

二

橘藤に案内されて中尊寺村の関山の北麓の集落に辿り着いたのは、太陽が西にだいぶ傾いた頃だった。衣川の畔《ほとり》に柿葺《こけらぶき》の屋根の小さな家が集まっている。

鉦《かね》や笛、太鼓の音や歌声があちこちの家から聞こえてくる。

「ここは、志田三十坊《しだざんじゅうぼう》といいまして、神楽衆が住んでいる集落です。神楽とは、神に捧げる舞いです。めでたいことがある時に舞われます。神楽衆と言っても、それだけで飯を食っているわけではなく、日頃は田畑を耕しております」

橘藤は言いながら狭い道を進む。

シュリーマンは家々の開け放たれた戸の奥を眺めながら進む。

老人が小さな子供に手取り足取り、神楽の舞を教えていた。お囃子《はやし》の練習をしていたり、転がるような節回しで神楽唄を口伝えで学ぶ子供たちもいた。

「修験道と神楽は関係があるのか？」

「神楽は修験者が伝え歩いて広まって行きました。この集落は平泉藤原氏の時代から神楽衆が住んでいます。元々は修験者達の集落であったと思われます」

橘藤は路地に入り込み、一番奥の家の前に立って中に声を掛けた。

「榎《えのき》ノ禅師《ぜんじ》。いるか？」

「おぉ」

中からくぐもった声が返ってきた。

縁先に現れたのは、腰の曲がった老婆だった。小袖を纏《まと》い、腰に湯巻を巻いている。白い髪は綺麗に梳《くしけず》られていた。

「榎ノ禅師です。磯禅師《いそのぜんじ》に舞を習ったと言われています」

橘藤が言うと、榎ノ禅師は皺に埋もれた目を見開いて「それほどの歳ではないわ」と言った。

「イソノゼンジとは誰だ？」

「ああ、すみません。冗談を言ったのです。磯禅師は源義経の愛妾、静御前《しずかごぜん》に舞を教えた人物です。静の母とも言われています」

「なるほど。磯禅師に舞を習ったとなれば七百歳を超えているわけだ」

シュリーマンは笑った。

榎ノ禅師は「まぁ入れ」と言って、シュリーマンたちを座敷に上げた。

「聞かぬ言葉を話すが、この男は蝦夷か？」

榎ノ禅師はシュリーマンを胡散《うさん》臭げに見上げた。

「ちょっと事情があってな」

「我らは構わぬが、蝦夷ならば町人や侍どもが嫌がるぞ」

榎ノ禅師の言葉を橘藤が補足した。

「神楽などの芸能の民は最下層民として蔑視する者も多うございます。今でこそ隆盛を誇る歌舞伎の役者たちも、昔々は芸能民として扱われていました。『我らは構わぬが』というのは、神楽衆も蝦夷も同じ苦しみを背負っていることを知っているから、ということでございます」

「穢《けが》れた者とされた人々が、舞を神に捧げるのか？」

「古の日本では、穢れたものと聖なるものは紙一重であると考えられているのです」

橘藤の答えに、シュリーマンは深く肯いた。

深野も海尊丸の中でシュリーマンが話していた仮説を思い出し、手を打った。

「平泉は聖なるものも穢れたものも混在していた。そうでしたね？」

「平泉藤原氏は、日本の古くからの考え方を、仏教というものを通して新しく解釈しなおしたのかもしれない」

シュリーマンは言った。

「それで、何の用じゃ？」

榎ノ禅師は橘藤を見た。

「おお、それよ。赤生津《あこうづ》の経塚山あたりを彷徨《うろつ》いている修験者達は何者だ？」

「修験の道があるから色々な修験者が歩き回っておるが、どんな者たちじゃ？」

「偉丈夫で目がギョロリとした男が大先達と呼ばれておった」

「それならば、貪狼坊じゃ。貪狼坊は、台密《たいみつ》（天台密教）の流れをくむ、摩多羅衆《またらしゆう》の大先達じゃ」

「摩多羅衆？」

「摩多羅神を奉って修行する者たちじゃ」

榎ノ禅師は摩多羅神について語り始める。

摩多羅神は、天台密教の玄旨帰命壇《げんしきみようだん》の本尊で、比叡山にも毛越寺にも祀られている神である。京の太秦《うずまさ》にある広隆寺の牛祭は、摩多羅神の祭であると言われている。天台密教の金比羅権現《こんぴらごんげん》とも、須佐之男命《すさのおのみこと》のことであるという説もある。また、慈覚大師円仁が唐から帰国する船の中で摩多羅神の声を聞き、比叡山に常行堂を建立して祀ったのが始まりであるとも伝えられている。

「摩多羅衆は慈覚大師円仁が嘉祥《かしよう》三年（八五〇年）に毛越寺を創建した頃から、裏山に僧坊を持ち、山野を駆け回る修行をしておる。源九郎義経公が平泉で暮らしていた頃、その配下として働いていたともいわれておる」

「また円仁か」

シュリーマンは呟いた。

「中尊寺の建立も元々は慈覚大師円仁です」橘藤が言った。

「中尊寺は白河の関から北の外ヶ浜まで千本の卒塔婆を立て、その中央が関山であったので中尊寺という名をつけたとか。本来の名は弘台寿院《こうだいじゆいん》と申します」

奥州の経塚には円仁が関わっている。

摩多羅神を比叡山に勧請したのも円仁。

そして、摩多羅衆を名乗る修験者たち。

円仁の時代から連綿と続く経塚作りに摩多羅衆が関わっていてもおかしくはない。

経塚に宝を埋納したとすれば、それを行ったのが彼らであり、だからこそ経塚を守っているとも考えられる。

「摩多羅衆の貪狼坊……」橘藤は顎を撫でる。

「貪狼《たんろう》とは七剣星（北斗七星）の星の一つだな」

「そうじゃ」と言って、榎ノ禅師は一旦部屋を出て一巻の掛け軸を持って現れた。長押《なげし》に打った釘に紐を引っかけ、軸を開いた。

三人の人物が描かれていた。

中央には頭巾を被り、狩衣《かりぎぬ》を纏った男が鼓を打っている。その頭上に雲と北斗七星が描かれていた。左右の人物は童形で烏帽子《えぼし》を被り、右手に笹、左手に茗荷《みょうが》を持って舞い踊っている。

「これは摩多羅神曼陀羅《まんだら》と呼ばれるものじゃ。中央が摩多羅神。童子はそれぞれ丁礼《ていれい》多《た》、爾子多《にした》と言う」

「なるほど。貪狼坊は、曼陀羅の七剣星から名前をとったのだな」

「摩多羅七坊と言ってな。貪狼《たんろう》、巨門《こもん》、禄存《ろくぞん》、文曲《もんごく》、廉貞《れんじょう》、武曲《むごく》、破軍《はぐん》の七人の大先達がおる」

「摩多羅衆はいつも赤生津の経塚山あたりにいるのか？」

橘藤が訊いた。

「いや。毛越寺裏山あたりに僧坊がある。摩多羅衆に限らず、修験者たちはあちこちの山を歩き回っておる。どこの山で出会うても不思議はない。摩多羅衆に何かされたか」

　榎ノ禅師が訊く。

「赤生津の経塚を拝もうと思ったら、山へ入るなと怒鳴られた」

　橘藤が答えた。

「摩多羅衆は頑固で気の荒い者が多いからのう。元々は毛越寺を守る悪僧《あくそう》だったという話じゃ。関わらぬ方が身のためじゃ」

　榎ノ禅師は笑った。

　シュリーマンはふと気になって訊いてみた。

「志田三十坊に伝わる神楽は、平泉藤原氏の時代からのものか？」

「それくらい古いものもあるし、新しく作られたものもある。汝は神楽に興味があるのか？」榎ノ禅師は不思議そうにシュリーマンを見る。

「蝦夷の者たちは、己らの神のみを信じ、和人の神は信仰しないものじゃが」

「この男ニシパは、向学心があるのだ」

　橘藤が言いつくろう。

「そうか。で、藤原氏の時代から伝わる神楽の何が知りたい？」

「神楽では歌が謡われるようだが、方角に関する唄はないか？」

シュリーマンは言った。

榎ノ禅師は深野が訳したその言葉を聞いて、ニヤリと笑った。

「ははぁ。さては汝《いまし》らは、平泉藤原氏の埋蔵金でも狙っておるのじゃな？」

正鵠を射る言葉に、シュリーマンはドキリとした。

「経塚山で修験者に追い返された者たちが、方角に関する唄を知りたがる。財宝を探して経塚を掘ろうとでも思ったのであろう？」

深野は顔色を青ざめさせて「この婆さん、侮れませんね」と英語で言った。

「金鶏山の『旭さす――』の歌以外に、埋蔵金の在処《ありか》を示す歌などない。黄金が欲しければ、あの歌の謎を解けばよい」

「埋蔵金に興味があるのではない。平泉藤原氏時代の平泉に興味があるのだ。方角に関する唄を知りたいと言ったのは――」

シュリーマンは〈西の寺院と東の宿館〉や〈浄土と穢土《えど》の重なり合った平泉〉という自らの考えを語った。

榎ノ禅師は眉をひそめながらも深野が訳したその仮説を最後まで聞いた。

「なるほど。それは面白い見方じゃ」

「わたしの仮説を補強するために、方角に関する唄を知りたいのだ」

「酔狂な男じゃ」榎ノ禅師は口を歪めて笑う。

「神楽唄は沢山ある。一晩待て。汝の考えに合う唄を探しておく」

「よろしく頼む」

なんとかうまく誤魔化した。

シュリーマンは小さく溜息をついた。

三

シュリーマン達は榎ノ禅師の家を辞し、関山の麓、宮小路《みやのこうじ》と呼ばれる道を平泉村に向かって歩いた。

「浄土と穢土の重なり合いというシュリーマン殿のお話で、思い出したことがございます」橘藤が右手の関山《かんざん》の森を見上げた。

「金色堂の事はご存じでございますな」

「知っている。黄金造りのお堂だ。【東方見聞録】に記されたチパングは平泉のことではないかという仮説の元になった建築物だという。ぜひ見てみたいと思っていた物の一つだ」

「金色堂は、中に須弥壇《しゅみだん》があり阿弥陀如来が安置された〈阿弥陀堂〉にございます。しかし、その須弥壇の中には平泉藤原氏三代の御遺体が納められていることはご存じでしょうか？」

「いや、それは知らなかった。納骨堂のようなものなのか？」

「納められているのは御遺骨ではなく、御遺体なのです」

「平泉藤原氏は、七百年も前に死んだ。その遺体が残っていると？」

「残っているのです。以前、東密の空海のお話をした時に言いかけたお話でございますが、即身仏《そくしんぶつ》というものがございます」

「即身成仏ではなく、即身仏か？」

「左様にございます。即身仏とは、簡単に言えば、木乃伊《ミイラ》のことにございます。密教の僧侶や修験者などが、厳しい修行をした後に地中の石室に入り、入定《にゅうじょう》するのでございますが、その遺体が木乃伊になりもうす。出羽国の湯殿山や羽黒山周辺にはそのような即身仏が多いのでございます。つい最近のものでは、文政十二年、一八三〇年に出羽国の注連寺で入定なされた鉄門海《てつもんかい》上人が即身仏となっているとのこと。伝えられるところによれば、東密の空海にならったということにございます」

「平泉藤原氏三代の遺体も即身仏であると？」

「少し違います。即身仏は遺体が自然に木乃伊となったもので御座いますが、三代の御遺体には人の手が加えられているとのこと」

「エジプトの木乃伊は遺体を加工したものだというが、日本にもそういう技術があったのか？」

「エジプトとやらの木乃伊と同じかどうかは分かりませぬが、言い伝えによれば、金色堂の須弥壇に納められた三代の遺体には羊の脂が塗られているとのことでございます。また、柩《ひつぎ》には〈バルサモペルヒヤニ〉という異国の薬油を満たした鉢を入れて防腐の処理をしてあると伝えられておりまする。この〈バルサモペルヒヤニ〉という薬、防腐剤でございますが、猛毒で立ち上る薬気を浴びただけで目が潰れるとか」

「聞いたことのない薬だ。しかし、目が潰れると言われれば、だれも柩を開けようとする者はいないだろうな」

シュリーマンは息切れがひどく、何度もつっかえながらやっと言った。

「ところが、柩は何度か開けられているのでございます。『入道らの御遺体、損なわれずして存せり』とか、『鉢の中に油のごときもの在り』という話が伝わっておりますから、御遺体を見た者がいるのでございます。目が潰れるという伝説、はたして真《まこと》かどうか」

「なるほど」

「さて、お堂のことにございます。お堂に遺体を納めることは古《いにしえ》よりよく行われておることにございます。しかし、その場合お堂は〈葬堂〉と呼ばれまする。阿弥陀堂とはまったく別の物なのでございます」

「しかし、金色堂は、その二つの機能を持っているというわけだな。聖なる仏の座する阿弥陀堂と、死という穢《けが》れを纏った遺体を安置する葬堂。浄土と穢土の重なり合いが金色堂にも見られるということだな？」

「左様にございます」

「今から見られないだろうか？」

シュリーマンは空を見上げる。太陽は関山の陰に隠れていたが、夕方の色には染まっていない。

「おそらく大丈夫でございましょう。少し戻れば関山に登る道がございます」

シュリーマン達は道を引き返し、森の坂道に歩み込んだ。

「平泉藤原氏以前、この山には奥大道《おくのおおみち》の関所がございました。関所の山なので〈関山〉。中尊寺の山号はその名をとったのでございます」

橘藤は説明しながら先に立って軽快に坂道を登る。シュリーマンはすぐに重くなり始めた足に顔を歪めながらついて行く。朝から険しい坂を上り下りしているので、太股や脹《ふく》ら脛《はぎ》の筋肉が悲鳴をあげていた。

橘藤の話に応える余裕も無くなったシュリーマンは、荒い息をしながらひたすら坂を登ることだけに集中した。

覚悟していたよりもずっと早く、平らな場所に出た。

堂社僧坊が建ち並んでいる想像をしていたシュリーマンは、辺りを見回して落胆した。

見えるのは太い杉の木ばかりである。陽の光が遮られ、薄暗かった。わずかに足元の石畳や木々の間に見える苔むした礎石らしい石だけが往時を偲ばせている。

毛越寺や観自在王院と同様である。

平泉藤原氏時代の面影はすでに消え去ってしまっていた。

「建武四年、一三三七年に、野火が元でほとんどの堂塔が焼け落ちてしまったのでございます。しかし、経堂と金色堂だけは残りもうした。また、焼亡《しょうもう》のおりに僧たちは懸命に仏像や経典を運び出しましたから、それも残っておりまする」

石畳の道をしばらく進むと、木々の間に粗末な小屋のような堂舎がポツリポツリと現れた。

前方、左側の森の中に、今まで見てきた堂舎よりも大きな建物が見えてきた。

「あれが金色堂の覆堂《さやどう》です」

「金色堂を保護するお堂か？」

「平泉藤原氏が滅んだ後、奥州惣奉行《そうぶぎょう》となった葛西氏が覆堂を建てました。保護するというよりも、自分たちが亡ぼした藤原氏の遺体を覆い隠すという意味があったと言われています」

「遺体が怖いなら捨ててしまえばいいのに」

「滅相もない。当時の日本人にとって、怨霊の祟《たた》りほど恐ろしいものはなかったのでございます。遺体を捨てたりしたら、どんな祟りがあるか。そう考えると、覆堂を造って隠すくらいしか方法を思いつかなかったのでございましょう。葛西氏は自分の館を金色堂の正面からずらして建てもうした。よほど金色堂が怖かったのでございましょう。頼朝も長く平家や平泉藤原氏の亡霊に悩まされたともうします。事あるごとに堂塔を建て、供養の法要を行い、奥州合戦の進軍中も寺社を見つければ参拝、祈願をしていたとのこと。頼朝の死後、妻の北条政子の夢に秀衡公らしい人物が現れ、平泉諸寺の堂塔が荒廃していると恨みごとを仰せられます。政子は翌日、堂塔修理の命令を出すのでございます」

代なのだ。

シュリーマンは真剣に亡霊を恐れる日本人を滑稽に思ったが、ヨーロッパでは第三回十字軍の遠征が行われていた頃の話である。日本も西欧も、迷信が真理であった時代なのだ。

「平泉藤原氏の怨霊は、出羽、陸奥国に大きな〝幸い〟を呼び込みます」

「戦《いくさ》に敗れ、鎌倉に支配されたというのに〝幸い〟か？」

「頼朝は、出羽、陸奥国の統治は秀衡、泰衡の先例通りにせよという命令を出すのです。頼朝は、蛮族を従わせるための方法と言い訳をしていますが、平泉藤原氏の怨霊を鎮めるための手段ではなかったかと思います」

「しかし、頼朝が死んでしまえば、その命令も反故《ほご》になる」

「いえ。覆堂は、正応《しょうおう》元年、一二八八年に大きな修復が行われたという記録がございます。泰衡百回忌に合わせたのです」

「泰衡の百回忌？　泰衡は謀反人として首を晒《さら》されたのではなかったか？　そのような男の弔いのために覆堂の修復をしたのか？」

「怨霊が暴れ出すと困りますからね。怨霊の効果は少なくとも百年はあったのです。もっとも、その間も新田開発が行われたり、新たに検地が行われたり、樵《きこり》や山菜、茸取りに課税されたり、農民を雑役夫として召し上げたりと、鎌倉側の勝手がまかり通るようになって行くのですが」

「しかし、金色堂に納められているのは三代の遺体だけ。それなのになぜ泰衡の弔いをしたのだ？」

「そのことに候」橘藤はニヤッと笑った。

「須弥壇の下の柩には、首級が一つ、納められております」

「首級が？」

「地元では、泰衡公に討たれた忠衡公の御首《みしるし》であると言われておりますが、某は泰衡公の首ではないかと思っております」

「泰衡は鎌倉にとって謀反人だろ？　謀反人の首を弔うだろうか」

「御首を見たという者の話が伝わっておりまして、それと【吾妻鏡】の記述を照らし合わせれば、泰衡公の御首としか考えられませぬ」

「どのような話が伝わっているんだ？」

シュリーマンが訊くと、橘藤は額に人差し指を立てた。

「ここに、釘を打ち込んだ痕があるとの由《よし》。【吾妻鏡】によれば、文治五年、一一八九年の九月六日のことでございます。出羽国比内郡《でわのくにひないぐん》の贄柵《にえのさく》で、古くからの家臣河田次郎《かわだのじろう》に討たれた泰衡公の御首は、樋爪《ひづめ》の——ここより北へ十八里ばかりの土地にございます——陣岡《じんがおか》に陣を張った頼朝の元へ届けられまする。頼朝は、前九年の役のおりに源頼義が安倍貞任の首を釘付けにした故事に倣い、無惨にも泰衡公の御首に八寸の釘を打って晒したのでございます」

「なるほど。では、なぜ忠衡の首だという言い伝えがあるんだ？」

「謀叛を起こした大将軍の首を弔っているとなれば、鎌倉も黙って見過ごすわけにはいきますまい。しかし、泰衡公の御首を柩より取りだして打ち捨てれば、恐ろしい祟りがあるかもしれぬ。一方、奥州側にとっては、泰衡公は鎌倉の侵略から奥州を護ろうとした英雄にございます。なんとしても、父秀衡の柩の中で瞑《ねむ》らせたい。そこで、お互いに妥協点を見いだしたのでございましょう。泰衡公に討たれたとされる忠衡公の御首を弔うのであれば、鎌倉側も咎め立てせずにすみまする」

「無惨な仕打ちをしたくせに、その怨霊を怖がる。なんとも奇妙な心理だ」

覆堂に近づくと、一人の僧侶がその扉を閉じて施錠をするのが見えた。

「お願い申す！」

橘藤は大きな声で言うと、僧侶に近づいた。

二言、三言、言葉を交わすと、橘藤はシュリーマン達の元に戻ってきた。

「拝観できるとの由にございます。シュリーマン殿、堂内に入るときは我々を真似て合掌してくださりませ。僧には貴殿のことを『蝦夷ではあるが、仏に帰依した者』と話してございます」

「分かった」

覆堂の前まで歩き、シュリーマンは橘藤たちを真似て僧侶に合掌した。

墨染めの衣を着た若い僧侶は、胡散臭げな目でシュリーマンを見ながら合掌を返す。

開かれた覆堂の扉の前でも合掌し、シュリーマン達は中へ足を踏み入れた。正面の壁は中が見渡せるように木の柵になっていたが、三方は板壁で閉じられていた。覆堂の甘い匂いがたちこめていた。平泉藤原氏を弔うために数百年焚き続けられ、覆堂の隅々にまで染み込んだ香の薫りである。

堂の中は薄暗い。しかし、正面の柵の間から差し込む光が、中に納められた金色堂を輝かせていた。

背後で僧侶が蠟燭に灯をともし、橘藤に手渡すと、金色堂の縁の上に登って、その扉を開いた。

外陣十二本の丸柱、内陣四本の巻柱が、橘藤の持つ蠟燭の明かりで照らされた。黒々とした漆《うるし》の肌に研ぎ出された螺鈿《らでん》が七色に輝いている。七宝《しっぽう》が嵌め込まれ、金泥で描かれた仏の姿が煌《きら》びやかな光を閃かせた。

　中央に阿弥陀如来、左に勢至《せいし》菩薩、右に観音菩薩の三尊が須弥壇の上に安置されていた。その左右に地蔵菩薩が三体ずつ。その周囲を神将像が囲んでいる。極楽浄土を具現した内陣である。

　それらは蠟燭の揺らめく光の中に荘厳な姿を浮かび上がらせていたが、子細に観察すると、漆の肌のひび割れや螺鈿や七宝の割れ、剝がれがあちこちにあった。仏像の金箔は比較的よく保存されていたが、巻柱の仏画はかすれて、何を描いているのか分からないものが多かった。金色堂の壁に貼られた金箔も、あちこち剝がれて、下地の漆が黒くのぞいていた。

「須弥壇の中央壇に初代清衡公。左壇に二代基衡公。右壇に三代秀衡公の柩が納められています。秀衡公の柩には和泉三郎忠衡公の首桶が置かれています」

　橘藤は側にいる僧侶に配慮したのか、首級については通説を語った。

　シュリーマンは内陣を観察しながら言う。

「堂内の造りを見ると、忠衡は首級にならなければ、父、祖父、曾祖父と共に眠ることができなかったようだな」

「どういう意味です？」

橘藤が怪訝そうに眉をひそめた。

「金色堂の須弥壇はそう大きなものではない。柩を三つ納めてしまえば、もう余裕はない」

「金色堂には四代目が入る余裕はない……。三代で滅びることが分かっていたんですかね」

深野が言った。

「清衡公は中尊寺。基衡公は毛越寺。秀衡公は無量光院。いずれも自分で立派な寺を建立しているのに、なぜそれぞれの寺に葬堂を作らなかったんだろう？」

「そりゃあ、家族揃って眠りたかったんだろうよ」

と、虎次郎が言った。

「初代清衡公は、自分の柩を入れることしか想定していなかったのでございましょう」と、橘藤が言う。

「二代基衡公が、偉大な初代と共に葬られたいと考え、三代秀衡公もそれに倣ったというのが真相ではなかろうかと」

「別々の葬堂に葬られていた柩をある一時期に集めたということはないか？」

シュリーマンは訊いた。

「さて、それは——」橘藤は首を傾げる。

「考えたことも御座いませんでした。【吾妻鏡】には〈寺塔已下の注文〉という一文がございまして、平泉の寺院についての宗徒の報告が記載されております。それによりまするとは金色堂については『上下の四壁、内殿はみな金色なり。堂内に三壇を構え、すべてに螺鈿が施されている。阿弥陀三尊、二天、六地蔵は定朝これを造る』という注釈があるのみで、三代の御遺体については書かれておりませぬから、ないとは言えぬかと。しかし、なんのために集めたのでございます？」

「出羽、陸奥国の呪術的防衛。頼朝が怨霊を恐れていたのならば、それを利用した有効な戦法だと思うのだが」

シュリーマンの言葉を深野が訳したとき、近くに立っていた僧侶が咳払いをした。

「恐れながら、そのお考えは間違ってございます」

「ほう。何か証《あかし》でもあるのか？」

橘藤が訊く。

「秀衡公が、父君であらせられる基衡公の二十回忌に供養のために書写なされた【紺紙金字法華経】というものがございまする。その奥書には、〈安元二年（一一七六年）三月十六日　奥州磐井郡　関山中尊寺金色堂　所天聖霊藤原基衡《しょてんしょうれい》〉という文が見られまして、その頃にはすでに基衡公の御遺体が金色堂に納められていたことが分かるのでございます」

僧侶は言って合掌した。

「安元二年と申せば、牛若丸が平泉に来て二年目の春にございますな」

「あんたの推理も外れることがあるんだな」

虎次郎が笑った。

「そういう物があるとは知らなかったのでね」

自分の仮説が否定されたのは面白くなかったが、証拠があるのであれば仕方がない。シュリーマンは肩をすくめた。

「その他の者たちの墓はどうなっている?」

「奥州合戦の最中《さなか》、あるいはその前後に亡くなった者たちは、簡単な弔いしかしてもらえなかったと思われまする」橘藤が答えた。

「比内の贄柵近くには、御首をとられた泰衡公の胴体を弔った錦神社がございます。しかし、その近くにある西木戸神社は、泰衡公の妻が泰衡公を祀ったと言われています。しかし、その名前から西木戸之冠者《かじゃ》、すなわち国衡公を祀ったものだと某は思っております。その他の平泉藤原一族の墓は、今は名も知れぬ神社、野の石碑となっているものの中にあるのではなかろうかと」

「世の東西を問わず、敗者の末路とは無惨なものですね」

深野がしみじみと言った。

「もうよろしいでしょうか？」

背後から僧侶が遠慮がちに声を掛けてきた。振り返ると、開かれた覆堂の扉の外は青く暮れ始めている。

「忝《かたじけ》のうございました」

橘藤は合掌して覆堂を出た。シュリーマンもその後に続く。

視野の隅で何かが動くのを見て、シュリーマンはそちらに顔を向けた。

太い杉の幹が黒い影となり、森の奥には青黒い闇が蟠《わだかま》っている。動くものは何もない。

しかし確かに見た。

白い人影だった。

あれは修験者の装束。

「どうかしましたか？」

シュリーマンの後ろから覆堂を出てきた深野が訊いた。

「修験者の姿を見た気がした。貪狼坊たちが尾行して来たのかもしれない」

「ちょっくら見て来るか」

虎次郎は森の中に駆け込んだ。立ち並ぶ杉の木を回り込むように走っていた虎次郎の姿はすぐに闇の中に紛れてしまった。

しばらく待っていると、虎次郎は首を振りながら帰ってきた。

「足跡は幾つかあったが、森の中には人っ子一人いねぇ」

「我らの様子を探っているのでございましょうか。怪しゅうございますな」

橘藤は、覆堂の扉を閉める僧侶に一礼して歩き出した。

「向こうにとっちゃぁ、怪しいのはこっちだろうがね」虎次郎が言う。

「なぁ、シュリーマンの旦那。えれぇ金をかけて、危険を冒してここまで来たのになんだが、財宝は諦めちゃどうだい？」

「なぜだ？」

虎次郎が何を言いたいのかは分かったが、シュリーマンはあえて気づかないふりをして訊いた。

貪狼坊に会った時からシュリーマンの心の中にも〝それ〟は芽生えていたのだが、認めてしまえば今までのすべてを否定してしまうことになる。

「摩多羅衆がずうっとお宝を守ってきたんなら、それを横からかっさらうってぇのは、寝覚めが悪かねぇか？」

「宝は摩多羅衆のものではない。すでに滅び去った平泉藤原氏の財宝なのだから、所有権は発見者にある」

シュリーマンは自分の口調が頑なになっているのに気づいた。

トロイア発掘の資金の足しにするために、平泉藤原氏の財宝を手に入れる――。極東の蛮族が蓄えた財宝なのだから、我が物にしても何の問題もない。そういう思いで旅立ったのは確かである。

しかし、今ではシュリーマンの心に『日本人はけっして蛮族ではない』という思いも芽生えていた。また、文化はそれぞれの国、民族によって異なるものであって、優劣のあるものではないということも分かりかけてきていた。

橘藤の話によれば、平泉藤原氏初代清衡は『官軍の死も夷虜《いりょ》の死も、区別はない』と、中尊寺建立供養願文に記したという。そして、貴族も賤民も、聖なるものも穢れたものも混じりあい、重なり合って存在する平泉という都市を築いた。

器の大きさが違うとシュリーマンは思う。

蔑まれた民の中からのし上がった者であるからこそ到達できた境地である、とも思う。

蔑まれた民から発生したキリスト教の博愛にも似ている。しかし、その博愛の精神は、もしかするとイエス・キリストをも凌駕しているのかもしれない。

イエスの教えは永い戦いの歴史を生んだが、平泉藤原氏は短くはあっても百年の平和を築いた。

持つ者が持たざる者へ施す。

優れた者が劣った者を導く。

自分たちが優れているという大前提に立脚した欧米人の発想は、実はとても貧しい考え方ではないかとも感じている。

蛮族の教化はその実、持たざる者、劣った者から搾取する方便に過ぎない。

蛮族の宝であるのだから、略奪も許される。

それは大きな間違いである。

保護を理由に発掘品を国外に持ち出すのも同様である。

誰もが忘れ去ってしまった宝であるならばいざしらず、もし長い年月、摩多羅衆が財宝を守ってきたのならば、それを掘り出し持ち帰るのは、略奪行為には違いない。

だが、諦めきれない。

トロイア発掘の資金を得たい。

なにより、財宝の隠し場所の謎を解きたい。

「誰が邪魔をしようと、わたしは平泉藤原氏の財宝を探し出す」

シュリーマンはきっぱりと言った。

「旦那がそう言うんなら、雇われ人は従うがね」

虎次郎は肩をすくめるとそう言って、足早にシュリーマンと橋藤を追い越し、先頭を歩いた。

四

貪狼坊《たんろうぼう》は森の中を走り抜け、衣川の畔に出た。川の向こうに小高い丘が黒い影となって見えた。

泉ヶ城と呼ばれる古い砦の跡である。藤原秀衡の三男忠衡の城跡であったとも伝えられているが、城柵が朽ちて長い年月が経ち、鬱蒼とした木々が生い茂っていた。

衣川は泉ヶ城を囲むように流れている。橋は架けられていない。

貪狼坊は岸辺の葦の中に隠して置いた小舟を引き出すと、川を渡って泉ヶ城の斜面を登った。

木々に囲まれた暗がりの中に、六人の修験者たちが座っていた。摩多羅七坊の六人であった。

「どうだった？」

一人が訊いた。廉貞坊《れんじょうぼう》という名の修験者だった。

「金色堂を見物していた。話を盗み聞いたが、やはり宝を狙っているようじゃ」

「陸奥屋が一枚嚙んでいるのか？」

武曲坊《むごくぼう》が訊く。

「嚙んでいるかどうかは分からぬが、陸奥屋の平泉の屋敷に逗留している」

「なぜ今頃になって宝を狙うのだろう」

廉貞坊が顎鬚を撫でた。

「勤皇じゃ佐幕じゃと、諸国が焦臭《きなくさ》くなっておるからのう。陸奥屋の奴、どちらかに荷担して銭を回そうと思うておるのではないか？」

文曲坊《もんごくぼう》が言う。

「陸奥屋ならば、勤皇方の味方じゃ。横浜の日本人街に店《たな》を出して、異国《とつくに》との交易に色気を出しているようじゃ」

と、巨門坊《こもんぼう》。

「もしかすると」貪狼坊はハッとして言った。

「あのニシパとか呼ばれていた男、唐人が蝦夷に変装しているのやもしれぬな」

「なるほど」禄存坊《ろくぞんぼう》が大きく肯く。

「蝦夷も唐人も彫りが深いからのう。髭を伸ばして厚司を着れば見分けがつかぬな」

「陸奥屋の奴、唐人に宝を売り飛ばす気か？」

「い、い、い、い、売り飛ばそうにも、い、い、い、売り飛ばせぬわい」

破軍坊《はぐんぼう》が痩せた頬に皺を寄せてほくそ笑む。

「しかし、見過ごすわけにも行かぬ」

貪狼坊が言った。

「殺《や》るか？」

破軍坊が腰に佩いた太刀の柄に手を当てる。

貪狼坊は首を振る。

「奴らが宝に辿り着くようならばな。だが隠し場所はおいそれとは分からぬ」

「昔、近くを掘られたそうではないか」

巨門坊が心配そうな顔で言った。

「それ一度きりじゃ。掘られたのは近くではあっても、見当違いの場所じゃ」
貪狼坊は言いながら鉞の柄を握り、他の修験者に目配せをした。
六人もそれに気がついたらしく、それぞれが太刀や鉞に手を伸ばした。
下生えの笹がカサカサと音を立てている。
囲まれた。
十人余りというところか。
笹の音が急速に近づいた。
黒装束の男が貪狼坊に斬りかかる。
黒い火事場頭巾で顔を隠していた。
貪狼坊は、体を捻りながら飛び上がり、鉞を振り下ろした。
黒装束の脳天に鉞が打ち込まれた。
六人の修験者もそれぞれの得物《えもの》を持って振り返った。
突進してくる黒装束の刃をかいくぐり、一人、二人と切り伏せた。
巨門坊が腹を斬り裂かれて絶叫した。
禄存坊の首筋から血煙が上がった。
武曲坊が胸を差し貫かれた。

廉貞坊は背中を深く斬られ、絶命した。

貪狼坊は黒装束の腕を叩き落とし、頭を割り、攻撃をかわしながら、後退した。

破軍坊は立木を防御に使い、相手の刀が勢い余って幹に食い込むと同時に、急所を太刀で刺し貫いた。

文曲坊は木立の間を走り抜け、崖から川へ飛び込んだ。

破軍坊は三人を斬り殺して川へ逃れた。

貪狼坊も五人の黒装束を倒し、斜面を駆け下りる。

川岸に二艘の川舟が引き上げられていた。黒装束の男達が乗ってきたものだろう。

貪狼坊は鉞で川舟の底に穴を開ける。ついでに近くに置かれていた他の修験者六人の川舟の底にも穴を穿った。

破軍坊が貪狼坊の舟を川に引き出す。

黒装束の男達が駆けつけ、二人に斬りかかる。その数五人。

貪狼坊は鉞を振り回し、一人の側頭に鉞を叩き込む。

破軍坊は舟を川に押し出しながら、一人の黒装束を袈裟《けさ》懸《が》けに斬った。

文曲坊が川舟に泳ぎより、棹を川に差して動きを止めた。

「貪狼坊、破軍坊！　早く！」

貪狼坊は鉞の柄を長く持って振り回した。三人の黒装束は刃が描く円の外に後ずさる。

その隙に破軍坊が川に飛び込み舟に泳ぎ着いた。

貪狼坊は鉞を振り回しながら後退し、川の中に入る。

黒装束三人は刀を構えたまま、近づこうとはしなかった。

文曲坊が舟を貪狼坊に近づける。

貪狼坊は船底に転がり込んだ。

文曲坊が川底についた棹を力一杯押す。

川舟は流れに乗って泉ヶ城を離れた。

黒装束三人は刀を鞘に収めながら岸辺に立ちつくし、川舟の方を見ていた。

「あ奴ら、何者だ？」

文曲坊は中尊寺村の川縁に舟を寄せる。

「陸奥屋に雇われた者たちかもしれぬな」

破軍坊は太刀にこびりついた血糊を衣の袖で拭い、鞘に滑り込ませる。

「陸奥屋め。本気で宝を盗み出すつもりか！」

貪狼坊は唸る。

「陸奥屋が本気ならば、役人儕《ばら》にも多少の銭はばらまいておろう。泉ヶ城の死人、我らの仕業とされるやもしれんな」

文曲坊が言った。

「下手には動けぬ。ともかく奴らの動きを監視して、宝に近づかば斬る」

「それしかあるまいな。まずは手勢を集めるか」

摩多羅衆は毛越寺跡後背の山中に摩多羅院と名付けた僧坊をもち、そこを根拠地としていた。貪狼坊、破軍坊、文曲坊は大先達であり、摩多羅衆の組織ではその下に先《せん》達《だつ》、末先達《まつせんだつ》、公卿《くぎょう》、御直末院《おじきまついん》、准 年行事《じゅんねんぎょうじ》、同行《どうぎょう》の六つの階級があり、百人を超える修験者がいた。

「こちらの正体は知られていようから、摩多羅院に戻るのは危険かもしれぬな」

文曲坊は勢いをつけて舟を浅瀬に乗り上げる。

「皆殺しを目論むとは思えぬが。まず、戻ってみよう」

貪狼坊は舟を飛び降りる。破軍坊もそれに続いた。

＊

摩多羅院は無事だった。夕餉《ゆうげ》の片づけをしていた修験者達は貪狼坊から襲撃を受けた話を聞くと、青くなった。

その夜半。摩多羅衆はそれぞれが笈を背負って摩多羅院を出た。

五

シュリーマンたちが離れ座敷で夕餉を取っていると「失礼いたします」という声と共に障子が開いた。

廊下に陸奥屋舷兵衛が座っていて、深々と頭を下げた。

「どうしたのです、陸奥屋殿」

橘藤は驚いて箸を置いた。

「私めも宝探しがしたくなりましてな」言いながら陸奥屋は座敷に入り、障子を閉めた。

「皆様方が横浜を出た翌日、弁財船に乗りました」

「それは酔狂な」

深野は笑って土瓶の白湯《さゆ》を茶碗に注いだ。箸で茶碗の汚れを落とし、湯を啜る。

「男子であれば宝探しに胸がときめくのは当然で御座いましょう。なにより、こちらも元手がかかっておりますので。それで、手掛かりは得られましたか？」

「赤生津の経塚に登ってみたが、摩多羅衆とかいう修験者の一団に邪魔をされた」

シュリーマンは器用に箸を使ってタクアンを摘み、茶碗の内側の汚れを拭った。

「毛越寺の裏山に僧坊を建てている一団ですな」

「摩多羅衆を知っていたのか？」

「材木を切り出そうとする樵たちと、時々いざこざを起こす者たちでございます。材木問屋は少々迷惑しているようです。明日から何人か用心棒をつけましょうか？」

「陸奥屋は、物騒な連中も抱えているのか？」

「こういう世の中にございますから、ヤットウの心得のある方を少人数。腕はありながら苦労なさっているお侍様はたくさんいらっしゃいます。物騒ではない方を選んで雇っておりますから、ご安心を」

陸奥屋は微笑んだ。

「刀を貸してもらえば、おれ一人で充分だ」

虎次郎が言った。

「いくら虎次郎が腕自慢の船頭でも、十人、二十人に囲まれればどうしようもあるまい」

「それは、そうだがよう。こっちにもお侍が二人いる」

虎次郎が言うと、橘藤と深野はばつが悪そうに目を背けた。

「それに、シュリーマンの旦那は連発銃もお持ちだ。用心棒の必要は無いと思うぜ」

虎次郎に言われてシュリーマンはハッとした。横浜を出るときにファウラーからもらった拳銃をすっかり忘れていた。

「明日から懐《ふところ》に入れて歩くことにする」

「それでもやはり心配でございますから、二人ばかりおつけいたしましょう。それから、土掘りの人足も手配しておきましょう」

「土掘り人足は、気が早すぎる」シュリーマンは笑う。

「まだ糸口しか摑めていない」

「なに。閃《ひらめ》きというものは突然訪れるものでございます。臨機応変に動けるように手配しておくのが商人のたしなみ。そのあたりはシュリーマン様もよくご存じでございましょう」

「まずは、榎ノ禅師がどういう唄を見つけてくれるかだ」

「榎ノ禅師?」

「方角に関係する神楽唄を探させております」

橘藤が言う。

「なるほど。神楽唄ですか。古くから伝わるものですから『旭さす――』の唄よりは手掛かりになりそうですな」

陸奥屋がそう言ったとき、シュリーマンの脳裏に一つの手掛かりが閃いた。

「童歌もなかなか侮れないかもしれないな」

「早速、閃かれたご様子で」

陸奥屋は微笑む。

「旭さす　夕日かがやく木の下に――だったか」

シュリーマンは日本語で言った。

「左様に御座います。漆千盃《うるしせんばい》　こがね億々《おくおく》」

と、陸奥屋。

「旭が差すのは東から。夕日が輝くのは西。朝日が差し、夕日が輝く木は、どこに立っているのか？　陽の光を遮る物の無い、広々とした場所だ。あるいは、高い山」

興奮した口調でシュリーマンは言った。

「高い山となれば、出羽との境に聳《そび》える西の山々でございましょうな」

橘藤が言う。

「この近くですと、三界山《さんがい》、焼石岳《やけいし》、天竺山《てんじく》、大日岳《だいにち》の一帯が、一番高い山々が連なっておりますな」

陸奥屋が言った。

「三界は、仏教の言葉で〈欲界〉〈色界〉〈無色界〉を表します。天竺は、仏教の発祥地。大日は大日如来を表します。それらの山々は仏教の用語から名付けられています」

橘藤が顎を撫でる。

「修験の山でしょうか」

深野は橘藤の顔を見た。

「おそらく」

「摩多羅衆と繋がったな」

虎次郎が肯く。

「わたしが持っている物よりも広い地域を描いた地図はあるか？」

シュリーマンは陸奥屋を見る。

「少々お待ち下さいませ」

言って、陸奥屋は離れ座敷を出る。

「一気に財宝の在処に近づきましたね」

深野は興奮した口調で言った。

「いや」橘藤が首を振る。

「範囲が広すぎる」

「そうでもないでしょう。朝日と夕日が差す場所ならば、尾根筋であるはずです」

「山には谷と尾根がある」シュリーマンは腕組みした。

「ここから見える山々にどれだけの数の尾根があると思っているんだ。もう少し手掛かりが欲しいところだが」

陸奥屋はすぐに一枚の絵図を持って座敷に戻ってきた。

「簡単な物しかございませんが」

言って、畳の上に絵図を広げた。

平泉村、中尊寺村を中心とした街道の絵図である。中尊寺村の北を流れる衣川沿いの街道を北西方向に辿ると、大平《おおだいら》、萱刈窪《かやかりくぼ》を経て、愛宕《あたご》の集落に至る。その北側に胆沢川がある。東西に流れる胆沢川を西に少し辿ると、北側から尿前沢《しとまえざわ》が合流する。

尿前沢をさらに北に辿ると、そこが大日岳であった。

大日岳から西方向に天竺山、焼石岳、三界山と陸奥屋が言った四つの山々が繋がっていた。

「これはアイヌ語の地名です」橘藤は尿前沢を指さした。

「尿《しと》、小便という字をあてておりますが、シトはアイヌ語で水や水気を表します。マイは、〈何々がある所〉という意味です。シト・マイは〈湿地がある所〉とか〈沼がある所〉を表します」

四つの山の中腹辺りには、上沼、中沼、石沼、ウバ沼など幾つもの小さな沼が描かれ、それぞれから細い沢が流れ出していた。

胆沢川から南西方向に分かれる前川沿いには、東下嵐江《ひがしおろせ》の集落を抜けて険しい山の中を秋田へ抜ける仙北街道が描かれていた。

「財宝を沼に沈めるという隠し方はどうでしょう?」深野が言った。

「黄金は錆びませんから、水に沈めて隠すのは有効ではないかと思うのですが。山上の沼ですから、水路を掘れば排水も容易。埋めたものを掘り出すよりも手間がかかりません」

「黄金だけならば、それでもいいだろうが——」橘藤が異を唱える。

「【吾妻鏡】の文治五年八月二十二日の条に描かれた蔵一杯の財宝のほとんどが黄金ではない。漢方薬の牛玉《ごおう》や犀《さい》の角、水牛の角。象牙の笛や数々の錦の反物などもあった。それらを水の中に沈めてしまえばすぐに腐り、溶けてしまうであろう」

「仏教の熱心な信者であったことを考えれば、多くの経典もあったかもしれない」

シュリーマンは補足した。

「財宝と言っても黄金ばかりとはかぎらないということですな」

陸奥屋は残念そうに苦笑する。

「傷みやすい材質の財宝も保管できる場所。そういう場所を探さなければならないでしょう」

「それが、この辺りにあるのですな」陸奥屋は四つの山々を指で辿った。

「それでは、謎解きをよろしくお願いいたします」

陸奥屋は一礼して障子を開け、離れ座敷を出ていった。

六

翌日、シュリーマンと橘藤、深野、虎次郎、藤吉、清五郎は馬に乗って平泉村と中尊寺村を回った。古跡を訪れ、古の建物や地形と方位の関係を確かめるためである。

陸奥屋が「念のために」と手配した用心棒が二人、シュリーマンたちに同行していた。陸奥屋舷兵衛も誘ったが、所用があるので家に残るとのことだった。

用心棒は陸奥屋が言ったように物騒には見えない男達だった。小綺麗な打裂《ぶっさ》き羽織、裁着袴《たつつけばかま》を身につけ、穏和な顔をした中年男であった。遠藤と葛西と名乗ったきり、余計な事は一切喋らず、少し距離を置いて一行の後ろから馬でついて来た。

シュリーマンは携帯用の羅針盤を取りだして、方位を確認して馬の方向を決めた。

一行はまず、古都の南西にある毛越寺跡から真東に進んだ。泉屋という地名の残る一帯である。

泉屋は、一面の田圃になっていたが、奇妙な地形であった。不規則な形に土地が窪んでいて、以前は苑池があったらしいことが見て取れた。大きな苑池は四神相応の南の守護神〈朱雀《すざく》〉を表す。

そして、西の毛越寺、東の泉屋。二代基衡の寺と館跡は、〈西に寺院。東に宿館〉の構造に当てはまっている。

シュリーマンは大きく肯いて馬を進めた。

泉屋から北に進むとすぐに伽羅楽《からく》と名付けられた土地になる。橘藤がアイヌ語で〈ハシボソガラス〉という意味だと教えてくれた地名である。ここもまた田畑となっていたが、伽羅楽＝伽羅の御所が建っていた場所であるとも言われている。

その真西に無量光院跡がある。三代秀衡が建立した寺院で、宇治の平等院を模したものであった。土地の起伏から池や寺の建っていた基礎らしい場所は分かった。無量光院の大きさは本家の平等院を凌いでいたとも言われている。

ここにも確かに西に寺院、東に宿館の構造があった。

さらに北へ進むと、目の前に小高い山が立ちはだかり、道はその山の麓を西に向かう。

平泉村の北を塞ぐその小山は高舘山。四神相応の〈玄武〉であり、伊達氏四代綱村が義経堂を建立した山である。

〈高舘〉と表記されるが、昔は〈高楯〉と書いた。〈楯〉は、矢を防ぐ楯であり、要塞を表す名前であった。

高舘山に登ってみると、要塞であった痕跡は空堀らしい土地の起伏くらいしか残っていなかった。木々の間から北上川の流れと、広い田園、その向こう側に聳える束稲《たばしね》山の山容が望めた。羅針盤を見ると北上川は平泉の東側。〈青龍〉である。

平泉藤原氏の時代は、北上川は束稲山近くを流れていて、高舘山はもっと広かったのだという。何度かの水害によって山は削られ、現在の大きさになったのだと橘藤が言った。

とすると、平泉藤原氏の時代には、この何倍もの面積があったのだろうから、軍事施設を作るには都合のいい山であったろうとシュリーマンは思った。

シュリーマン達は高舘山を降り、麓を回り込むように、さらに北へ向かった。

中尊寺村に入ると左手から関山丘陵の山塊が迫ってきた。ここもまた高舘と共に〈玄武〉ととらえることが出来る。

関山に初代清衡が建立した中尊寺があるとすると、その居館は真東に存在していたはず。

シュリーマンは右の方角を眺める。

田圃の向こうに北上川の流れが見えた。前方にはすぐに衣川との合流点が見えている。

このあたりに〈柳之御所〉と呼ばれる館があったのだ。すぐ西側に関山が聳えている。ここにも〈西に寺院、東に宿館〉という構造がある。

シュリーマンたちは関山の下の宮小路を通って奥大道へ入り、南下した。

この道は現在の中尊寺村、平泉村の西を通っている。〈白虎〉である。

奥州平泉の古都は、確かに四神相応を備えていた。

それにしても――。

シュリーマンは馬上からあらためて平泉の景色を見渡した。

平泉藤原氏の古跡は、そのほとんどが土の下だ。

荘厳な伽藍群、堂塔が聳え、築泥塀《ついじ》に囲まれた館が建ち並んでいた平泉の姿はもうどこにもない。

初夏の日差しに照らされているのは、幼い稲の揺れる田圃と、蝶が舞い飛ぶ畑。板葺き、茅葺きの家々と、青く霞む束稲山。草の下から礎石がのぞいている所もあるが、それらは農夫たちの休憩の腰掛けとなっている。

想像力を駆使しなければ、ここが過去に百年の栄耀を誇った都であったことを感じ取ることさえ難しい。

トロイアもおそらく、このような景色の下に眠っているのだ。

「面白い場所にご案内いたしましょう」

橘藤が言って、奥大道を外れて左に向かう小径に馬を進めた。

古には寺があったとか館があったとか言われ、大きな池のある華館という土地を抜けて進むと、前方に木々に覆われた丘が見えてきた。

「あそこは？」

「白山日枝神社です。昔は惣社があったと言われる場所です。平泉藤原氏時代の平泉の、ほぼ中央といっていいでしょう。惣社は今通ってきた華館の上にあったという説もありますが、わたしはその土塁の場所が惣社であったと思っています」

「丘ではなく、土塁なのか」

丘を回り込むように南側に出ると、確かに土塁であることが分かった。土塁は小さな社の背後から左右を囲んでいる。

土塁の周囲は一段低くなっていて、以前は掘り割りに囲まれた浮島のようになっていたことが見て取れた。シュリーマンがそのことを訊ねると、「この周りは鈴沢《すずさわ》の池と呼ばれておりもうした。ここの北には猫間《ねこま》ヶ淵《ふち》と呼ばれる池もございました」と橘藤は答えた。

「泉屋の苑池といい、華館、寺院や宿館の池といい、平泉はまさに泉の都だったのだな」

シュリーマンは言った。

「かつては美しい水の都でございました。葛西氏が南の登米《とよま》に拠点を移す以前は、平泉藤原氏が滅びた後も多賀城と並び立つほど栄えた町であったそうにございます」

「それで、面白い場所というのはどういう意味だ？　ただの神社にしか見えないが」

シュリーマンは訊いた。

「まずは、参拝いたしましょうか」

橘藤は言って馬を下り、手綱を立木にくくりつけた。シュリーマンと他の四人もそれに倣い、馬を繋ぐと、社殿に向かって歩いた。用心棒の遠藤と葛西は「ここでお待ち申す」と言って鳥居の前で馬を降りた。

橘藤ら日本人たちは慣れた動作で二礼二拍手一礼の参拝をする。シュリーマンもそれを真似た。

橘藤は顔を上げるとシュリーマンを見た。

「今、我々は初代清衡公の父君、藤原経清公の御霊《みたま》に参拝いたしたのでございます」

「え？　ここは経清を祀った神社なのか？　確か、さっきは白山日枝神社と……」

「この神社は白山日枝神社であり、経清公は祀られては御座《おわ》しませぬ」

「どういうことだ？」

橘藤は参道を振り返り、指さした。

「この参道は、真北からわずかに東にずれております。他の道が真北を目指して作られているのに、この参道は北北東方向にずれておるのでございます。そして、社殿もずれて建っておりまする」

「なるほど。北北東にずれたこの参道の延長線上に何かがあるのだな？　そうか！

経清の墓か？」

「ご明察。江刺の餅田に五位塚と呼ばれる墳丘群があり、そこが経清公と御一族の墓であると伝えられております。また、その近くには経清公の宿館であり、後に清衡公も住んだ豊田館がございます」

「前九年の役の時、藤原経清は謀反人として処刑された男。大っぴらに弔うわけにはいかなかったので、こういう仕掛けを作ったのか」

「ここは惣社でございましたから、奥州のすべての神を合祀しております。その中には旅の神である猿田毘古《さるたひこ》も祀ってあったはず。だとすれば、平泉を訪れた公卿も、源氏の侍も旅の無事を祈願して参拝したはずにございます」

「謀反人として処刑した者たちが、知らず知らずのうちに経清に頭を垂れる――。そういう仕掛けか」

「某《それがし》はそう思っております。貴殿が方角のことを気にして御座《おわ》すので、この神社を思い出したのでございます」

「で、どうして土塁が作られたのです？」

と、深野が訊く。

「某の推理でございますが、これは仕掛けに気づいた葛西氏あたりが作ったのではなかろうかと。経清公を拝ませたくはない。しかし、社の位置を動かしたり破壊したりするのは、祟りが恐ろしい。そこで土塁を巡らせて、経清公への祈りを遮断したということではなかろうかと存ずる」

と、深野は肯いた。

「平泉藤原氏の怨霊を恐れて覆堂を作った葛西氏であれば、考えられることですね」

「平泉藤原氏時代の平泉の地理的中心だった惣社。そして、初代清衡の父経清の墓所を密かに弔う場所。方角はここを基準に考えてもいいかもしれない。榎ノ禅師は何か思い出してくれただろうか。今から行ってみようか」

シュリーマンは志田三十坊の方角に顔を向けた。

「それはやめておいた方がよろしいかと」橘藤が苦笑を浮かべる。

「あの婆《ばば》は偏屈にございますから、急《せ》かせば臍《へそ》を曲げましょう。使いの者が来るまで待った方が得策です」

「それにしても」虎次郎が馬を繋いだ場所に戻りながら言った。

「摩多羅衆は諦めたのかねぇ。気配も無《ね》ぇ」

「言われてみれば確かに」

シュリーマンは手綱を解いて馬に跨《また》がる。

「遠藤さんと葛西さんの姿を見て恐れを成したのかもしれませんね」

深野の言葉に、遠藤と葛西は小さく微笑しただけで、言葉は返さなかった。

七

中尊寺村の関山の麓にある茶店で腹ごしらえをした後、シュリーマン達は衣川村を目指した。

志田三十坊を左に見ながら衣川にかかる橋を渡ると、そこはもう衣川村だった。

鳥の声が喧《かまびす》しく聞こえた。

その方向に顔を向けると小山の上に数十羽の鳥が舞っているのが見えた。衣川の上流側である。

小山の麓で、二つに分かれた衣川が合流している。

「泉ヶ城にございます」橘藤が言った。

「藤原秀衡公の三男、忠衡公の城があったと伝えられる場所にございます」

「鳥が多い場所なのか？」

「いえ、獣でも死んでいるのでございましょう」

橘藤は答えた。

シュリーマン達は六日市場の集落を抜ける街道を進んだ。

左手には衣川を挟んで関山丘陵が迫り、右手にもすぐ側《そば》に北西に向かって小高い山が続いていた。

もし三代秀衡が摩多羅衆に大日岳周辺に財宝を埋めるように命じたのであれば、この街道か、あるいは左を流れる衣川を使って運んだに違いない。

シュリーマンは、何台もの荷車に財宝を満載して進む修験者達の姿を夢想した。

「文治五年、一一八九年九月二十七日。鎌倉に帰る前日、頼朝は安倍氏の旧跡を見るために衣川の地を巡っております。ちょうどこの辺りでございましょう」

橘藤は馬の歩みを緩めて、周囲の田畑を指さした。

そのつもりになって子細に観察すると、地面の起伏から、大きな建物が建っていた痕跡が読みとれた。

崩れた築泥塀の基部が矩形に盛り上がっている。

「安倍頼時の館跡。金売り吉次の屋敷跡。あるいは、寺院が建っていたという言い伝えもございまするが、どれが正しいのかは今となっては分かりもうさん」

「郭《くるわ》の跡はここだけか？」

「安倍氏が繁栄していた頃は、大きな都であったはずにございますが、頼朝がここを訪れた時は、すでにすべてが土の下でございましたようで。【吾妻鏡】にも『秋草にとざすこと数十町。礎石いずこにか在る。旧苔に埋むること百余年』と記されております。『小松楯、貞任の後見、成通の琵琶柵等の跡は彼の青岩の間にあり——』小松柵はずっと南の萩荘の辺りにあるのでございますが、【吾妻鏡】の記述者は、二つの柵はあの山陰あたりにあると勘違いしたようにございまする」

野田を過ぎ、本田原の集落から北に折れ、北側の山沿いに建つ雲際寺に着いた。この寺には義経の位牌が納められている。

「義経公は文治五年、一一八九年の閏四月三十日に、平泉藤原氏四代泰衡公に攻められ、妻子を殺した後に自刃したと【吾妻鏡】には記されております」参道を歩みながら橘藤が言った。

「しかし、この地には、別の話が密かに伝えられております。『義経公は文治四年にこの地を逃れ、北へ向こうた。泰衡が鎌倉へ送った首は杉妻小太郎という義経の影武者の首であった——』義経公の伝説の残る地を地図の上で繋いで行けば、明らかな道筋を描いて足跡は沿岸を北に向かい、津軽の三厩、そして蝦夷にまで続いております」

シュリーマンたちは僧侶に案内されて本堂に安置されている義経の位牌の前に立った。

戒名は〈捐館通山源公大居士《えんかんつうざんげんこうだいこじ》〉。

一行は位牌に合掌する。

「この戒名は〈館を捐《す》て、山を通って行った源公《みなもとこう》〉と読み解けます」橘藤が合掌を解いて言った。

「そのことから、義経は泰衡に攻められて自刃したのではなく、密かに山を越えて北へ逃れたのだという伝説——義経公北行伝説の傍証とされています」

「伝説ではどこまで逃げたことになっているんだ？」

「蝦夷地にも義経公の伝説は残っています。大陸まで逃れたという話もあります」

戦で死んだ英雄が、実は危機を脱して生き延び遠くへ逃れたという伝説は古今東西に存在する。義経北行伝説もそんなロマンの一つだろうとシュリーマンは思った。

一行は寺を辞してさらに街道を進んだ。

位牌を見たときからシュリーマンは一つの疑問を抱いていた。

「【吾妻鏡】によれば、義経は〈藤原基成の衣河之館〉にいたところを泰衡に攻められ自刃したのだったな？」

「さに候」

橘藤が答えた。

「衣川の館とはどのあたりだったのだ？」

「さきほど渡った衣川の側《そば》であったと言われております。接待館という地名が残っている場所がありもうすが、その辺りではなかったかと」

「では、なぜ中尊寺ではなく雲際寺に位牌が安置されているのだろう。接待館の場所が義経終焉の地であったとして、中尊寺は川を渡ってすぐだ。遺体を運ぶならば中尊寺ではないのか？」

「中尊寺はその時、泰衡公の支配下でございます。義経公の御遺体を運ぶなどできるはずもございませぬよ。雲際寺——天台宗牛肩山梅際寺は、長く廃寺となっていたものを義経の正妻が再興したと伝えられておりもうす。義経公は刃に伏す前、北の方と四歳になる娘を殺害なさります。おそらくその御遺体も運ばれたのでございましょうから、雲際寺に位牌があるのはごく自然なことだと存じます」

駒場と呼ばれる辺りに近づいたとき、橘藤は馬を左の畦道に進ませた。

行き止まりの藪の側で馬を止める。

藪の向こう側、ずっと下の方から川音が聞こえてきた。

「崖になっているのですか？」

シュリーマンは訊いた。対岸の様子は藪で隠れていて、聳える関山丘陵の山しか見えなかった。

「北股川が大地を削り、峡谷のようになっております。深さは五尋《ひろ》強、十メートルほどでござろうか。左の先で南股川という支流が合流しております。その合流点から下で衣川と名前が変わるのでございます。南股川も大地を削り、崖を作っております。つまり、今、正面に見えている山は、南と東を崖に囲まれ、北から西側に掛けては深い森になっているのでございます。森は平泉に来る時にご覧になった達谷の岩屋の裏山まで続いております」

「天然の要害だな。山城があったのだな？」

「ご明察。安倍氏の砦があったとされる山にございます。今は安倍館《あべだて》と呼ばれております。麓には巨岩を神が坐す《ましま》磐座《いわくら》として祀ってある、磐神社がございます。それゆえ土地の名は〈石神〉と申します。一説によれば安倍氏が祀った神であったとか。普通の神社と異なり、社殿を作らぬ習わしがあって、巨岩は雨ざらしにございます」

シュリーマンは馬を下りて、藪を掻き分けて崖の際まで出てみた。

橘藤の言ったとおり、シュリーマンの立っている東岸は切り立った崖であった。

山。

対岸は急斜面となっていて、その上に田畑が見えている。そしてすぐに安倍館の

川が絶好の掘り割りを作り出している。馬も兵も、この崖を降りることはできな

い。

そして後背の山は達谷の岩屋まで続く森。万が一、落城しても逃げ場所はたくさん

ある。

平泉村、中尊寺村、そして衣川村と見てきたが、この安倍館ほど築城に適した場所

はないと、シュリーマンは思った。

義経は頼朝に追われて平泉に逃れた後、どこに住んだのだろう?

軍事施設であった平泉の高舘山だろうか?

それとも終焉の地である藤原基成の衣川の館の食客であったのか?

「義経はなぜここに館を作らなかったのだろう」

シュリーマンは橘藤を振り返った。

「【義経記】という本がございます。義経公の御生涯を記した書物にございます。これは義経公が散華なされてより何百年も後に書かれたもので、作り話も多く記されておりますれば、すべてを鵜呑みにすることはできませせぬが、【義経記】には三代秀衡

公が義経公のために衣川に館を建てたと記されております」

「衣川に館を作るのならば、安倍館の山ほどふさわしい場所はないと思うのだが。秀衡が義経のために館を建てたとすれば、ここにあったとしてもおかしくはないな」

「経清公の旧跡に清衡公が宿館をお建てになるという先例もございますれば、なかったとは言いきれませぬな。しかし、平泉の高舘は、〈高楯〉であり軍事の拠点でございます。義経公が平泉の大将軍として迎えられたとすれば、高舘に住まいしたとも考えられまする」

「高舘に住んでいたが、何かの用事で藤原基成の館を訪れていて、そこを泰衡に狙われた」と、深野。

「高舘にいれば武器も兵糧もあったでしょうから、籠城するという作戦もとれる。だから、泰衡は基成の館に義経をおびき寄せたのかもしれませんね」

「基成の館が戦場になったにしては、基成もその三人の子も生き残り、頼朝の平泉入城後、手向かいもせずに捕らえられている。【吾妻鏡】には、『指せる勇士にあらざるゆえ沙汰に及ばず』つまり、大したことのない侍であるから鎌倉に連行されず、判断を朝廷に任せたとある。それ以後、基成とその子等の消息は知れない。義経公の死に関して何らかの働きがあり、そのことで頼朝と取り引きしたともとれる」

橋藤の饒舌は、あちこちに方向を変えていつまでも続く。

熱心な研究者にありがちなことであり、シュリーマン自身にもその傾向があった。そのまま放っておけば、いつまでも話し続けるだろう。シュリーマンは苦笑しつつ橋藤の言葉を遮って馬に戻った。

「ともあれ、義経が基成の館で死んだにしろ、安倍館の居館で死んだにしろ、雲際寺へ運ばれたであろうということは分かった」

街道に戻って、一行はさらに奥を目指した。

北股川ぞいにわずかに開けていた土地はしだいに狭くなり、耕地の姿が消えた。

道の両側には森が迫り、時々、樵や炭焼きが住む小さな集落が現れては木々の中に消えた。

ずっと緩やかな上り坂だった道が、切り通しの急な下り坂になって、シュリーマン達は広い田園地帯に出た。

前方に青々とした山塊が見えた。

「あれが大日岳にございます」

橋藤がやや左方向に聳える山を指さした。

シュリーマンは橋藤の指の延長線上を見たが、盛り上がるように葉を茂らせた原生林の上からのぞく、青みを帯びた山巓《さんてん》のどれが大日岳であるのか分からなかった。

一行は山々の麓を流れる胆沢川の側まで馬を進めた。

川はかなり下方の峡谷の底を流れていて、そこまでの道は九十九折《つづらお》りになって続いている。

対岸の森の中に幾つかの集落が小さく見えた。

「もし、財宝が埋められているのが大日岳周辺であるのならば、あの辺りの集落に泊まり込んで掘り出しの準備をしなければなりませぬ。大日岳までは険しい山道を二日がかりとの由にございます」

「険しい道か。荷車は通れるだろうか？」

シュリーマンは不安になった。摩多羅衆の人数がどれほどいるのかは知らないが、人力だけで大量の財宝を運ぶことは不可能だと思われた。

「出羽、陸奥国は山国にございますれば、運輸の方法は様々工夫され続けております。たとえば、山を通る道には〈うまっこ道〉と〈べごっこ道〉という分け方がありもうす。〈うまっこ道〉は比較的緩やかなので馬を輸送手段として使う道。〈べごっこ道〉は険しい道なので牛を輸送手段に使います」

「牛は山道に強いのか？」

「強うございますが、上れる道にも限度がございます。樵に、大日岳までの道筋を牛で行けるかと訊いたところ、『通れないことはない』とのことでございました」

「安心した。膨大な財宝の輸送手段が人力であったとするのは無理があると思ってね。平泉藤原氏は牛を使って財宝を運んだか」

「いや——」深野が何か思いついたように言った。

「青鹿《あおしし》（カモシカ）を飼い慣らして使うという手もあります。青鹿は人が通れないような崖を渡りますから、牛よりも安心できます」

「青鹿が人に慣れたという話など聞いたこともない」

橘藤は笑う。

「熊でも子供の頃から飼えば人に慣れると聞きます。猛獣の熊でさえそうなのですから、青鹿だって慣れます。驢馬《ろば》ほどの大きさですから、荷物もそこそこ載せることができるでしょう」

「分かった分かった」橘藤は深野を適当にあしらってシュリーマンに顔を向ける。

「では、平泉へ戻りましょう。まずは財宝を埋蔵した場所を特定しなければなりませぬ」

言って橘藤は手綱を引き、馬の首を廻らせた。

陽は西に傾きかけていた。

衣川村から中尊寺村に渡る橋のたもとまで来たとき、数人の侍に行く手を遮られた。いずれも黒い羽織に袴をつけて、黒塗りの陣笠を被っていた。役人のようだった。

＊

右手の土手に数頭の馬が止められ、泉ヶ城の茂みの中にも侍の姿が見えた。

「お急ぎの所、失礼いたす」

侍の一人が言った。一行を見る視線が蝦夷装束のシュリーマンに注がれたとき、鼻の頭に皺が寄った。

「拙者、山ノ目《やまめ》代官所の及川又右衛門《おいかわまたえもん》と申す者にござる。中尊寺村か平泉村へお戻りの所と推察いたしたが、何処《いずこ》へお出かけでござったか」

「我らは陸奥屋殿の客分にござる」橘藤が答えた。

「石神の安倍館を見た帰りにござるが。何かありましたか？」

「お出かけになられたのは、朝でございますか？」

「左様」

「何か変わったことを見たり聞いたりはなさりませんでしたか？」

「そういえば、行きがけに泉ヶ城の上に鳥が騒いでおるのを見ましたが」

「何刻頃のことで？」

「卯の刻。六つ半（午前七時）頃であったろうか」

橘藤は深野を振り返った。深野は肯く。

「おそらくその頃だったかと。獣でも死んでいるのではないかと思い、とりたてて気にもしませせなんだが」

「なるほど。田夫が報せに参ったのもその頃で御座った。どうやら、泉ヶ城で斬り合いがあったようで」

「斬り合いが？」

深野が早口で英語に訳した。

及川が鋭い目つきで深野とシュリーマンを見る。

「その男は？」

「陸奥屋殿の大切な取引相手にござる。蝦夷の長《おさ》ニシパ殿。怪しい者ではござらぬ」

後ろから馬を進めてきた用心棒の遠藤が及川に訊く。

「誰か死んだのか？」

「血の跡があるのみ」

「猟師が獲物でもさばいていたのではないか？」

橘藤が言うと、及川はムッとした顔をした。

「下生えが踏み荒らされ、立木に新しい刀傷がございました。おそらく、鳥が騒いでいた頃に、何者かが死体を持ち去ったのではないかと」

「朝からずっと手掛かり探しですか」

深野が、泉ヶ城の茂みの中を歩き回る侍たちの姿を見て言う。

及川はさらに不機嫌そうに顔を歪めた。

「申し訳ござらぬが、腰の物をあらためさせてはもらえまいか？」

「我らを疑うか」

葛西が遠藤の隣りに馬を寄せる。

「念のためにござる」

役人たちは刀の鞘に左手を副《そ》えた。

遠藤と葛西は顔を見合わせて、馬を下りた。

「我らは陸奥屋殿から大切な客人の案内を頼まれておる者。我らの刀をあらためるだけで済ませてはもらえぬかのう」

と、遠藤が言った。

「こちらはお役目にござる」

「左様か」

葛西と遠藤はつっと及川に近づいた。

次の瞬間、二人の刀の切っ先が、及川の鼻先に突きつけられていた。

及川は息を飲んで、一寸ばかり先で陽光を反射する刃を見つめた。

「血曇りも欠けもない。先日、研ぎに出したばかりじゃ」遠藤が淡々とした口調で言う。

「もし、陸奥屋の客人の刀をあらためて、我らの刀と同様に血曇りがなければ、それなりの償いはしていただく」

「武士の魂を強引にあらためて、『疑いは晴れ申した。お通り下され』では済まぬ」

葛西が言う。

「我らは浪々の身ゆえ、我慢もするがな。どうじゃ？　腹を切って詫びると言うならば、介錯はしてつかわす」

役人達は顔を寄せて小声で相談を始めた。

「面倒くさいから、刀を預けてもいいですよ」

深野が役人たちに声を掛けた。

「我らは腹が減っておる。早くどうするか決めていただきたい。我らは陸奥屋の平泉の屋敷に逗留しているから、不審な点があればいつでも調べに応ずるぞ」

橋藤が追い打ちをかける。

「失礼いたしました。お通り下され」

及川は渋々そう言うと、道を開けた。

シュリーマンの一行は役人たちの横を通り過ぎ、衣川にかかる橋を渡った。

「わざわざ虐《いじ》めなくてもいいのに」

深野が遠藤に言う。

「小役人との駆け引きは、最初が肝要。まずは、どちらが上位であるかを知らせなければなりません。こちらが下手に出ればいつまでもつけあがりまする」

「それにしても、この辺りも物騒なのだな」

シュリーマンは言った。

「わざわざ川に囲まれた泉ヶ城で斬り合いをするなんて。邪魔が入らないようにですかね」

深野が後ろを振り返る。

「地回り同士の喧嘩でござらぬかな」

と、橘藤。

「平泉村も中尊寺村も寂れた村ゆえ、大きな喧嘩をするような地回りはおりませぬよ」

葛西が苦笑しながら言った。

八

日暮れ少し前。陸奥屋の屋敷にシュリーマン達を訪ねる客があった。

榎ノ禅師と付き添いの少女二人であった。

三人は陸奥屋舷兵衛に案内されて離れ座敷に現れた。

「何か分かったか？」

シュリーマンは日本語で急かすように訊いた。

榎ノ禅師と二人の少女は、蝦夷が日本語を喋ったので驚いた顔をした。

「早く教えてくれ」

「神楽唄に〈家ほめ〉というものがある。正月に各家を回って言祝《ことほ》ぐ唄じゃ。また、家に祝い事があったときの祭祀に、まず謡われるめでたい唄じゃ」

さすがに訛りの強い榎ノ禅師の言葉は難解で、シュリーマンはもどかしげに深野を見て通訳を促した。

「こういう唄じゃ」

と言って、榎ノ禅師はよく響く声で謡い出した。

これの館の　戌亥《いぬい》の角に
黄金《こがね》花咲く　三ツ股榎《えのき》
七つの甕《かめ》に　酒が湧く

「どういう意味だ？」

「この館の戌亥の隅には、黄金の花の咲く三ツ股の枝を伸ばした榎がある。七つの甕には酒が湧く。戌亥とは、北西の方角。榎は神聖な木じゃ。〈三〉や〈七〉の数字はめでたい数とされておる」

「戌亥――北西の方角にはどういう意味がある？」

「聖なるものが来る方角じゃ。黄金や酒が湧く、めでたい方角だといわれておる」

「シュリーマンさん、いえ、ニシパさん。見つけましたね！」

深野が興奮した声で言った。

「いや」側で聞いていた陸奥屋が、腕組みをしながら言う。

「戌亥の方角をめでたい場所として謡う唄は、私もあちこちで聞いています。出羽、陸奥国はもとより、信濃、紀伊や播磨、土佐でも、祝いの席で謡われておりました」

シュリーマンは肯く。聖なる方角であるということだけでは、確証にはならない。

榎ノ禅師は「最後まで聞け」と言って続けた。

「家の敷地の戌亥には、蔵を建てる。また、納戸を作る家もある。これは、財宝が涌く、財宝が溜まるということで縁起をかついでいるわけじゃが、戌亥にはまったく別の意味もある」

「それを聞きたいのだ」

シュリーマンは思わず身を乗り出した。

「陸奥屋。敷地の戌亥には納戸や蔵のほかに何を作る？」

榎ノ禅師は陸奥屋を見た。

「戌亥でございますか。御不浄《ごふじょう》を作りますな」

「なんだ？　その〝ゴフジョウ〟というのは？」

「便所です」

「それだ！」シュリーマンは膝を叩いた。

「戌亥は黄金が湧く方向。そして、財産を納める蔵を作る方向。また戌亥は御不浄を作る方向でもある。浄なる場所と不浄なる場所は、戌亥で重なり合っているのだ！それは、古都平泉を作り上げた平泉藤原氏の理念にほかならない！」

シュリーマンは昨晩陸奥屋からもらった地図を懐から出し、畳の上に広げる。興奮が体中の血管を駆け回っていた。

「これを見てくれ。平泉の戌亥、北西には大日岳を始めとする、仏教に関わる山の名前が集まっている！　そして、その山々の南麓には、〈尿前沢〉がある！　橘藤は尿とは小便のことだと言っていたな。聖域の中に、不浄な地名が重なり合っているんだ！」

「そういえば」陸奥屋は〈大日岳〉と書いた文字の上の方を指さした。

「字は違いますが大日岳の北側には、〈クラ〉があります。鞍掛森山。〈鞍〉は馬の背に載せるものですが、音は金蔵、米蔵と同じ〈クラ〉です」

「汝等は、経塚を掘ろうとして摩多羅衆に怒られたのじゃったな」

榎ノ禅師が思い出したように言う。

「掘ろうとしたわけではありません！　拝みに行っただけです」

深野が慌てたように言う。

「どっちでもよい。平泉藤原氏の財宝が経塚に埋められていると思うておるのであろう？　それで、それに相応しい経塚を捜しておるのじゃな？」

「まぁ、そのようなところでございますな」

陸奥屋は曖昧に答える。

「汝等が探している経塚は、おそらくここじゃ」榎ノ禅師は〈大日岳〉という文字を指で押さえた。

「大日岳は、慈覚大師円仁が経典を埋めたとされる場所じゃ。別名を〈経塚山〉という」

「経塚山……」

シュリーマン、橘藤、深野は顔を見合わせた。

「ここだ」シュリーマンは爆発しそうになる興奮を押さえ込みながら、呟くように言った。

「ここに、平泉藤原氏の財宝がある」

「ただなぁ」榎ノ禅師が口をへの字に曲げる。

「大日岳には、初代花巻城主が法華経を埋納したという話が伝わっておる」

「え？　すでに掘られているということか？」

シュリーマンの興奮は一気に冷めた。

橘藤、深野の顔からも喜色が引いて行く。

「財宝を見つけたという話はあるのですか？」

「ない。経典を埋めたという話だけじゃ」

「しかし、我々よりも先に、財宝の在処を示す謎を解いていた可能性はあるわけだ」

「どうします？　シュリーマン殿」

橘藤が溜息混じりに訊く。

「本当に経典を埋納しただけかもしれない。財宝が発見されていない可能性もまだある」

「もう少し詳しく、この山の様子を調べてみてはいかがでしょう？」陸奥屋が言った。

「この辺りに詳しい樵がおります。必要であればここへ呼びますが」

「頼む」

シュリーマンは肯いた。

「それでは、儂《わし》はこのへんで帰ってもよいか？」

榎ノ禅師は立ち上がった。

「大変世話になった」

シュリーマンは畳に手を突いて日本風のお辞儀をした。

「昨夜は泉ケ城で斬り合いがあったとか」陸奥屋も立ち上がる。

「禅師とお供の娘二人では物騒です。遠藤さんと葛西さんに送ってもらいましょう」

「斬り合いの話、もう陸奥屋さんの耳に入っているのですか？」

深野が訊く。

「中尊寺村も平泉村も狭うございますれば」

陸奥屋は言って、榎ノ禅師と娘二人を連れて座敷を出た。

九

一刻《いっとき》（およそ二時間）ほど待っていると、陸奥屋は小柄な髭面の男を連れて座敷に帰ってきた。継ぎ当てだらけの着物を着た男は廊下に正座すると、おどおどとシュリーマン達を見渡して、床に額を押し当てて頭を下げた。

「ハタシロの仙吉という樵に御座います」

陸奥屋に〈ハタシロの仙吉〉と紹介された男は、チラチラとシュリーマンの顔を見ている。その表情には嫌悪と羨望が見て取れた。

蝦夷のくせに陸奥屋の座敷の上座に座り、偉そうに自分を見下している。そう感じているに違いない。

「さあ、仙吉。座敷に上がれ」

橘藤が言った。

「へぇ。泥足だもんで、ここで」

「そこでは話が遠い」

深野が手招きする。

「着物が汚れでるので、ここで」

仙吉は頑なに座敷に上がるのを拒んだ。

陸奥屋の屋敷に招かれ、侍や蝦夷の座る座敷に通されるという非日常に恐怖を感じているのだった。

「大日岳付近の詳しい地形を知りたい」

シュリーマンは言った。

聞き慣れない言葉に、さらに怯えた仙吉は廊下に頭を押しつけたまま震えたが、深野が通訳すると、顔を上げて答えた。

「近くの山の中では横岳が一番高ぇど思いやんす。山の西の横手、湯沢あだりでは〈焼石岳〉どいう山でござりやんす。そごがら、天竺山、大日岳と順に低くなりやんす。周囲は険しく、崖が多く、南側に下れば夏油《げとう》の湯治場がござんす」

橘藤は紙と筆を持って仙吉の側に寄り、絵図を描く。

「湯治場は大日岳から近いのか？」

「道はござりやせんども、谷を下れば沢に行き着ぎやんす。その沢をずっと下っていけば、半日ほどの行程でござりやすべぇが」

「鞍掛森山はどの辺りだ？」

シュリーマンが訊く。

「湯治場のすぐ西に聳える山でござんす」

「大日岳から行くには？」

「鞍掛森山は、大日岳から見れば丑寅（北東）方向でござりやんす。湯治場から登るのならば容易でござんすが、大日岳からそのまま進めば上り下りがきつぃので、いったん尾根伝いに卯（東）の方角の駒形山へ進み、そこから子（北）の方角へ向かえば、なだらかな斜面を登ることができやんす」

「鞍掛森山が気になるのですか？」

橘藤がシュリーマンに訊いた。

「平泉藤原氏の思想や、方角に秘められた意味を考えれば、大日岳——経塚山に辿り着くことは難しくない。もしかすると、初代花巻城主とやらも謎を解いて、法華経を埋納するという口実で掘ったのかもしれない。しかし、見つけることはできなかった。だとすれば〝もう一捻り〟があるのだ」

「鞍掛森山の酉（西）の方角にはマンダ沢がありやんす。卯（東）にはオボガ沢。子（北）の麓には夏油川。山と川の間に青岩と呼ばれる場所がありやんす」

「青岩……」

橘藤の筆が止まった。

「どうした？」

シュリーマンは橘藤の顔を見る。

「昼にお話しした【吾妻鏡】の記述です。『小松楯、琵琶柵等の跡は彼の青岩の間にあり』青岩とは、山々が連なっている場所や崖のことを言います」

「鞍掛森山の子（北）の青岩は、崖に囲まれた場所でござりやんす」

仙吉が言った。

「青岩とは元々の地名なのか？」

橘藤は絵図の鞍掛森山の北に〈青岩〉と書き込んだ。

「さぁて。今では樵の誰でもあの辺りを青岩と呼びますども、元々は、三界山、天竺山、大日岳と同様に修験者が名付けたと聞いておりやんす」

修験者が名付けた地名と聞き、シュリーマンはハッとした。

「もしかして、尿前沢もそうではないのか？」

「んでがんす。ずっと昔は大荒沢と呼ばったと聞いどりやんす」

「山や沢の名は、いつ頃名付けられたのだ？」

「随分昔のことでござりやんすがら、いつ頃とはっきりしたことは……」

仙吉は申し訳なさそうに頭を下げた。

「【吾妻鏡】は平泉藤原氏が滅亡した後に書かれました」陸奥屋が言った。

「だとすれば、青岩という地名は【吾妻鏡】の記述を元にしたわけではありますまい。手掛かりにはならないのでは？」

「それぞれの名が修験者によって付けられたのは同時期であるとは限らぬと存ずる。青岩という地名は後から誰かが明確な目印として名付けたのではないかと」

橋藤が答えた。

「口伝は年月と共に歪み、変化して行くものだ」シュリーマンが言う。彼の脳裏にはトロイアの伝説が蘇っていた。

「そのために昔栄えた都市の正確な場所が分からなくなってしまうこともある。たとえば、一つの都市が滅び、その上に異民族の都が出来る。それを繰り返して行けば、もう最初にどんな都市があったのか分からなくなってしまうのだ。修験者や樵など、ごく少数の限られた者たちが行き来する山岳地帯であれば、変化も少ないだろうが、七百年の間には、口伝が途切れそうになる危機もあっただろう。青岩という地名は、そんな頃につけられたのではないだろうか？」

「あり得る話ですな」

陸奥屋は肯いた。

「まず青岩の辺りを調べてみよう」シュリーマンは仙吉に顔を向ける。

「案内を頼みたい」

「青岩まででござりやんすか？　険しい道のりで、片道二日はかかりやんす」

「人足や牛をたくさん引き連れての大行列になりますね」

深野が言った。

「まずは下調べだ」シュリーマンは言った。「財宝の在処を見つけだしてから、山から運び降ろす手段を考えよう。派手に動くのは色々と厄介事を増やすだけだから、うまくやらなければ」

「そのあたりは、私にお任せ下さい」陸奥屋が言う。

「摩多羅衆とも手打ちをしておかなければならないでしょうし、うまく話を進めれば、運び出しを手伝ってもらえるかもしれません」

「地獄の沙汰も、ですか」

橘藤は少し不愉快そうに唇を曲げた。

「何事も、穏便にすませるのならば、それにこしたことはございませぬよ」陸奥屋は立ち上がる。

「仙吉。出立は何刻《なんどき》がよい？」

「七つ（午前四時）頃といたしやすべぇが。尿前沢に沿った山道を進んで、タデ沼の辺りで陽が暮れるべど思いやんすがら、そこで野宿して、次の日に大日岳、駒形山を越えて鞍掛森山の麓の三角沼で野宿。翌朝早くに鞍掛森山と青岩の辺りを回るという行程では？」

「某《それがし》は足腰に自信がない。そういう者でも大丈夫か？」

深野が不安げに訊く。

「そういうことを踏まえての行程にござりやんす」

仙吉は緊張が解れてきたのか、少しだけ得意そうな表情になった。

第四章　経塚

一

闇の中に蛙の声が喧《かまびす》しく響いている。
尿前沢近くの蜂谷《はちや》の集落から少し登った所にある小さな沼の畔《ほとり》である。
満天の星が、木々の葉叢《はむら》の影で切り取られている。
貪狼坊は、微かな葉擦れの音を聞き、鉞《まさかり》を手元に引き寄せた。破軍坊、文曲坊も
それぞれ刀を握る。
「喜助にございます」
闇の中から声がした。
平泉の郷に住む摩多羅衆の一人であった。階級は〈同行《どうぎょう》〉。修行を始めたばかりの

者である。

草を掻き分けて喜助が現れた。星明かりの中、貪狼坊《たんろうぼう》たちのそばに座る。

「陸奥屋の屋敷に逗留しているのは、橘藤実景、深野信三郎。海尊丸の船頭の虎次郎。水夫の藤吉、清五郎。蝦夷《えぞ》のニシパ。どうやら相模国の横浜村から来たようで」

「横浜村？　蝦夷も横浜から来たと申すか？」

文曲坊が驚いた声を出す。

「同じ船で来たという話で……」

「横浜村といえば、外国人居留地のある村ではないか」

「やはりニシパは唐人じゃな」

貪狼坊が肯く。

「黒装束の賊については？」

破軍坊が訊いた。

「何も。ただ、山ノ目《やまめ》の宿場に、人相の良くない侍が泊まっていたという噂を耳にしました」

山ノ目の宿は平泉より二里足らず（約七キロ）南に位置し、沿岸から続く今泉街道が合流する宿場であった。

「話にのぼったのは桜屋という旅籠《はたご》の二人。しかし、宿場に分散して逗留していたとも考えられます」

「何人くらいだ？」

「飼っていた用心棒たちではないのか？　大枚はたいて手練《てだ》れを集めたとなれば、陸奥屋は本気で財宝を狙っているのだな」文曲坊が言う。

「その唐人が気になるな。なぜわざわざ横浜から呼び寄せたのだろう？」

「異国《とつくに》には腕のいい山師（鉱山技師）がいるそうだから、そういう類の男ではないか？　金棒を使って地中に埋まった金物を見つけだす妖術もあるという話だ。しかし、宝の在処は七百年隠し通してきた。おいそれとは分からぬはずだが」

貪狼坊が腕組みをして唸る。

「陸奥屋に逗留している誰かが手掛かりを見つけたからこそ、経塚を掘ろうとしたのであろう。剣呑じゃ」

文曲坊の顔に焦りの表情が浮かぶ。

「古の平泉を知らなければ、手掛かりさえ摑めぬ」

破軍坊が言う。

「いや【吾妻鏡】を読めば、文治五年八月二十二日の記述で首を傾げる。調べれば

『旭さす――』の唄もすぐに探し出せる。さらに深く考えれば、古の平泉の姿も分かる。神楽唄から戌亥の意味も知れる」

貪狼坊の言葉に、喜助がハッとした顔をする。

「そう言えば、先ほど、榎ノ禅師が陸奥屋の屋敷に」

「なぜそれを早く言わぬ！」

貪狼坊が喜助の頭を叩いた。

「何か祝い事でもあるのかと思いまして！」

喜助は後ずさって土下座した。

「そう怒るな」文曲坊がとりなす。

「宝の在処は榎ノ禅師も知らぬ」

「花巻の殿様も、辿り着いたのは大日岳の経塚までだった」破軍坊が言う。

「青岩に気づいたとしても、辿り着く前に我らが始末すればいいだけの話じゃ」

「喜助。もう一度平泉に戻り、陸奥屋を見張れ。動きがあれば知らせよ」

貪狼坊は苛々した口調で言った。

喜助は怯えた顔をして肯くと、闇の中に駆け出した。

二

平泉は、青白い朝霧に包まれていた。

シュリーマン達が屋敷の外に出ると、手代が七頭の馬を引いてきた。

シュリーマン、橘藤、深野、虎次郎が鞍に跨《また》がり、二頭は荷馬で、野宿のための荷物が積まれていた。藤吉と清五郎がその手綱を取る。

乗馬用の鞍をつけた馬があと一頭余っている。案内の仙吉がそれに乗ろうとした時、陸奥屋が現れた。

「今日は、私もお供いたしますよ」

と言って、ばつが悪そうな顔をしている仙吉から手綱を受け取った。

陸奥屋は袖無し羽織に軽衫《カルサン》を身につけている。本当に山に登るつもりのようだった。

「昨夜のうちに毛越の山の中の摩多羅院に使いを出しました」

陸奥屋は鐙《あぶみ》に足を入れると、身軽に鞍に跨った。

「追い返されましたか？」

橘藤が笑う。

「いえ。摩多羅院は蛻《もぬけ》の殻」

「誰もいなかったと？」

シュリーマンは眉をひそめる。

「もしかすると、宝を護りに行ったんじゃねぇか？」

虎次郎が言った。

「考えられるな」

シュリーマンは肯く。

「道中、用心しなければなりませんね」

深野が言った。

屋敷の前から七頭の馬が出発した。

道案内の仙吉が先頭に回り込み、走り出す。

霧には竈《かまど》の煙のにおいが溶けていて、米の炊ける香を漂わせている家もあった。

馬は早駆けで平泉村を出て中尊寺村を過ぎ、衣川を渡った。藤吉と清五郎は相変わらずの健脚を見せた。仙吉もそれに負けじと走っている。

雲際寺の前を通る頃には朝霧も晴れ、夏が間近なことを知らせるような青空が広がった。日差しは強かったが、まだ若い稲の間を渡ってくる風は涼しい。

森の中を走り、切り通しの急坂を降りて愛宕の集落に出る。市野々《いちのの》の番所を避けるために、胆沢川の渓にかかった藤蔓《ふじづる》の吊り橋を渡って鹿合《ししあわせ》の集落に入った。

集落に馬を預け、虎次郎、藤吉、清五郎、仙吉が荷物を背負子《しょいこ》にくくりつけて担いだ。

「これから、中沢に沿って鍋割《なべわり》山を目指して登りやんす。尿前沢の東にある山道でござんす。鍋割山からタデ沼までは道無き道にござりやんす」

仙吉は言って、集落の外れから森の中に入った。

*

喜助は、シュリーマン達が森の中の道を歩み始めたのを確認すると、胆沢川の峡谷沿いの道を西に走った。途中から山の中に分け入り、獣道を駆ける。

笹を掻き分け倒木を飛び越え、尿前沢の谷に出る。

尿前沢は深く鋭く切れ込んだ崖の下を流れている。

崖の表面には細い柱状の岩が規則正しく並んでいる。溶結凝灰岩の柱状節理である。

溶結凝灰岩は、火山の噴火に伴う火砕流が山を駆け下り、冷え固まったものである。急激に冷却された凝灰岩に柱状の割れ目が無数に入ったものが柱状節理である。尿前沢の溶結凝灰岩の柱状節理は焼石岳から噴き出した火砕流によって形成されたものである。

喜助はカモシカが降りる崖の道を辿った。垂直に切り立つ崖の小さな足がかりに滑り降り、岸壁に張りつくようにして移動し、次の足がかりに飛び降りる。尿前沢に腰まで浸かり、強い水流に耐えながら対岸に渡って、切り立った崖をよじ登る。

尿前沢の西の道に辿り着くと、乱れた呼吸を整えて、また走り出した。

貪狼坊たちが潜む沼の畔にたどり着いたのは鹿合の集落を出て一刻《いっとき》ほど後のことだった。

昨夜のうちに、二十人ほどの修験者が集まっていた。いずれも先達《せんだつ》の修験者で自分よりずっと格上の者たちばかりだったので、喜助は緊張しながら蹲踞《そんきょ》した。

「陸奥屋たちは中沢沿いの道を鍋割山へ向かいました。今夜はタデ沼で野宿をするようでございます」

「ご苦労」貪狼坊が言った。

「それでは、我らは尿前沢を登り、お岩沢を渡ってタデ沼の上に回り込もう。汝《なんじ》は鍋割山の辺りから一行の後を追え。必ず黒装束の者らが現れるであろうから、その位置を知らせよ」

「委細《いさい》承知」

喜助は強く肯くと、立ち上がって木々の中に走り込む。向かう方角は東。山を越え谷を幾つか駆け抜ければ鍋割山の南麓に出る。

今回の役目を勤め上げれば、御直末院《おじきまついん》の位を授けてもらう約束である。同行より二階級上の位であった。

＊

鹿合の集落を、異様な風体の侍達が通ってゆく。村人達はその姿を見ると怯えて家の中に、立木の陰に身を隠した。

深編笠に、黒の袖無羽織《そでなしはおり》、裁着袴《たつけばかま》。羽織には家紋はない。

急ぎ足で鍋割山へ向かう森の道に入った。

その数二十余名。全員がピリピリとした殺気を身に纏っていた。

最後の一人が森の中に消えると、集落の農家の裏手から遠藤と葛西が姿を現した。

緊張した表情で顔を見合わせると、黒ずくめの侍たちの後を追った。

三

歩いても歩いても、周囲は深い森である。

山毛欅《ぶな》が多かった。葉叢が陽光を遮り、周囲は夕暮れのように暗い。森の奥には闇が蟠《わだかま》っていて見通せなかった。

湿った冷たい空気に濃密な植物と腐葉土の匂いが溶けている。

仙吉は時々後ろを振り返り、シュリーマンたちの様子をうかがう。誰かが遅れはじめると、小休止をしながら先導した。

一番年嵩の陸奥屋は疲れた様子も見せず、休憩はもっぱら深野のためにとられた。

「義経もこういう道を通ったのだろうか？」

シュリーマンは橘藤に問いかけた。

深野は通訳する余裕もなく、虎次郎が木の枝で作ってくれた杖にすがり、荒い息をついて歩いている。

「深野。通弁せんか」

橘藤に急かされて、深野は途切れ途切れの言葉で通訳する。

「以前お話しした通り、義経北行伝説の道筋は、沿岸の方向へ向かっておりまする」

「ああ。そうだったな。しかし、義経の戒名は〈捐館通山源公大居士《えんかんつうざんげんこうだいこじ》〉。衣川の館を捐《す》て山越えをしたならば、この道筋ではないのか？」

「いえ。衣川から北上川を対岸に渡り、江刺郡へ進んで五輪《ごりん》峠、赤羽根《あかばね》峠を越えて気仙に出て、沿岸を北上いたします。あちこちに義経一行が置いていったと伝えられる笈《おい》とか槍の穂先、経文などが残っております」

「なぜわざわざ川を渡ったのだろう」

「某《それがし》は、義経北行の伝説は眉唾だと思っております。しかし、江刺郡へ向かったという一点が信憑性を加えておりもうす」

「どういう意味だ？」

「沿岸に出るのであれば、対岸の束稲《たばしね》山を越えて真っ直ぐに東へ進めばよい。少し南に下って今泉街道を進む手もある。しかし、義経公の一行は、わざわざ江刺郡を通り、気仙に抜けているのでございます。江刺郡には豊田館がありもうす」

「ああ。初代清衡の父、経清の居館だな」シュリーマンはハッとした。

「そうか。義経の生い立ちと初代清衡の生い立ちはよく似ているんだったな」

「義経公もそれを強く意識なさって御座《おわ》したはずでございます。清衡公と同じように、自分も敵討ちをしたい。平家を亡ぼし、源氏の世を実現したい。清衡が平泉に都を築き、百年の繁栄の礎《いしずえ》となったように。ところが、自分は兄に追われ平泉を密かに旅立たなければならぬ。そう思ったとき、義経公はどこへ向かうか？」

「自らの鑑《かがみ》として意識していた初代清衡の御霊《みたま》にこれから自分はどのような道を歩めばよいか訊ねようと思った。だから、江刺に向かったのだと？」

「まさに、傷心の義経公が歩みそうな道筋にございます。ただの伝説と言うには、細かく考えられております。義経はその後、釜石に出て各地に鉄扇や経文、従者の笈などを残して北へ向かいます。神社も幾つも作られています」

「まるで巡錫《じゅんしゃく》の旅だな。円仁は出羽、陸奥国に台密《たいみつ》の寺を建てて旅し、義経は自分に関わる神社を建てて旅をする」

「まさしく。巡錫というよりは、修行の旅のようにございますな」

「義経は台密に感化されたのだろうか？　北行の足跡を残したのが本人であると仮定してだが」

「ご本人ではなくとも、台密に関わる者が歩いたと考えることはできましょう。義経公の足跡の残る場所は、岩山や磐座《いわくら》が多うございます。台密系の修験者《しゆげんじゃ》の道筋であったのかもしれませぬ」

「僧、あるいは修験者たちが義経を成仏させるための旅をしていた、というのはどうだろう？」

「台密では〈教観二門〉ともうして、〈教〉と〈観〉、つまり経典の研究と修行の実践の二つを偏ることなく行わなければならないといわれておりまする。修行の旅だけをしていたのでは、悟りの境地には達せませぬな」

橘藤がそう言ったとき、深野が手を挙げて先を歩く陸奥屋たちに声をかけた。

「すみません！　昼飯にしませんか」

深野は言うなり、側の山毛欅の根本に座り込んだ。背負った包みを開き、竹の皮に包んだ握り飯を出して頬張る。

シュリーマンも空腹だったので、深野に倣って腰を下ろし握り飯を食べた。中には例によって梅干しが入っていた。

「この辺りは気温が低いから梅干しを入れなくてもアメないだろうに」

シュリーマンは日本語で言う。

「アメるという言葉、ずいぶんお気に入りのようですね」

深野が笑う。

「日本語は面白い。空から降る雨《あめ》。甘い飴《あめ》。空のことも天《あめ》と言う。アメという音以外にも、橋、箸、端。嘴《くちばし》もハシと言う。まったく関係ないものに同じ音の名前があるというのがとても興味深い。言葉の抑揚で日本人はそれを聞き分ける。きっと、我々よりも耳がいいのだろう」

「なるほど。言われてみればそうかもしれませんね」

深野は感心したように言った。

「ところで、なぜ三代秀衡は義経を受け入れたのだ？　平家を倒した源氏にとって、次の標的は平泉藤原氏であることは誰にでも分かる。義経を受け入れるということは、源氏が攻め寄せてくる口実を与えることになる。そんな危険を冒してまで秀衡はなぜ義経を受け入れたのだろう？」

「義経公を総大将にして、源氏に戦いを挑もうとしていたと言われております。また、実の子のように愛おしみ、義経もまた本当の父のように慕っていたとも言われております。我が子と思うならば、強大な敵に追われているとしても、護ろうと考えるでしょう」

「ところが」深野が口を挟む。

「義経を庇護していた三代秀衡が病没し、四代泰衡は頼朝からの再三の要求に屈し義経を攻めるんです。義経は妻子を殺して自刃。泰衡は義経の首を獲って頼朝に送ります。このあたりは義経北行伝説を信じるならば、別の話になりますがね。義経の首を手に入れたのにもかかわらず、頼朝は『奥州に叛意あり』として、奥州征伐を決行するのです。平泉藤原氏は、あっという間に滅亡します。頼朝が征夷大将軍となり、名実共に源氏の世をうち立てるのは建久三年、一一九二年七月のことです。義経が没してから三年後です」

「源氏の世が訪れるのは義経の死後か。しかし、北行伝説の通り義経が生き延びていたとすれば、源氏の世を見ることは出来たわけだな」

シュリーマンは言った。

「でも、源氏の世はすぐに終わります」

と、深野。

「頼朝の死後、後を継いだのは頼家。しかし、実権は頼朝の妻政子の北条家が握っていて、二代頼家、三代実朝は傀儡《かいらい》でした。源氏の世は頼朝一代で終わったと言ってもいいでしょう。頼朝が没するのが正治元年、一一九九年一月。頼朝の天下は七年。平泉藤原氏を亡ぼした年から数えても、たった十年だったのです」

「私は商売柄、奥州の商人たちとよく顔を合わせます」陸奥屋が竹筒から水を飲みながら言う。

「確かに、各地に北へ逃れる義経公の足跡が残っています。清国に渡ったという伝説もございます。しかし、『ここで死んだ』という伝説が残っている場所が無い」

「ここで死んだという場所は【吾妻鏡】に〈前民部少輔基成朝臣の衣河之館〉とあるのだろう？」

　とシュリーマンは訊く。

「その他にも、平泉では高舘山で亡くなったと言われでござんす。陸奥国の北、沼倉という場所には、義経公の首をとられた胴体を埋葬した判官森という場所もござりやす」

　仙吉が口を挟むと、橘藤が首を振った。

「このように、義経公が亡くなった場所は高舘であるという誤解は広まっているのです。しかし、判官森の伝説は信憑性がございます」

「相模国藤沢宿には義経の首塚がありますね」深野が言う。

「死んだはずの人物が生きていたという伝説はいっぱいありますよ。源為朝とか、壇ノ浦で死んだ安徳帝とか、豊臣秀頼とか」

「為朝は琉球。安徳帝は四国。秀頼は九州。いずれも『ここで死んだ』という伝説も残っている。しかし、北行伝説には残っていないと言うておるのだ」

　橘藤の口調が尖る。

「あれ、橘藤さんは義経の北行伝説を信じていなかったんじゃないですか？」

　深野がからかうように言った。

「信じてはいない。しかし、そうあって欲しいとは願っている」

　橘藤は苛々と言う。自分の気持ちを持て余している様子だった。

「出羽、陸奥国の人々は、誰もが義経の生存を信じていたい――。なんだかそんな感じがするのだが」

　シュリーマンが言う。橘藤は悲しげな顔をしてシュリーマンを見た。

「平泉藤原氏が滅びて後、およそ百年は葛西氏も都市としての平泉を保ちました。しかし、そこまでだった。以後、平泉も出羽、陸奥も、本当の鄙《ひな》となってしまったのでございます。出羽、陸奥国の民は、いつの日か、英雄義経公が還ってきて、我らを救ってくれると、信じていたいのかもしれませぬ」

「まるで弥勒菩薩のようだな」

　シュリーマンは言った。

「弥勒菩薩……」

橋藤はシュリーマンに目を向け、首を傾げる。

「民衆が、いつの日か義経が救済に現れると信じ待ち続けているのだとすれば、弥勒信仰と義経北行伝説は似通っている。弥勒菩薩の救済は五十六億七千万年後。民衆は遠い未来の救済の日のために経塚を作り続ける。義経北行を信仰の一種とすれば、いつの日か還ってくる日を祈りながら伝説を守り続ける。しかし、義経は七百年もの間、還ってきてはくれなかった」

「確かに」

「以前、橋藤は『弥勒はインドの言葉〈マイタレイヤ〉を漢字に直したものだ』と言った。そのマイタレイヤの語源は〈ミトラ〉。味方、友達。源氏の出でありながら、エミシの国である出羽、陸奥国の〈味方〉となった義経は、まさに弥勒のようだなと思うのだ」

陸奥屋が「さて」と言って立ち上がった。

「藤吉。そろそろ、そこらをうろついてもらおうかのう」

虎次郎は肯いて清五郎を見た。

「お前ぇ、藤吉の分の荷物も背負ぇ」

清五郎は不満そうな顔をして橋藤と深野の方をチラリと見た。自分以外にも荷物を背負える者がいるだろうと言外に主張したのである。

「お前ぇ、橘藤様の代わりに知恵袋をするか？　それとも、深野様の代わりに通弁をするってぇのか？　それができるんなら、お二人に荷物を背負ってもらうぜ」

虎次郎に言われて、清五郎は膨れっ面をしながら自分の荷物に藤吉の荷物を重ねてくくりつけた。

藤吉は立ち上がると森の中に入っていった。

「藤吉はこの辺りの山に詳しいのですか？」

シュリーマンは訊いた。

「いや」と虎次郎は首を振る。

「だけど、海にばかりいたわけじゃねえから、山ん中も自在に歩けるのさ。まぁ、便利な男ってぇことで」

と、虎次郎は笑って言葉を締めくくった。

四

藤吉が偵察に出て一刻《いっとき》ほど。シュリーマンたちは山毛欅《ぶな》林の下生えの中を進んでいた。

はっきりと分かる道はすでに消えていたが、仙吉には進むべき方向がはっきりと分かっているらしく、迷い無く進んでいる。

もしかすると、自分には見えなくとも、猟師の踏み分け道とか獣道が仙吉には見えているのかもしれないとシュリーマンは思った。

一行は、尿前沢を見下ろす、切り立った崖の側を進む。

異国の魔王の宮殿を思わせる柱状節理の谷底には、幾つもの小さい滝があって、白い水飛沫《しぶき》を上げていた。

シュリーマンたちが歩いている谷の西側は急斜面となっていて、山毛欅に覆われた山塊がせり上がっている。しかし、谷の向こう側は比較的平坦な土地らしく、木々の葉叢の上に空が広がって見えた。

さらに一刻ほど進むと緩い下り坂になり、やがて間近に水音が聞こえてきた。沢である。一行は沢づたいに少し下る。

もう一本の沢との合流点を股まで水に浸かりながら渡り、山毛欅の幹の間を縫うように登って行くと、突然視界が開けた。

山毛欅林に縁取られた草原である。

中央部は湿地になっているらしく、所々に空の青を映した沼が見えた。

左手、北西方向には、せり上がるように聳《そび》える大日岳——経塚山が見えた。

麓を囲む山毛欅の森が、山頂に向かってダケカンバに替わり、やがて低木が疎らに散る岩場へと変化して行く。

山があまりにも近く見えるので、シュリーマンは経塚を確認できるかもしれないと目を凝らしたが、無理だった。

「ここがタデ沼か？」

シュリーマンは息を整えながら言った。

「いや」

と、仙吉が答えると、深野が叫ぶような声を上げて、草の中に倒れ込んだ。

「もう歩けない！」

一行は、大の字になって転がる深野に苦笑しながら、そこで小休止することにした。

「タデ沼までは、あと半里も無《の》うござんす」

仙吉は言った。

「ここで野宿ではだめなのか？」

深野は側《そば》に座る仙吉を見上げる。

「吹きっさらしにござんすから、雨が降れば難儀しもうす」

「雨は降らないよ」

深野は寝転がりながら天を指さした。

「今は梅雨だということを忘れるな」

橘藤が手拭いで汗を拭きながら言った。

「旦那様、俺が先に行って小屋をかけておきやすべか？」

仙吉が陸奥屋に訊く。

「そうだな。そうしてくれ。深野様はまだ立ち上がれそうにない」

「清五郎。お前も行って手伝ってきな」

虎次郎が言うと、清五郎は不満そうな顔をしながらも荷物を背負って仙吉とともに森の中に入っていった。

雲の色が変化して行く。いままで白かったものがほんのりと桃色に染まっていた。

陽は、すぐそばに迫る山塊の向こう側に隠れていた。

空の色も鮮やかさを失い、水色に変じている。夕暮れが近い。

シュリーマンたちが草原で休んでいると、藤吉が戻ってきた。用心棒の遠藤も一緒だった。

「胡乱《うろん》な連中が山を登って参ります」遠藤は陸奥屋の側に座って報告した。

「全身黒ずくめ。侍のようでございました。数はおよそ二十名」

「何者でしょうね」

深野は体を起こす。

「摩多羅衆以外にも、わたしたちを追っている者がいるということか？」

と、シュリーマン。

陸奥屋は腕組みをしながら肯く。

「泉ヶ城で殺生をした連中かもしれませんね」

「その侍たちの後を追っている小者がいてね」藤吉が煙管に煙草を詰めて吸いつける。

「足運びから、修験者の一味じゃねぇかと思う」

「侍の後を摩多羅衆が追っていると。泉ヶ城で斬り合ったのは侍と摩多羅衆ということか」

シュリーマンが言うと遠藤は肯いた。

「そして、その二組に追われているのは我々。侍は二十人余り。摩多羅衆はその数も分かりませぬ。我らだけでは太刀打ちできませぬゆえ、葛西に助っ人を呼んで参るよう言って、山から降ろしました」

遠藤は森の中を進んで黒装束たちの先回りをしたのだという。

「その途中で、あっしと出会ったというしだいで」

藤吉が言った。

「賢明な判断であった」陸奥屋は言った。

「その侍たちが何かする前に間に合ってくれればいいのだが」

深野の顔色が悪くなった。

「そんな物騒な連中に追われているなら、山を降りて仕切り直しをしたほうがいいんじゃないですか？」

「摩多羅衆は分からんが、侍達は我々の邪魔はしないだろう」

シュリーマンが答える。

「なぜです？」

深野が疑い深そうにシュリーマンを見る。

「もし、我々をどうこうしようというのならば、とっくに襲って来ているはずだ。おそらく、その侍達はどこからか財宝の話を聞きつけ、我々に発見させた後に横取りしようとしているのだ」

「どこで聞きつけたっていうんです？」陸奥屋が訊く。

「我々の財宝探しは、我々しか知りません」

「いくら箝口令《かんこうれい》を敷いても、金の話はどこからか漏れるものさ」シュリーマンは言った。

「金の匂いに敏感な人間はたくさんいる。ちょっとした噂話を辿って我々に辿り着い
たということだと思う」

「海尊丸の連中から漏れることはあり得ない」虎次郎が言う。

「牡鹿の湊から平泉までの陸路のどこかで、橘藤先生の講釈を盗み聞きされたか」

「某《それがし》のせいだと申すか？」

橘藤が不愉快そうに虎次郎を見る。

「そうは言ってねぇよ。気に障ったなら許してくんな。しかし、摩多羅衆の小者が侍
を追っていたとすれば、まだ一悶着あるかもしれねぇな」

「どっちがどっちを襲ったかは分からないが、泉ヶ城で一戦交えているとすれば、そ
れはあり得ますね」

深野が言う。

「早いうちに共倒れになってくれれば助かりますな」

陸奥屋がそう言ったとき、森の中から仙吉が戻ってきた。

「小屋の用意ができやんした」

仙吉が言った。

「では、今夜のねぐらに向かいますか」

陸奥屋は立ち上がった。

五

喜助は立ち止まった。

空にはまだ昼間の光が残っているが、森の中は夜の闇が支配し始めている。

先ほどまで前方を歩いていた黒装束の侍たちの姿が見あたらない。

小便をしにちょっと目を離した隙だった。

「どこへ行きやがった……」

喜助は舌打ちして周囲を見回し、耳を澄ます。

足音は聞こえない。

それほど遠くへは行っていないはずなのに。

喜助は急に不安になった。

喜助は数歩、山道を登る。

笹を鳴らして黒装束たちが飛び出してきた。

喜助は驚いて後ずさる。振り返ると、後ろにも黒装束の侍が数人立っていた。

全員、黒い火事場頭巾を被っていて顔は分からない。

「何者じゃ？」

侍の一人が訊いた。くぐもった低い声だった。

「……へぇ。駒形さんへお参りに……」

喜助は怯えた声で言う。

「陸奥屋の手の者ではなさそうじゃな」侍は言って肯く。

「なるほど。修験者の仲間か。他の者はどこじゃ？」

「さて……何のことでございましょう」

喜助が惚けると、侍は刀を抜き、中段に構えた。

「素直に答えれば、そのまま帰らせてやろう」

「答えるも何も……」

喜助が言った瞬間、正面の侍がツッと前に出て刃を一閃した。

喜助は飛び下がって切っ先を避けたが、左腕の皮膚が浅く切り裂かれた。逃げなければ腕を切り落とされていた。

喜助は舌打ちして腰を落とし、帯の背中側に差した山刀を抜いた。狩猟用の短い刀である。匕首《あいくち》ほどの長さであるが、刃が分厚く頑丈な造りになっている。

自分を取り囲んだ侍達を見回して、間隔の広い一角を見つけた。左の森の手前で、山毛欅の幹が侍たちの並びを邪魔している。

喜助はそこを目がけて走った。

山毛欅の幹を擦り抜けて森に駆け込んだ瞬間、下生えの中から侍が立ち上がった。避けようと右に飛んだ刹那、侍は刀を抜き放ち、払斬りで喜助の左脚を切り落とした。

喜助は叫び声を上げて笹の中に倒れ込む。

侍はすばやく喜助の側に駆け寄り、その口を掌で塞いで悲鳴を押さえ込んだ。血に濡れた刀の切っ先を喜助の喉元に突きつける。

「言え。仲間はどこじゃ？　早く言わぬと、体中の血が流れ出してしまうぞ」

貪狼坊たちは、タデ沼近くの高台の森から、草原の中で休むシュリーマン達の様子を見ていた。

＊

藤吉と遠藤が合流し、東側の森の方へ歩いて行く。森の中では木々の間に仙吉と清五郎が雨露をしのぐ屋根をかけていることを確認している。

連中は森の中で野宿。明日の昼には大日岳の山頂に至るだろう。

山頂の経塚を荒らしただけで何も見つけられず諦めてくれればいいのだが。

もし〝あの場所〟に気づいて先に進むようならば、気の毒だが死んでもらわなければならない。我らが七百年近くも護り続けてきた財宝を、汚されるわけにはいかない。

＊

タデ沼の畔の森の中に仙吉と清五郎が造った小屋は、なかなか立派なものだった。

山毛欅の幹を柱に、倒木の枝や下生えの笹を利用した片流れの屋根の下は、十人ほどの人間が雑魚寝《ざこね》するには充分な広さがあった。

すでに焚き火が焚かれ、枝の三叉に鉄鍋を吊し、清五郎が夕餉の用意をしていた。煙が森の中を白く漂っている。

焚き火は、シュリーマンには見慣れない形だった。手頃な倒木や枝を平行に並べているのである。清五郎にそのことを訊くと、

「浜で流木を使った焚き火をするときはこうするんだ。こうやって並べて火をつけると、木が湿っていてもよく燃える」

と、答えた。

木々の間から見える空が藍色に染まり始めると、気温が急激に下がり始めた。

シュリーマン達は荷物の中から綿入れを出して着こむ。

「我々を追っている侍達は震えているだろうな」

シュリーマンは焚き火に手をかざす。

「侍ってのは、やせ我慢が商売だからねぇ。居場所を知られないように焚き火も出来ねぇだろうから、さぞかし寒かろうと思いますぜ」

虎次郎が笑う。

「わたしはやせ我慢なんかしませんよ」

深野は焚き火に近づく。

橘藤は何も言わず、清五郎から渡された湯気の立つ雑炊《ぞうすい》の椀を受け取った。

遠藤は微笑みながら火を見つめている。

「侍達が攻めて来やがったら」虎次郎が言った。

「二手に分かれて森の中に逃げ込み、助っ人が来るのを待ちやしょう。案内は仙吉と遠藤様」

「俺も、大丈夫ですぜ。方角はだいたい分かりやす」

藤吉が言う。

「なら三手だ。シュリーマンさんと橘藤様、深野様は遠藤様と。陸奥屋さんと俺は仙吉について行く。藤吉と清五郎は、侍達を引きつけながら逃げろ」

「また貧乏籤だ」

清五郎はぼやいた。

「この仕事が終わったら、片表《かたおもて》(航海士補)にしてやるから、文句を言わずにやれ」

「本当ですかい?」清五郎は顔を輝かせる。

「藤吉とっつぁんも聞いたな? 証人だからな!」

藤吉は苦笑しながら肯いた。

＊

貪狼坊はタデ沼を見下ろす森の中にいた。

近くには破軍坊、文曲坊、そして摩多羅衆十八人が潜んでいる。

霜が降りそうなほどに冷え込んでいた。

貪狼坊たちは薄い修験者装束だけしか纏っていなかったが、寒さには慣れている。誰一人体を震わせている者はいない。

シュリーマンたちの小屋にはまだ焚き火の明かりが見えている。火の側には清五郎と呼ばれていた若い男が座って火の番をしているが、他の者たちは屋根の下に潜り込んで寝ている様子だった。

喜助の帰りが遅い。

黒装束の侍達の位置を確認したら報告するはずが、いつまで経っても戻って来ない。

野営する侍たちを見張っていると考えるのは楽観的に過ぎる。

捕らえられたか？

斬り捨てられたか？

捕らえられたとすれば、我らの居場所を黒装束たちに知られた可能性がある。

貪狼坊は、黒装束たちの襲撃に備えて摩多羅衆十八名に周囲の警戒を命じている。

摩多羅衆達は、貪狼坊達が潜む場所の周りに細引きで結界を張り、胡桃《くるみ》の殻の鳴子を随所に下げ、侵入者に備えている。

密かな足音が聞こえ、貪狼坊は振り返った。

情報収集に当たらせていた末先達《まっせんだつ》の和光坊であった。

「どの道を登って来た？」

貪狼坊は訊いた。

「金ヶ崎側から駒形神社、大日岳と登って参りました。途中で黒装束たちとまみえるのも厄介と思いまして」

「黒装束を追わせていた喜助がまだ戻らぬ」

「それで結界を張って警戒していたのでございますな」

「そうじゃ。で、お前の首尾は？」

「黒装束の侍儕《ばら》、土地の者ではないようで。今泉街道を馬で駆け抜けてきた一団を見た者がございます」

「今泉街道か」破軍坊がそばに寄って来て言った。

「喜助が言うておった山ノ目宿に逗留していた侍の話と繋がるな」

貪狼坊は肯く。

「気仙の高田の湊あたりから今泉街道を抜け、山ノ目、平泉と進んだか」

「ますます分からぬ」文曲坊が首を振る。

「奴らは誰の手の者なのだ？　だいいち、遠国からわざわざ奪いに来るような財宝ではないぞ」

「我らは知っておるからそう思うのじゃ。知らぬ者が平泉藤原氏の財宝と聞けば、誰しも黄金を想像する」

貪狼坊がそう言ったとき、破軍坊が素早く後ろを振り返った。

「来た」

胡桃の殻がぶつかり合う微かな音が聞こえる。

「右後ろ」

破軍坊は刀を抜く。星明かりに刃が輝いた。

下生えの笹を鳴らし、黒い影の群が殺到する。

何人かが笹の茎を結んだ罠に足を引っかけ倒れ込んで、地面から突き出すダケカンバの逆杭《さかぐい》に胸を、腹を貫かれた。

刃が打ち合う響き。闇の中に火花が散る。

鮮血が笹に飛び散る驟雨のような音。

微かな呻き声とともに誰かが倒れる。

貪狼坊は正面から飛び込んでくる黒装束を横薙ぎに倒し、文曲坊に打ち掛かる敵の背を袈裟懸けに斬った。

破軍坊は崖の際まで敵を引き寄せ、身を翻して逃れる。勢い余った侍達が四人、悲鳴を上げて落下して行った。

戦いは、地の利を得ている摩多羅衆の有利に進む。しかし、修験者たちも一人、また一人と凶刃に倒れていった。

＊

「来た」

藤吉が囁《ささや》くのとほぼ同時に、遠くから悲鳴が響いた。

下生えの笹が嵐のような音を立てた。

焚き火の側に、目を閉じて座っていた清五郎は、手元の椀の中身を焚き火に投げつけざま、飛ぶようにその場を逃げた。

目映《まばゆ》い光とともに、焚き火の上に火球が燃え上がった。

木炭の粉を撒いたのである。

小屋を急襲した黒装束たちの闇に慣れた目は、突然現れた閃光に焼かれた。

藤吉が鍋の水を焚き火にかける。

一瞬で火は消え、真の闇が周囲を包んだ。

小屋の中にシュリーマンたちの姿は無い。すでに二手に分かれて小屋を離れていたのだ。藤吉と清五郎は囮《おとり》として残っていたのである。

黒装束たちの目は再び訪れた闇に順応できず、その場に立ちつくした。

藤吉と清五郎は目を閉じて光に目をやられるのを防いでいたので、手探りでオロオロする侍達の姿がよく見えた。

刀を抜いて、次々に侍達の脚の筋を斬りつける。

五人ほどの侍が呻きながら倒れた。

「おととい来やがれ！」

清五郎は捨て台詞を残し、藤吉と共に走り出す。

「一回、言ってみたかったんだ」

清五郎は笑った。

「馬鹿」

藤吉は苦笑して、森の東側の緩やかな斜面を走った。

六

シュリーマンと橘藤、深野は遠藤の後について森の北側の斜面を登っていた。

一刻《いっとき》ほど登れば大日岳から続く尾根筋に出るという。

西北西に進んで大日岳。そこから北東に進み駒ヶ岳（駒形山）。さらに北へ向かって鞍掛森山に入る算段であった。

身軽に山を登るために、太刀も含めて荷物のほとんどは小屋に置いてきている。シュリーマンが持ってきたのは、ファウラーから贈られた拳銃と、携帯食料の〈芋がら縄〉だけである。

木の陰に身を潜めながら休憩し、また登る。

闇に目が慣れても、密生する笹に足を取られしばしば躓《つまず》くものだから、どんどん体力が削がれてゆく。いくら休憩しても疲れは蓄積するばかりだった。

平泉藤原氏の財宝に近づいているという高揚とともに、シュリーマンの胸には暗く重く、苦い思いが交錯していた。

自分の〝宝探し〟のために、人が殺されている。

確かめたわけではないが、泉ヶ城で何者かが斬り合ったのも自分の〝宝探し〟が発端になっているのではないか？

黒装束の侍達に襲われる前に小屋を出たが、今頃藤吉や清五郎は彼らに斬り殺されているかもしれないのだ。

陸奥屋や虎次郎、仙吉だって。

侍と摩多羅衆の斬り合いもこの原生林のどこかで繰り広げられているかもしれない。

埋もれた財宝を探す旅をする者はなにも自分だけではない。

その探検行のために現地人の荷運び人夫が何人死のうと、関係ない。文明の遅れた国に住む蛮族など、自分たちに奉仕するために存在するようなもの。極論すれば、家畜と同様に、我らに使役されるものとして神が造りたもうた生き物である。

今回の旅に出る前のシュリーマンには、少なからずそういう考え方があった。

しかし、日本の歴史を深く知る――それはそのごく一部にすぎなかったが――ことによって、日本人の精神性の片鱗に触れた。

文明が遅れているのではない。

文明が発展する方向が異なっているだけなのだ。

自分は、ごく当たり前のことを今まで実感できずにいた。

未開人も人間なのだ。

その人間たちが、自分の〝道楽〟のために何人も死んでいる。

自分はとても罪深いことをしているのではないか。

いや。原因は確かに自分にあるのかもしれないが、人を殺してでも財宝を横取りしようとしている者たちの方に罪はある。

わたしは悪くない――。

空が白みはじめ、冷え込みが極限に達した頃、シュリーマンは自分がいつの間にか尾根筋を歩いていることに気づいた。

山毛欅林はダケカンバの林にかわり、やがて岩場にナナカマドやハクサンシャクナゲの低木が疎らに生えた景色へと変化して行く。

後方を振り返ると、青白い靄《もや》に包まれた胆沢平野が見下ろせた。一面の田園の中、水沢の城下町や、胆沢の防風林に囲まれた農家が点在する姿が見下ろせた。その向こうに北上川の流れが青灰色に横たわり、東の山塊が黒々と延びている。

「田の中に浮島のように農家が点在する姿を〈散居《さんきょ》〉と言います」

橘藤が足を休めながら言った。

散居の風景は、現在でも胆沢地方で見られる景色であり、田植え前の水を張った田園の中に点在する農家の姿は、まさに浮島の風情である。

右手前方、東の方角には和賀の村々、北上川東岸の江刺、稗貫《ひえぬき》の郡と、聳える早池峰山《はやちねさん》の山容が望めた。

真北に目を移すと、遠く巌鷲山《がんじゅさん》（岩手山）の偉容が紫がかった青の影となっている。

西に顔を巡らすと、彼方まで続く原生林である。濃い緑は山襞《やまひだ》の形に起伏を繰り返しながら天に接するずいぶん手前で青い朦朧とした影となっている。

湿気を含んだ空気が何もかも白い薄膜を通したような景色に変えていて、シュリーマンは夢の中にいるような気になった。

周囲の景色は灰褐色の土の中にゴツゴツした大石が転がる荒涼としたものに変わり、彩りは石の間から生えた少しばかりの草だけになった。

大日岳の山頂らしい場所が前方に見えた。石が小山のように積み上げられている。

「あれが経塚です」

と、橘藤が言った。

その時、経塚の周りに三つの人影が現れた。

白装束の修験者たち——摩多羅衆である。

背後からも足音が響く。

振り返ると、十人ほどの修験者が刀を抜いて立っていた。いずれも泥だらけで、所々に刀傷を受けている。

その傷も自分のせいなのだと思うと、シュリーマンは何もかも投げ出して逃げてしまいたい気持ちに襲われた。

しかし、赤黒い血にまみれた摩多羅衆達の刀を見て、別の思いが湧き上がった。

彼らは我々を殺してでも宝を守ろうとしている。

そして、黒装束の侍達は否応なく襲ってくる。

ならば、まずは愚かなことをしてしまったと自己嫌悪に陥る前に、自分の身を守らなければならない。

シュリーマンは懐に手を差し入れて拳銃を握った。

「追いつかれましたか」

遠藤は落ち着いた声で言って刀を抜き、脇構えで修験者に対峙した。

銃声が聞こえれば黒装束たちに居場所を知らせることになるから、できれば拳銃は使いたくなかった。しかし、多勢に無勢。この場を切り抜けるためには使わざるを得ない。

経塚の側に立っていた修験者三人がゆっくりシュリーマン達に歩み寄る。一人は赤生津《あこうづ》の経塚山でシュリーマン達を追い返した男、貪狼坊だった。

「陸奥屋は一緒ではないのか？」

貪狼坊が言う。他の修験者と同様に、装束は泥で汚れていた。あちこちに返り血の染みがあったが、傷は受けていない様子だった。

「平泉で商売に励んでおる」

橘藤が答えた。

「嘘をつけ。陸奥屋も一緒に屋敷を出たのを確かめておる」

「なぜ陸奥屋が気になる？」

「そうか、汝等も謀《たばか》られておるのか。気の毒なことじゃ」

貪狼坊はニヤリと笑う。

「何を言うておる？」

「汝等、黒装束の侍儕《ばら》が狙うておるのを知らぬのか？」

「あの侍たちが陸奥屋の手の者だと言うのか？」

シュリーマンは驚いて訊いた。

「それ以外に考えられまい。今頃平泉藤原氏の財宝を探そうという者など汝等くらいしかおらぬ。同時期に別の者が財宝のありかに気づくなどできすぎではないか。だとすれば、汝等の仲間が裏切っておるのじゃ」

自分たちも昨夜侍たちに襲われた——。そう言おうとしてシュリーマンは口を閉じる。

襲われる前に、三手に分かれた。

実際、侍達の襲撃を受けたのは藤吉と清五郎だけだ。

「何か心当たりがあったようじゃな」

破軍坊が言う。

「陸奥屋殿はそれほど欲深ではないがのう」

遠藤がのんびりとした口調で言う。

「汝も謀られておるのじゃ。商人とは、儲けの好機を逃さぬもの。平泉藤原氏百年の栄華を支えた財宝に目がくらんだのじゃ」

「まず我らを片づけ」文曲坊が言う。

「汝等に先に財宝を見つけさせ、自分たちは手勢を調えて後から乗り込む。そして、汝等を殺し、財宝を独り占めにする算段じゃろう」

 あり得ない話ではないと、シュリーマンは思った。

「ここから引き返せ。さすれば命は取らぬ。他の経塚にも近づくなと言ったはずじゃ。ここは経塚山ぞ」

「大日岳と思うて登ってきた。それに、今日は鍬も鋤《すき》も持っておらぬ」橘藤が言う。

「この先の駒形奥宮へ詣るだけだ。道を開けよ」

「しらばっくれるな。汝等は財宝を狙っておるのじゃ！」

「経塚には経典が埋まっているだけじゃと申したは御坊であろう」

橘藤が言うと貪狼坊は舌打ちする。

「汝等が思うておるような財宝はない」

「では、財宝は本当にあるのだな？」

シュリーマンは興奮して前に歩み出す。深野が慌てて引き戻しながら通訳した。

「だから、汝等には価値のないものじゃと言うておる。探すだけ無駄じゃ」

「価値がないかどうか、見てみなければわかるまい」

と、橘藤。

「汝等の宝ではない！」

文曲坊が怒鳴る。

「汝等の宝でもあるまい。持ち主はとうの昔に滅びておる」

橘藤は言い返す。

「見て納得すれば、諦めるか？」

貪狼坊はシュリーマンを見た。

「どういう意味だ？」

「財宝をその目で見て、価値がないと知れば諦めるかと訊いておる」

財宝の正統な持ち主である平泉藤原氏は七百年近く前に滅びている。しかし、その後、連綿と摩多羅衆が財宝を護ってきたのであれば、彼らこそ財宝を引き継ぐ資格を持つ者であろう。

幾つもの思いが入り交じり、ぶつかり合う。

その思いは一つ消え、二つ消え、そして最後にごく単純な答が残った。

異なる文明に生きる隣人に対して略奪行為はできない。

財宝は諦めよう。

そう決めると、今まで鬱々として心の中に蟠っていたものが消え去り、気持ちが楽になった。

財宝は諦めたが、自分の推理が正しかったことを確かめたい。そして、七百年前にこの極東の地に黄金文化を築いた平泉藤原氏の財宝を一目見てみたい。欲とそれに伴う罪悪感が無くなると、純粋な好奇心が明確になった。

摩多羅衆は財宝を見せてくれるという。

それだけで充分ではないか。

「分かった。その時は諦めて帰ろう」

シュリーマンは肯きながら答えた。

「ならば、手を組もう」

「手を組む？」

橘藤が左眉を上げる。

「汝等も黒装束に狙われておるのだろう？　我らも襲われた。何人か斬り伏せたがあと十人ほどは残っておる。もうじき、ここまで登って来よう。我らと手を組めば、手勢が増える。手を組むならば、財宝を見せてやろう」

「なるほど」と言って遠藤はあっさりと刀を納めた。

「それはいい手でございますな。ここで我らが斬り合えば、黒装束達を喜ばせるだけにござる」

「そうだな。そうしよう」

シュリーマンが言うと、橘藤、深野も肯いた。

「では、財宝の隠し場所に案内しよう」

貪狼坊が目配せすると、修験者たちは刀を鞘に入れる。何人かの刀は刃が曲がっていて鞘に入らず、抜き身のまま手に持って貪狼坊の側に走った。

「場所は分かっている」

シュリーマンは言う。

「なに?」

貪狼坊は歩きかけた足を止めた。

「鞍掛森山の向こう、青岩に財宝は隠されている」

「そこまで謎解きをしていたか」

「やはり、青岩なのだな?」

「汝は何者じゃ? 蝦夷に化けた唐人であることは気づいておったが——」

「唐人の学者。とでも言っておこうか」芝居がかった自分の言葉にシュリーマンは少し照れて苦笑する。

「それよりも早く行こう」

シュリーマンは貪狼坊を急き立てた。

＊

一行は大日岳から尾根筋を北東に進んだ。

駒形山の山頂には、風雨に晒され灰白色に色あせた駒形神社奥宮の社殿が建っていた。

シュリーマン達はそこで手を合わせた後、北の谷へ降りる。

木々の背丈が高くなり、周囲はまた山毛欅林に変わった。

鞍掛森山の南斜面は比較的緩やかであったが、踏み分け道さえ無い笹藪である。

二人の摩多羅衆が先頭で用心深く藪を掻き分け貪狼坊とシュリーマン一行の道を作り、八人の摩多羅衆と破軍坊、文曲坊がしんがりで藪を調え、歩いた痕跡を丁寧に隠して行く。

黒装束たちは大日岳周辺の森で迷っているのか、気配さえ感じられない。

食事のために少し長めの休息をとったが、口に入れられたのは修験者たちから分けてもらった〈兵糧丸《ひょうろうがん》〉だけであった。

シュリーマンたちの持ってきた〈芋がら縄〉は、芋の茎を味噌で煮染《にし》め乾燥させた物で、水で煮出さないと塩辛くて食えた物ではない。火を焚けば煙で黒装束たちに現在地を知られる恐れがあった。

今頃はもう葛西が助っ人を連れてタデ沼に着いている頃だろう。荒らされた小屋を見つけて襲撃されたことを知れば、すぐに鞍掛森山に向かう。

彼らが黒装束たちをなんとかしてくれれば。

シュリーマンはそう願いながら山を登る。

「ここが山頂だ」

貪狼坊が言った。

まだ森の中であったが、さっきまで目の前にあった坂が消え、足場は平坦である。

貪狼坊は木々の間を指さした。

山のすぐ下から大きな窪地になっているようだった。向こう側に黒みがかった岩が露出する崖が見えた。

「あの崖に、お前達が探していた洞窟がある」貪狼坊はシュリーマンを見て、念を押すように言う。

「お前達の望む物がなければ、そのまま帰れよ」

「約束は守る」

シュリーマンは肯いた。

第五章　財宝

一

「洞窟は、昔々の金山の跡だ」

窪地の坂を下りながら貪狼坊《たんろうぼう》は言った。

「金山！　財宝とは金鉱ですか！」

深野が言った。疲弊しきった表情は吹っ飛び、喜色満面である。

「昔々と言ったではないか。平泉藤原氏時代の掘り跡じゃ。もう金は取り尽くされておる。出羽、陸奥国には、そのような坑道があちこちにある」

奥州産金の歴史の初期には主に金山から流れ出る砂金を採取する方法がとられた。北上山地の砂金は純度が高く粒も大きかったといわれている。平泉藤原氏の黄金文化を支えたのはその砂金であった。

平泉藤原氏が滅びた後は奥州惣奉行に命じられた葛西氏が連綿と金山経営にあたった。


金山は北上高地に多かったが、奥羽山脈にも赤沢、玉山、金山沢、松川などの金山があり、大日岳、駒形山近くには安野金山、大荒沢《おおあらさわ》金山、秀衡掘などがあった。

「夏油《げとう》川がすぐ北の麓を流れておる。ここから掘り出された金は渓谷に沿った道を使って和賀に運ばれたという。しかし、金はすぐに掘り尽くされ、銅鉱脈が現れた。平泉藤原氏二代基衡公の頃にこの金山は閉じられた」

貪狼坊は斜面を降りながら言う。

「その坑道を利用して財宝を隠したのだな」

「摩多羅衆が中を掘り抜いて大きな岩屋を作った」

「その財宝って何ですか？」深野が訊く。

「勿体ぶらずに教えてくれてもいいじゃないですか」

「口にしてはならぬという戒律がある」

後ろを歩く文曲坊が言った。

そのような戒律があるならば、異教徒をその場所に導くことも戒律に触れるはずだ。彼らの戒律は異教徒の口まで閉じさせることはできない。

とすれば、黒装束たちと決着をつけた後、我々に刃を向ける可能性が高い。

最後まで油断はできない。

シュリーマン達は窪地に降りた。

眼前に岩の壁が聳《そび》えていた。

高さは三十メートルはあろうか。もしかすると古い噴火口であるかもしれない。

窪地の底にも山毛欅《ぶな》林は続いていて、貪狼坊は岩場に沿って北へ向かった。

森の中に巨岩が現れた。太い注連縄が張ってある。

そのすぐ後ろの岩壁に大きな穴が空いていた。天井はシュリーマンの背丈より少し高い位置にあり、幅は人が二人並んで歩けるほどである。

「ここだ」

貪狼坊は言って中に入る。

入り口付近の雨が吹き込まない所に何本もの松明《たいまつ》が置いてあった。貪狼坊は一本を手に取り、火打石で手際よく火をつけて、炎を次々に他の松明に移してシュリーマン達に渡した。

全員に松明を手渡すと、貪狼坊は洞窟の中に入っていった。

身の危険が無くなったわけではなかったが、シュリーマンはもうすぐ財宝を目にすることができるという思いで興奮していた。

湿った岩肌に松明の光が躍る。

全員の足音が妙な具合に反響している。

空気は冷たく、土と苔と松明の燃えるにおいがした。

シュリーマンは自分が目指しているトロイアの発見を思った。

おそらく、今の気持ちを数段上回る興奮がもたらされるだろう。

気持ちが高ぶるにつれて、シュリーマンの中の冷静な部分が囁《ささや》く。

財宝を見た自分たちを、摩多羅衆は素直に帰してくれるだろうか？

身を護るためには、貪狼坊をはじめとする摩多羅衆を殺さなければならなくなるかもしれない。

果たしてできるか？

シュリーマンは懐の拳銃の重みを強く意識した。

弾丸は六発。

貪狼坊、破軍坊、文曲坊を倒すことはできる。

わたしが彼らを倒せば、摩多羅衆は刀を抜いて襲いかかって来るだろう。

遠藤、橘藤、深野は否応なく、彼らと戦うことになる。深野はあてにならないが、遠藤、橘藤はそれなりの戦いをするだろう。

しかし、十人の摩多羅衆を倒せるか？

「何を怖がっている？」

前を歩く貪狼坊が振り返りもせずに訊いた。

「何も」

シュリーマンは心を読まれたような気がして狼狽《うろた》えた。

「人は怖がると、嫌な臭いの汗をかく。お前、プンプン臭うぞ」

貪狼坊は笑った。

その声は洞窟の中に大きく反響した。

二

洞窟には幾つもの分岐点があった。坑道が網の目のように続いているのである。

貪狼坊は迷うことなく枝道を選択し、進んで行く。

シュリーマンはどこをどう歩いたのか分からなくなっていた。

ここで摩多羅衆を殺してしまえば、帰り道も分からなくなる。

彼らを殲滅《せんめつ》して財宝を奪うという選択肢が無くなったことで、シュリーマンはホッとした。

突然、広い場所に出た。

蒸気船が一隻、すっぽり入ってしまいそうなほどの空間であった。

その奥に〝財宝〟があった。

十七本の松明に照らされて鋭く光を反射したそれは、黄金の阿弥陀堂であった。

摩多羅衆たちは岩壁の穴に松明を差し込んだ。シュリーマン達もそれに倣って松明を壁の穴に差した。

方形屋根も壁も廻り縁も、すべてが金色に輝いている。扉が閉じていて内部を見ることはできなかったが、中尊寺で見た金色堂と同じ形、大きさをしている。

「これは、凄い……」

深野は阿弥陀堂に歩み寄った。

「阿弥陀堂だな。これが、財宝か？」

シュリーマンは訊いた。

貪狼坊は阿弥陀堂を見つめたまま肯く。

「ここは阿弥陀堂ではない。経蔵じゃ」

「経蔵とは？」

「一切経――多くの経典を納める蔵じゃ」

「お前は価値がないと言ったが、この経蔵を造った黄金と、中に納められた経典の量を考えれば……」

その時。

シュリーマンの言葉を遮るように、洞窟に声が響き渡った。

「よく見つけてくれたシュリーマン君。日本語ではゴクロウサマと言うんだったたっけ？　とても皮肉な言い回しだと思うよ」

英語である。

シュリーマンはハッとして振り返った。

広場の入り口にファウラーが立っていた。黒い羽織と袴を身につけている。その周囲に同様の服装をした侍たちが並んでいた。

侍は刀を青眼に構え、ファウラーは拳銃を握っている。

摩多羅衆たちも刀を構えたが、ファウラーの拳銃を警戒して打ちかかれずにいた。

「これだけの黄金があれば孫の代まで安楽に暮らせるな」

ファウラーは、数歩シュリーマン達の方へ歩み寄った。口元には勝ち誇ったような笑みが浮かんでいる。銃口はシュリーマンの胸に向いていた。

「横浜から追ってきたのか？」

「書簡のやりとりをしている間に、君だけにいい思いをさせるのは損だと思いはじめたのだ」

「危険をおかして宝探しなどしたくないと言っていたじゃないか」

「膨大な宝が絡んでくるんだ。手下だけにやらせれば、くすねる奴が必ず出る。大きな商売は自分の目で見届けなければね」

「財宝を横取りするために摩多羅衆たちを殺したのか？」

「君に、ぼくを糾弾する資格はないよ。君が財宝を掘り出そうなんて考えなければ、修験者《しゅげんじゃ》たちは死なずにすんだ。こっちの手勢も何人か死んでいる。君は彼らの死に責任があるのだよ。さあ、こっちへ来たまえ。宝は山分けにしようじゃないか」

「山分けにするつもりなら、こんな回りくどいことなどしないはずだ。昨夜は我々を襲って殺そうとしたろう」

「君たちが素直に捕らえられれば殺そうなんて思ってはいなかったよ」

「昨夜は殺さなくても、どうせ財宝を見つけてから殺そうと思っていたんでしょう？」

深野が言った。

「それはいい思いつきだ」

ファウラーは笑う。

「わたしたちを殺せば、洞窟から抜け出せないぞ」

シュリーマンが言うとファウラーは一本の細いロープを持ち上げて見せた。

「君と違って用心深いんでね。これを辿れば出られるさ」

「ならば、なぜすぐに殺さない。この場所さえ判ればわたしたちは用済みじゃないか」

「最初はそのつもりだったんだ。しかし、事情が変わった。修験者たちのせいで、だいぶ人手が減ってしまったからね。荷運びの人足は多いほどいい」

突然、貪狼坊が笑い出した。

「何を言い合いしているかは知らぬが、唐人二人が欲に目がくらんで、こんな地の果てまでやって来たのじゃな。この経蔵が金無垢だと思うてか？」

「金無垢じゃないんですか？」

深野が驚いたように訊く。

「金色堂と同様、檜葉《ひば》の材木の上に金箔を貼っているだけじゃ。すべて剝がしたとしても小判百枚にも満たぬ量じゃ」

黒装束にも通弁がいるようで、ファウラーに何か耳打ちした。

それを聞いてファウラーの顔が赤くなる。

「ふざけるな。平泉藤原氏の財宝が小判百枚だけであろうはずがない！」

「汝等が思うような財宝は、ここにはない。黄金や数々の仏具、経典は、平泉藤原氏の人々が、蝦夷ヶ島（北海道）へ運んだと言い伝えられておる」

「嘘を言うな！　黄金の小屋の扉を開ければはっきりすることだ！」

ファウラーは大股で経蔵に近づく。

拳銃の狙いがシュリーマンからそれた。

「動くな！　ファウラー！」

シュリーマンは叫んで懐から拳銃を抜いた。撃鉄を上げてファウラーに銃口を向ける。

「友人だと思って君に相談したわたしが馬鹿だった」

ファウラーは手を挙げてシュリーマンに向き直る。用心鉄に指を突っ込んだままなので拳銃が掌の中にぶら下がった。

「本当に馬鹿だと思うよ」

「なに？」

「撃てもしないのに、銃口をぼくに向けているからさ」

「撃てる」

「じゃあ、やってみろ」

ファウラーが言うと、黒装束たちが刀を構えたまま摺り足でシュリーマン達に近づいた。

摩多羅衆が前に出て牽制する。

シュリーマンの心臓は激しく高鳴った。

ファウラーは、手の中の銃をクルリと回して握り、シュリーマンに狙いを定める。

シュリーマンは驚いて引き金を引いた。

硬い音を立てて撃鉄が落ちる。

弾丸は出ない。

ファウラーは爆笑した。

「君の銃の弾丸には火薬が入っていない。君に財宝の在処《ありか》まで連れてきてもらうことは、ずっと以前から決めていたんだ。まともな銃を渡すものか。ちょっと君をからかってみたんだ。君という存在が不愉快だったんだよ。うまく立ち回って巨万の富を得、まだ稼げるというのにあっさりと商売から身を引いて世界漫遊の旅。ぼくは一生懸命働いているというのに雇われの身で、こんな極東の辺境に追いやられ、猿のような連中を相手に商売をしている」

「友達だと思っていたのに」

「本当に君は馬鹿だね。蛮族と文明人の間に底なしの峡谷があるように、持つ者と持たざる者の間にも同様の隔たりがあるんだよ。二者の間に真の友情など存在し得ない。君は友達だと言うが、扱いは執事と同様じゃないか。日本での雑事をすべて任して、自分はのうのうと宝探し。まったく、金持ちという奴らは我が儘者ばかりだ」

ファウラーが左手を挙げると、黒装束の侍達は刀を捨てて懐から拳銃を抜き出した。

摩多羅衆が無念の呻き声を上げる。

「侍が刀を捨てて飛び道具を使うとは、情けなくはないか？」

遠藤がのんびりした声で言った。

黒装束たちの目が吊り上がる。

「汝等、どこの浪人だ？　唐人の悪事に荷担して恥ずかしくないか？」

「貴公も唐人の手先ではないか！」

黒装束の一人が言う。

「ほう。この辺りの訛りではないな。西の方の食い詰め浪人か」

「うるさい！」

「某は唐人の手先ではない。陸奥屋殿に雇われ、客人の護衛をしておるだけじゃ。その客人が、たまたま唐人であっただけ」

遠藤は口元を引き締めて鯉口を切る。

「短筒の弾丸と、汝の動き、どちらが速いと思うておる」

黒装束が薄く笑った。

「汝等はすでに、某の間合いに入っておる」

遠藤が右足を一歩摺り出すと、黒装束たちはギョッとして一歩退いた。

その時、黒装束たちの背後の洞窟から激しい足音が響いた。

黒装束達は驚いて後ろを振り向く。

遠藤が跳んだ。

一人の背を袈裟懸けに斬り、返す刀でもう一人の下腹を斬り上げた。

摩多羅衆も黒装束に駆け寄り、刀を振り下ろす。

入口の方から葛西が飛び出し、姿勢を低くして踏み込んで、二人の黒装束の右腕を切り落とした。

虎次郎、藤吉、清五郎がその後に続き、刀を抜いて黒装束たちに斬りかかる。

銃声が交錯する。

数人の摩多羅衆と黒装束が呻きながら倒れた。

「短筒は使うな！　同士討ちになる！」

黒装束の一人が悲鳴のような声を上げる。

自分たちが捨てた刀を慌てて拾う。

ファウラーはオロオロと摩多羅衆に銃口を向けるが、照準を合わせられず引き金を引けない。

シュリーマンがファウラーに飛びかかる。

はずみでファウラーの手から拳銃が飛ぶ。

床に落下した拍子に撃鉄が落ちる。炎。轟音。煙。そばで摩多羅衆と戦っていた黒装束の背に穴が空く。

シュリーマンはファウラーの腹に乗り、拳をその顔に叩き込む。

ファウラーはシュリーマンの両襟《りょうえり》を掴み、グッと引き寄せ、鼻っ面に頭突きをくらわせる。

シュリーマンは鼻を押さえて仰け反る。

ファウラーは、シュリーマンを蹴り倒して、落ちている拳銃に這い寄る。

銃把を握ったファウラーの手を、草鞋《わらじ》履きの足が踏みつけた。

ファウラーの首筋に刀の刃が当てられる。

「あなた方の雇い主は捕らえられましたよ！」

と、声が響いた。

シュリーマンは涙で歪む視野で、その人物の姿を捉えた。

背割れの打裂《ぶつさ》き羽織に裁着袴《たつつけばかま》の旅装束を纏った若い侍。

どこかで見たことがある顔だ。

生き残っている黒装束の侍五人は、男に刀を突きつけられたファウラーを見て、広場の出口へ走る。

しかし。

陣笠を被った役人を先頭に、十名ほどの刺股《さすまた》を持った捕り方が広場に駆け込んできて、その行く手を遮った。

役人は泉ヶ城のそばでシュリーマン達を引き留めた男、及川又右衛門であった。及川も捕り方も、全身泥にまみれ、息を切らせている。

黒装束は刀を振り上げて抵抗したが、すぐに捕り方に壁際に追いつめられて、刺股で押さえつけられた。

ファウラーの手を踏みつけていた男は、懐から素早く細引きを取り出す。

「ファウラーさん。やんちゃが過ぎますよ」

男は英語で言ってファウラーを縛り上げた。

「草間《くさま》凌之介《りようのすけ》！」

ファウラーは嚙みしめた歯の間から声を絞り出した。

シュリーマンは「あっ」と言って男の顔を見つめた。

横浜でしつこく後を追って来た外国奉行所の同心である。

「なぜ、ここに？」

シュリーマンが言うと、葛西が刀の血糊を懐紙で拭いながら早口で言った。

「申し訳ござらぬ。某がご案内もうした。助っ人を呼びに屋敷に戻った時、踏み込みにちょこなんと立ってござりました。シュリーマン殿を助けねばならぬと仰《おお》せられるので、やむなく」

凌之介はニッコリと笑う。

「我らはやんちゃな外国人のお守り役もしなければなりません。あちこち出歩いて問題を起こせば、日本もその人のお国も迷惑を被りますからね」

「わたしを追ってきたのか？」

「弁財船《べざいぶね》を使うとは卑怯ですよ。ここまでの遠出をした方は初めてです。まぁ、シュリーマンさんを追ってきたというよりは、ファウラーさんを追ってきたのですがね」

凌之介は笑った。

「かかった費用は後ほどベアズリー商会にそっと請求させていただきます」

広場の騒ぎが収まったのを見計らったように、陸奥屋と仙吉が入ってきた。

「陸奥屋！」

貪狼坊が怒鳴って駆け寄ろうとするのを、捕り方が押さえた。破軍坊、文曲坊は戦いに疲れ果てて座り込んだままだった。

「汝、唐人に我らの財宝を売るとは何事じゃ！　恥を知れ！」

「売ったわけではございませぬ」陸奥屋は神妙な顔で言った。

「もうじき日本全土に尊皇攘夷の戦火が広がります。平泉藤原氏の財宝なるものが本当に存在するのであれば、灰燼《かいじん》に帰することのないよう、守らなければならぬと思ったのです」

「汝などに守ってもらわずとも、我らがしっかりと守っておったわ！」

「私の本心を伝えようと摩多羅院に使いをやったのですが、すでに蛻《もぬけ》の殻でございましたゆえ」

「後からなら何とでも言える。役人が来たので都合のいい嘘を言っているのであろう！」

「葛西様にお願いしてお役人様にお話し申し上げたのは、私でございます。手練《てだ》れのお侍方が相手と分かりましたので、我らばかりではどうしようもなかろうと判断いたしました。歴史を振り返れば、平泉の宝は様々な者たちによって奪われてまいりました。奪われた物と知りつつ、寺宝として所蔵し知らぬ顔をしている有名寺院もございます。開港が進み、多くの外国人が流入すれば、金にものをいわせて宝物を買いあさる者も出てまいりましょう。平泉の宝、日本の宝が外国に流れてしまうので御座います」

「陸奥屋さんは倒幕派に肩入れしているものと思っておりましたが、開国には反対ですか」

凌之介が微笑しながら訊く。

「日本は外に向かって開かれるべきと考えておりますが、外国人の日本蔑視は腹に据えかねております」

シュリーマンは複雑な思いに眉根を寄せた。

陸奥屋は自分を利用して宝を見つけだし、安全な場所に隠そうとした。もし自分が財宝を国外へ持ち出そうとすれば、陸奥屋は殺してでもそれを阻止しようとしただろう。

シュリーマンは篝火《かがりび》の光を受けて怪しく輝く黄金の経蔵を見つめた。

中尊寺の金色堂そのままの姿である。

「阿弥陀堂と葬堂か！」

シュリーマンの中で、知識の断片が渦巻き、一つの形をとりはじめた。

金色堂は阿弥陀堂にして葬堂。

末世思想と弥勒信仰。

台密《たいみつ》は〈教観二門〉。

経典を納めた経蔵。

永劫に旅を続ける義経。

「そうか、そういうことか」

シュリーマンは貪狼坊に顔を向けた。

「貪狼坊、約束だ。お前たちの財宝を拝ませてもらいたい」

貪狼坊は睨《ね》め付けるようにシュリーマンを見た。

「どうせ汝等のものにはならぬのだ。見れば誰かに喋りたくなろう。この財宝は誰にも知られてはならぬのじゃ。見ずに山を降りよ」

「やはり、財宝を見せた後、殺すつもりだったのだな？」

シュリーマンが訊くと貪狼坊はそっぽを向いた。

「おそらく、我々がその財宝の正体を知っても、誰も口外することはない。それが拠り所なのだから」

「どういう意味じゃ」

「弥勒は、絶望的なほど遠い未来であっても必ず衆生の救済に現れる未来仏であるからこそ、篤い信仰の対象になった。だから〝彼〟は永劫《えいごう》に旅をし続けなければならなかった。死んではならなかったのだ。それぞれの身分に応じて解釈は異なるだろうが、ここにいるいずれもが財宝を見ればその意味を理解するはずだ」

貪狼坊の視線がゆっくりとシュリーマンの方に戻る。しばらくシュリーマンを見つめていた。

「汝の言う通りかもしれぬ」

貪狼坊は肯き立ち上がって、黄金の経蔵に歩み寄る。

「どういうことです？」

橘藤が訊く。

「金色堂は阿弥陀堂にして葬堂。このお堂は、経蔵にして葬堂なのだ」

シュリーマンが答えると、凌之介が小さい声で「あっ」と言い、静かに堂の前に蹲《そん》踞《きょ》した。

貪狼坊は経蔵の廻縁《まわりえん》に上がる。

破軍坊、文曲坊もそれに続いて縁に膝をつき、三人で厳かに扉を開けた。

金色堂には阿弥陀如来や観音菩薩、勢至菩薩などが内陣に安置されていた。形こそ似ていたがこの経蔵には別のものが納められていた。

内陣の巻柱に囲まれて万巻の経典がびっしりと積み上げられている。外陣の巻柱に囲まれた正面には、床几に座った鎧武者がいた。

鮮やかな赤糸威《おどし》の大鎧に、天を衝く金色の鍬形の星兜。錦の籠手に守られた腕は膝の上に置かれている。

顔は透き通るように白く、細面で若々しい。薄く伸ばした髭の下の唇は、紅を塗ったように赤かった。

目は半眼。じっと虚空を見つめて篝火の光が揺れている。

経蔵の中に〝彼〟が安置されていることは予想していたが、まるで生きているような姿にシュリーマンは息を飲んだ。もしかしたら、人形なのかもしれない。

「伊予守《いよのかみ》源《みなもとの》九郎義経《くろうよしつね》公じゃ」

貪狼坊が重々しい声で言った。

生き残った摩多羅衆七人が正座をして深々と礼をした。

橘藤が経蔵の正面に駆け寄る。鎧武者の顔を見て、崩れるように平伏した。

遠藤、葛西も橘藤の後ろで平伏し、及川や捕り方までそれに倣った。深野は戸惑ったように正座した。

捕縛された黒装束の侍も居住まいを正して頭を下げた。

ある程度予想はしていたが、シュリーマンは、次々に跪《ひざまず》いていく侍達を見つめながら小さな感動を覚えていた。

たとえばイギリスであれば、騎士を自任する者はアーサー王の遺骸に対面したとき、跪き頭《こうべ》を垂れるだろう。この日本の侍たちも、同様の礼節を知っている。

陸奥屋、虎次郎、藤吉、清五郎、仙吉もまた平伏していた。

シュリーマンは義経という英雄は、この国のあらゆる階層にとって英雄なのだとあらためて感じた。

「【吾妻鏡】には閏四月三十日に泰衡公に攻められ、少輔の御寮（藤原基成）の館で自刃したと記されておるが、摩多羅衆に伝わる話は違う」貪狼坊は言った。

「文治五年閏四月二十八日。義経公は刃に伏された。義経公自らが戦《いくさ》の火種になることを憂えての自刃であったと言われている。泰衡公は義経公の遺言に従ってその御首《みしるし》を獲り、鎌倉へ送った。摩多羅衆は首実検の後に腰越《こしごえ》ヶ浦《うら》に捨てられた御首を平泉に持ち帰り、ここに葬堂を建てて阿弥陀仏を祀り、義経公の御遺体を安置した」

「これが、七百年近く前の遺体だというのか？」

シュリーマンはまるで息をしているかのような義経の顔を見つめながら言う。

「義経公の御首は長旅の間にたいそう傷んで御座《おわ》した。御体は平泉藤原氏の歴代の御館同様、秘薬バルサモペルヒヤニを用いて朽ちぬようにしてあった。摩多羅衆は胴と首を縫いつけ、それ以上傷まぬように全身に蠟《ろう》を塗った。このお顔になったのは、最近じゃ。髑髏《されこうべ》同様のお顔ではあまりにも不憫であったので、江戸で〈生き人形〉の技を学んできた摩多羅衆の一人が蠟細工で作った顔《かんばせ》を被せた」

「民衆にとって、義経は弥勒だった」シュリーマンは言った。

「いつか旅から帰り、我々を救ってくれる。その思いが長い間義経北行伝説を語り継がせたのだ。英雄は死んでいない。ただ旅をしているだけなのだと。平泉藤原氏が滅亡し、その怨霊の効果が薄れ鎌倉の圧制が進むと、救い主としての義経を渇望する思いは強くなって行く。我らを守ってくれた平泉藤原氏はもういない。しかし、我らには九郎判官義経公がいる、と」

「なるほど」橘藤は肯いた。

「しかし、常に側《そば》に仕えていた摩多羅衆にとって義経は、無惨な死をとげた主《あるじ》、一人の人間でもあった。だから成仏を願った。北行伝説は、旅という修行。そして、遺体を納めた場所は万巻の経典を納めた経蔵。修行と経典の研究――〈教観二門〉の成就です。弥勒である義経と人である義経の重なり合いがここにあるわけでございますな」

貪狼坊が話を続ける。

「平泉の戌亥、聖なるものも穢れたものも重なり合うここに、平泉藤原氏と源氏に重なり合う義経公が鎮座ましますことによって、源氏の専横を防ぐ呪《しゅ》となす。そう言い伝えられておる。また、高山であるこの場所は弥勒の御座す兜率天《とそつてん》にも近い。義経公北行の足跡に岩山、磐座が多いのも、この地〈青岩〉を指し示しておるのじゃ」

「源氏の専横を防ぐ呪《しゅ》となす。ならば、もうとっくに役割を終えているじゃないか！」ファウラーが嘲るように言った。

「もはやただの乾涸らびた木乃伊《ミイラ》だ！」

深野が訳した言葉を聞いて、貪狼坊の顔が赤く染まる。

「唐人に何が分かるか！」

刀を振り上げて斬りかかる貪狼坊を、凌之介が抱きかかえるようにして止めた。

「貪狼坊さん。諸外国は今、平泉を我が物にしようとする鎌倉と同じなのです。きっかけを作ってしまえば、それを口実に攻め寄せて来る」

「薄汚い盗人《ぬすっと》一人を斬り殺したとて情勢は変わるまい！　関東では何人もの唐人が攘夷派に討たれていると聞く」

「確かに、ファウラーさんの命は喩《たと》えれば水一滴程度のものでしょう。しかし、諸外国は最後の一滴で樽の水が溢れるのを待っているのです」

貪狼坊は歯がみをしながら刀を降ろした。

「さて、方々」凌之介が言った。

「武家の鑑、悲劇の英雄、源義経公の御遺体がここに安置されているということが広く知れ渡れば、七百年になんなんとする平安の眠《ねむ》りを妨げることになりもうす。我らは何があってもこのことを口外してはなりませぬぞ」

「侍ではないが、わたしも口外しないと誓う」

シュリーマンは言った。

「それを聞いて安堵いたしました」

陸奥屋は顔を上げて言った。いつの間にか手に持っていた小さな拳銃を懐にしまう。

「誓わなければ命はなかったか」

シュリーマンは苦笑し、凌之介に顔を向けた。

「わたしたちは、どうなる？」

「公使館の判断にお任せします。日本はあなた方を裁く権利を有していません。あなたは今のところ、居留地を無断で離れたという罪しかございませんから、お咎めも少ないでしょうが、ファウラーさんは、浪人者を使って人を殺《あや》めていますから、厳しく裁かれるでしょうね」

「君も口外しないと誓うなら、公使に減刑を嘆願してあげるよ」

シュリーマンはふてくされた顔で座り込んでいるファウラーを見た。返事はなかったが、おそらく取引に応じるだろうとシュリーマンは思った。

「あの黒装束たちは何者だ？」

「倒幕の志も高く、関東に出てきた浪人たちです。しかし、目先の欲に釣られてファウラーさんの手下になったようです。しばらく前から内偵をしていて、それとなくご注意申し上げていたのですが、残念です」

「ああ。それでファウラーを追って来たのか」

シュリーマンは得心した。

「革命の後押しをしようとしていただけだ！」

ファウラーは吐き捨てるように言う。

「高邁な理想は結構ですが、その実、横浜の日本人街では迷惑をしていたようでございますよ。無銭飲食、強請《ゆすり》、たかり。人は、一度坂道でつまずくと、止めどなく転がり落ちて行くものです。あなたは、罪なことをなさった」

「個人の品性の問題だ。東洋の猿は革命のなんたるかも知らない」

ファウラーは笑う。

「君に品性を云々する資格はない！」

シュリーマンは言った。

「その言葉、そっくりお前に返してやる。蛮族の財宝を奪う冒険家気取りでいたくせに。お前がきっかけを作ったために、何人の日本人が死んだと思う？」

シュリーマンは返す言葉を見つけられなかった。

その時、黒装束の侍の一人が口を開いた。

「一つ、願いを聞いてもらえまいか」

落ち着いた声だった。真剣な眼差しで凌之介を見つめている。

「義経公の御前に無様な姿をさらしてしまった。今までの武士らしからぬ所行、ひたすら恥じ入っておる。某に最後の情けをかけていただきたい」

他の黒装束たちも「某も」「我も」と縛られたまま凌之介の方を向き、深く頭を下げた。

「いかがいたしましょう？」

凌之介は及川の方を見る。

「事を荒立てれば、大事になりましょうな」

及川は言って、捕り方に目配せをし、出口へ向かう洞窟へ歩いていった。

「どうしたんだ？」

シュリーマンは展開を理解できず訊いた。

「無かったことにするのです」

「無かったことに……」

「諸外国相手に日本の立場が弱いことは、見識のある者であれば誰でも知っていることです。それに気づこうとしないのは一部幕閣と、いくつかの藩の藩主。奥州の諸藩も現状にしがみつこうとして御座《おわ》すようでございますが、中には及川殿のようによく物を知った者も御座います」

凌之介が話している間に、遠藤と葛西が黒装束の縛めを解いて行く。

「何をするんだ！」

シュリーマンは驚いて言った。

黒装束たちは縄を解かれると、脇差しを抜いた。

「凌之介！」

シュリーマンは凌之介の袖を摑む。

凌之介は「しっ」と言って人差し指を唇に当てた。

貪狼坊と破軍坊、文曲坊、摩多羅衆は黒装束の後に回って数珠を取りだし、腹に響く声で読経を始めた。

黒装束たちは着物の前をはだけて、迷いもなく脇差しの刃を自らの腹に突き立てた。

遠藤と葛西の刀が閃き、次々と黒装束の首を落として行く。

吹き出した血がファウラーに降りかかる。

「野蛮人！」

ファウラーは遠藤と葛西を見て悲鳴を上げた。自分の首も落とされるのだと思ったらしく、転がってその場を逃れようとする。

「なんということを」

シュリーマンは首を落とされた黒装束たちの軀を見て絶句した。

「最後は武士らしく。そういう望みでしたから。外国の方には野蛮に見えるでしょうが、これが武士の責任の取り方です。首を落とすのは介錯。苦しみを長引かせないための情けです」

凌之介は言ってシュリーマンに向き直った。

「わたしとしては、このような事態を引き起こしたあなたにも責任をとっていただきたいところです。しかし、ここであなたを斬るわけにはいかないし、日本にはあなた方を裁く権利もありません。あなたとファウラーさんについては公使館にすべてを委ねるしかない。それも、大事にならぬよう、事実を歪曲して伝えなければならないのです」

「わたしは公使にすべてを話し、厳正に処分してもらうつもりだ」

シュリーマンは言った。それ以外に自分の罪を償う術はない。

「いえ。ここでの出来事はすべて無かったことにしなければなりません。今回の件を攘夷派が耳にすれば、どう思うでしょう。外国人が攘夷派の浪人をそそのかして、罪もない修験者を斬殺させ、平泉藤原氏の財宝を奪わせようとした。外国人許すまじ。各地の外国人居留地に焼き討ちをかける口実をあたえるようなものです。もちろん、あなたとファウラーさんの命も奪われることになる。そんな事態に陥れば、諸外国はここぞとばかりに日本に軍艦を派遣し、占領してしまうでしょう」

「では、どうすればいいのだ?」

シュリーマンは途方に暮れて跪いた。

「シュリーマンさん。今回のことは公にしない方が日本にとって得策。しかし、無かったことにしてしまえば、命を落とした者たちがあまりにも気の毒。修験者の家族といえば、けっして裕福ではないはず。専業で加持祈禱を行っていた者もあれば、兼業、修行中の者もあったでしょう。大切な家族、大切な働き手を失ってしまった彼らはどうすればいいのでしょうね。あなたであれば、蛮族の死などとるにたらぬとは思わないでしょう?」

凌之介の言葉はシュリーマンの心に突き刺さった。あらためて、取り返しのつかないことをしてしまったのだと痛感した。

「黙って口を拭うわけにはいきません」陸奥屋が真剣な面もちで言った。

「家族を失った摩多羅衆の家族は、陸奥屋が責任を持って面倒をみることにいたします」

「そうですね。ベアズリー商会には、浪人者たちの家族を援助してもらいましょう」

「その折衝も、わたしが責任を持っていたしましょう」

「わたしにも遺族への補償をさせてほしい」

シュリーマンは言った。

「死んだ者はかえりませんが、家族にはせめてもの慰めになるでしょう」凌之介が溜息混じりに言う。

「家族への補償のほかにも、シュリーマンさんにはできることがあると思うのです。異文化に育った者同士はなかなか心から理解し合うことはできません。しかし、シュリーマンさんは他の外国人たちよりずっと深く日本を理解してくださったのではないかと期待しているのですが」

「少しは理解できたと思う。旅行記に生かして、誤った日本への認識を少しでも解けたら、これから日本を訪れようと思っている者たちの一助になるだろう」

「先ほど申し上げたように、この出来事を書かれるのはまずいのです」

凌之介は困った顔をして頭を掻いた。

「いや。ハインリヒ・シュリーマンは今、横浜の外国人居留地に居る。そこでの体験を書くつもりだ」

「ああ。フックスベルガーさんのことをすっかり忘れていました」

凌之介は笑った。

シュリーマンは肯く。

旅行記は、日本という国を真摯に見つめたものにしなければならない。自分の身代わりとして居留地で暮らしているフックスベルガーが見聞した事柄を、自分の視点で描き直す。

欧米の人々は、先進国人であると思い上がっている。自分も日本に触れるまではそういう欧米人の一人だった。

旅行記では、日本を正しく評価し、欧米と対等な一つの文化として論じなければならない。

そうシュリーマンは決心した。

三

雨だった。

横浜に戻って五日が過ぎていた。

シュリーマンはベアズリーホテルの一室で、旅の疲れを癒しながら、悔恨に沈む日々を過ごしている。

金銀財宝を弁財船に乗せて凱旋する夢が砕け散り、疲れ果てた身一つで横浜に戻ってきたシュリーマンをフックスベルガーは優しく迎えてくれた。

フックスベルガーは、旅の冒険譚を聞きたくて、そして、自分の体験談を話したくてたまらない様子だった。しかし、シュリーマンの様子から今はその時ではないと判断したらしい。食事時の軽い会話以外にシュリーマンに話しかけることもなく、そっとしておいてくれたのだった。

一昨日、ファウラーが急病で亡くなったという報せが入った。

ファウラーは、アメリカ公使館から『数日の間ベアズリー商会で身柄を預かるように』という命令があり、商会の建物の一室に軟禁されていたのだった。

葬儀は昨日で、シュリーマンも参列した。

病み窶《やつ》れがひどいからという理由で、遺体との最後の別れはできなかった。

死因は胃にできた悪性の腫瘍。数週間、物を食べることもできなかったと葬儀の参列者には説明された。

嘘であることは明白だったが、シュリーマンは詮索することはしなかった。

居留地の新聞〈ジャパン・ヘラルド〉にも同様の死亡記事が載った。ファウラーの犯した罪に関しての言及は一言もなかった。

自殺であったか、何者かに命を奪われたのか。

自業自得とはいえ、自分が平泉藤原氏の財宝を探そうと思わなければ、ファウラーも死なずにすんだのだと思うと、シュリーマンの気持ちは暗く沈んだ。

フックスベルガーはファウラーの件がシュリーマンの旅と関わりがあると感じているらしく、時々、心配げな視線を向けてくる。

今すぐにでも日本から逃げ出したかった。

世界漫遊の旅を再開して、この重い気分を払拭したい。

だが、アメリカへ向かう蒸気船の出港はまだしばらく先である。

連日の雨で、外を出歩く気分にもなれない。

シュリーマンは窓辺の机に座って、ノートを広げ、泡のように浮かんでくる文章の断片をしたためる。

窓からは雨に煙る居留地の景色が望めた。

豪壮な石造りの建物が建ち並ぶヨーロッパの街に比べれば、極めて貧弱である。雨雲に押しつぶされたような木造平屋の家並み。二階建て、三階建ての建物は希《まれ》で、背の高い建築物と言えば火《ひ》の見櫓《みやぐら》くらいのものだ。

時折雨雲が切れて陽が差しても、それを反射するガラス窓はない。

日本の文化は欧米よりもかなりたちおくれている。

いや、もしかすると文化が遅れているのではなく、頑なに障子の文化を守っているのかもしれない。

町並みの統一のとれた美しさや、行き交う人々の清潔さを見ると、〝遅れた文化〟というよりも〝異なる文化〟と評した方が正しいのではないかと思えてきた。

ヨーロッパとはまったく異なる理念で造り上げられた都市、国なのだ。少なくとも、日本は征服すべき野蛮な国ではない。

だが、欧米の国々にとって日本は蛮族の国には変わりない。いずれ列強に虐げられ、教化され、搾取されて、清国の人々のように狡《こす》っ辛《から》く生きていくようになる運命なのかも知れない。

ノートの上を走るペンは日本と欧米の文化の比較論になると、滑るように動いた。しかし、集中力は雨が瓦屋根を打つ音に吸い込まれ、青岩の洞窟での出来事がありありと眼前に浮かんでくる。

瞬きをして幻影を追い払うと、静かに降る雨の向こうに横浜の街が霞んでいる。番傘の丸が通りを流れて行く。左を流れて行く番傘と右を流れてくる番傘の動きがすれ違う。すれ違うときに、双方の傘がそっと傾けられる。日本人の気配りがよくあらわれた所作だった。

二つの傘が流れを離れて、ベアズリーホテルに向かって進んでくる。

傘は玄関ポーチの屋根の下に消えた。

階下から微かにノッカーの音が聞こえた。

しばらくすると、階段を上ってくる音が聞こえ、扉が叩かれた。

「シュリーマンさん」とフックスベルガーの声が聞こえた。

「外国奉行所の役人が来ています」

シュリーマンの心臓の拍動が速くなった。

「すぐ行く」

机を離れてドアを開けた。

フックスベルガーが硬い表情で廊下に立っていて、「逃げるなら裏口へ」と言った。

「大丈夫だよ」

シュリーマンは言って階段を下りた。

ボーイが一階の食堂の入り口に立っていて、シュリーマンの姿を見ると、扉を開けた。

食堂には一人の中年の侍と草間凌之介がテーブルについていた。

中年の侍は凌之介の上司であろうか。削ぎ落としたような頬の痩せた男で、鋭い一重の目をしている。

「外国奉行与力、佐藤《さとう》宗右衛門《そうえもん》にござる」

中年の侍が会釈しながら言った。英語だった。

「フックスベルガーさんもこちらへ」

凌之介が、心配げな顔で食堂の入り口に立っているフックスベルガーに声をかける。

フックスベルガーは怯えた顔でシュリーマンの横の席に座った。

「今日はどのようなご用件で？」

シュリーマンは日本語で訊いた。

「ほう。日本語をお話しになる」

佐藤が感心したように言う。

「日本に来てから学びました」

「ご不自由でしょうから、お国の言葉でお話しになって構いません。拙者の英語は片言にございますが、通弁がおりますゆえ」

佐藤は湊之介を見る。湊之介は無言のまま会釈した。

「いえ。言葉というものは使わないとどんどん忘れていくものです。せめて日本にいる間は使っていたいと思います」

「そうですか。勉強熱心な方だ」

佐藤は微笑して肯いた。佐藤の英語はけっして片言ではなかった。日本人特有の謙遜なのか、それとも何か意図があるのか。

フックスベルガーが不安を隠しきれない表情で訊いた。

「あの、ご用件はファウラーさんのことに関わってですか？」

「いえ。今日はご挨拶に」

佐藤は無表情に言う。

シュリーマンが日本に来て、もう一月近い。今更、挨拶というのも変な話である。

凌之介は平泉での出来事をどこまで佐藤に報告しているのか——。それが分からず不安だった。

凌之介の顔を見ても表情からは何も読みとれない。彼からは『何があっても平泉にはいなかったということで押し通してください』と言われている。

ともかく、芝居を続けるしかない。

ボーイが紅茶を持って現れた。

シュリーマン、フックスベルガー、佐藤、凌之介の前にカップを置き、銀のポットから紅茶を注いでゆく。

「これからのご予定は？」

佐藤がカップを口に運ぶ。

「世界漫遊を完結させるためにアメリカへ」

「いつ頃になりましょうか？」

「カリフォルニアへの蒸気船が出るのはしばらく先のようです」

「それまでは、横浜に御滞在でございますか」佐藤はカップを置いて、シュリーマンとフックスベルガーを交互に見た。

「いや、それにしても、よく似ていらっしゃる。そして、お二人ともよく陽に焼けていらっしゃる。フックスベルガー殿は来日された日から腹病みでずっと伏せっておいでだとうかがいましたが」

「ここ数日はだいぶよくなりましたので、街に出歩いていますよ」

フックスベルガーは口ごもりながら答える。

「ここ数日――。しかし、フックスベルガー殿は良い傘をお持ちのようで」

「国から持ってきた傘を使っています。黒い布張りの。しかし、雨水を吸うと重くてかないませんよ。日本の油紙でできた傘の方が軽い」

「いやいや。そうではありません。あなたの傘は雨の日でも陽が差す傘であるようだと申し上げているのです。部屋に閉じ籠もりっぱなしで、ここ数日は雨続き。しかし、あなたはまるで日々〈遊歩〉にはげんでいらしたようによく陽に焼けていらっしゃる」

佐藤は細い目をさらに細めてフックスベルガーを見た。

フックスベルガーはハッとした顔をして頰を撫でた。

「清国を旅している間に陽に焼けたのです」

シュリーマンが答えた。

「シュリーマン殿の方がよく焼けていらっしゃいますな」

「よく出歩きましたから」

「連日の雨でございましたから、難儀なさいましたでしょう」

「いい傘を持っていますので特には」

「なるほど」佐藤は唇の端を歪めて微笑む。

「で、シュリーマン殿は我が国の貧しい者に身をやつして冒険をなさいましたか」

シュリーマンは佐藤に言い当てられて驚いたが、平然とした表情を崩さずに答える。

「いえ。遊歩の決まりに従って小旅行をしただけです」

「そうは思えませんな。道無き道を歩く旅をなさった様子。斜面のきつい森の中ですな。それも関東から離れた場所、おそらく陸奥《みちのく》を旅したのでございましょう」

「佐藤さま」凌之介が口を開く。

「そういう旅をしたのはファウラーさんであって、シュリーマンさんではございません」

佐藤は右手を上げて凌之介を制す。

「凌之介の報告を疑っておるのではない。今、目に見えているものを確かめているだけじゃ」

「何が見えていると仰る?」

シュリーマンは訊いた。

「まず、あなたの首の赤みです。最近、粗い繊維で織った固い着物をおめしになっていたようですな。襟が擦れて首に軽い擦過傷ができているのです。傷の高さはあなたの着るシャツのカラーより低い。日本の着物の襟と同じ高さです。ある程度の富を持つ者は、肌が擦れるほど固い布の着物は着ません。また、道無き道を歩いた証はその手の傷です。それは、森の下生えの笹を握ったときに出来るもの。笹を握って体を支えなければならないような場所を歩いたのでしょう」

「関東から遠い場所を旅したというのは?」

「今は梅雨時に御座います。何日も陽が出ることは少ない。しかし、不思議なもので関東で雨が降っていても北、あるいは南の国では好天が続くということもございます。あなたの日焼けは雨続きの関東から離れた場所を旅した証ではないかと思ったのです。凌之介の報告で、奥州は好天続きであったとのこと」

シュリーマンは佐藤の観察眼に舌を巻いたが、ここでそれを認めてしまうわけにはいかない。

「首が擦れているのはカラーへの糊付けがきつすぎたからです。シャツのカラーはウイング型ばかりではなく、日本の着物の襟くらいの高さのものもありますからね。それにわたしは陽に焼けやすい体質ですから、少しの陽光でも真っ黒になります。掌の傷は暇つぶしにホテルの草むしりを手伝ったからです」

「なるほど。理屈は通りますな」

と言いながらも佐藤の顔には納得とはほど遠い表情が浮かんでいた。

「では、あと一つ。フックスベルガー殿の腹病みは、医者に診てもらったのでございましょうか？」

「いや……」

フックスベルガーは首を振る。

「半月以上もふせっていて、医者にも診てもらわなかったのですか？」

「わたしは多少、医術の心得がありますので」シュリーマンが言う。

「わたしが投薬、看病をいたしました。ただの食あたりでしたからね。梅雨時です。食べ物がアメやすい時期ですから」

凌之介の表情が動いた。

「アメやすい――。その言葉、奥州の訛ですな」

佐藤が静かに言った。

「陸奥屋がお世話のためによく顔を出しておりましたから」凌之介が口を挟む。

「訛がうつってしまったのでございましょう」

「汝は黙っておれ」

佐藤は語気鋭く言い放った。

「失礼つかまつりました」

凌之介は肩をすくめる。

青岩の洞窟で見せた勇ましさは影を潜め、まるで教師に叱られた少年のようなその姿をシュリーマンは意外に思った。

佐藤はじっとシュリーマンを見つめる。

その鋭い眼光に負けまいと、シュリーマンも佐藤を見つめた。

「その様子ならば、日本に逗留中は、日本語を話さぬ事が肝要と存ずる」佐藤は言いながら椅子を立った。

「某は凌之介の報告を全面的に信用しておりまする。したがって、何の詮索もいたし申さぬ。世の中、詮索せぬ方がよいこともございますれば」

シュリーマンはどう反応したらよいか判断が付かず、黙ったまま佐藤の視線を受け止めていた。

「アメリカ公使殿はファウラー殿の病死で一件落着と考えて御座すようにございます。しかし、貴殿が出国なさらぬうちは安心できもうさぬ事態ではなかろうかと、拙者は思っておりまする。貴殿の言動によっては、拙者や草間が腹を斬っただけではすまぬことになるやもしれぬと思い、今日は〝試し〟に参ったしだいにございます」

「その〝試し〟に、わたしは合格したのでしょうか？」

「いや。不合格にござる」佐藤は首を振りながら立ち上がる。

「アメリカ行きの蒸気船の出港はまだまだ先。しかし、三日、四日後にございましたかなぁ。イギリスの帆船エイボン号がサンフランシスコへむけて出港いたします。それにお乗りめされ」

一礼して出口に歩きかけ、立ち止まって振り返った。

「シュリーマン殿。貴殿は日本がお好きか？」

「はい。とても」

「好きであっても、二度とこの地に足を踏み入れてはなりませぬぞ」

「承知しています」

「結構。こういう出会いとなってしまって残念にござる」

言って佐藤は食堂を出ていった。凌之介も後に続く。

シュリーマンは凌之介に声を掛けようとした。しかし凌之介は小さく首を振ってそれを拒んだ。

シュリーマンとフックスベルガーはベアズリーホテルの玄関に立って、佐藤宗右衛門と草間凌之介を見送った。

『こういう出会いになって残念だ』と言った佐藤の言葉は、あながち社交辞令だけではなかったように思う。

凌之介とも、もう少し話がしたかった。

しかし、二人はシュリーマンの思いを拒絶するかのように、一度も振り返らず傘を開き、ホテルの前を歩み去った。

雨が降り続く通りを、二つの傘が見えなくなるまで、シュリーマンは玄関ポーチに立っていた。

＊

七月四日。シュリーマンはイギリスの帆船エイボン号に乗り、サンフランシスコへ向かった。

シュリーマンは船旅の間、フックスベルガーが横浜外国人居留地で過ごした一ヵ月間の体験を聞き、旅行記の草稿を書き起こした。

シュリーマンの著した「La Chine et le Japon au temps présent（現代の清国と日本）」は、日本を離れた四年後、一八六九年にパリで刊行される。

シュリーマンはこの著書において日本を「完璧な秩序をもった国である」と評した。

【現代の清国と日本】は欧米と清国、そして日本の文化を対比させて描かれているが、欧米文化の優越性を論じることなく、かえって極東の小国の文化の方が優れているという言及さえある。また、清国に対しては辛辣な批判を加えているのにもかかわらず、日本の文化にはまったく舌鋒の鋭さがないのである。

日本に対しての痛烈な批判は、専ら幕府の政策に向けられており、下部組織に位置する侍や、支配される側の庶民に対しては最大限の讃辞を記したのだった。

〔主要参考文献〕

『シュリーマン旅行記　清国・日本』ハインリッヒ・シュリーマン　石井和子訳　講談社学術文庫
『シュリーマン　トロイア発掘者の生涯』エーミール・ルートヴィヒ　秋山英夫訳　白水社
『トロイアの秘宝　その運命とシュリーマンの生涯』キャロライン・ムアヘッド　芝優子訳　角川書店
『現代語訳　吾妻鏡』五味文彦・本郷和人〔編〕　吉川弘文館
『吾妻鏡』龍肅訳註　岩波文庫
『図説　岩手県の歴史』細井計　責任編集　河出書房新社
『菅江真澄遊覧記』菅江真澄　内田武志・宮本常一編訳　東洋文庫
『角川日本地名大辞典　3　岩手県』角川書店

鹿合・泉前沢へ
奥大道
長者原廃寺跡
衣川
泉ケ城跡
坂下
衣川
金色堂
宮小路
高館
北
上
川
中尊寺寺中
平泉之庁跡
無量光院跡
花立廃寺跡
加羅御所跡
観自在王院跡
白山日枝神社
平泉
毛越寺跡
毛越寺諸坊
西方鎮守
北野天神
奥大道
鎌倉へ
太田川
南方鎮守
祇園社
王子諸社
0
500
1000m

都市平泉推定図

解説

細谷正充
（文芸評論家）

平谷美樹の快進撃が止まらない。いや、より正確にいうなら、歴史・時代作家としての平谷美樹の快進撃が止まらないである。わざわざ〝歴史・時代作家〟という肩書を付ける理由は何か。作者がＳＦ作家として知られているからだ。

二〇〇〇年にＳＦ長篇『エンデュミオン エンデュミオン』でデビューした作者は、同年、『エリ・エリ』で第一回小松左京賞を受賞する。どちらも宇宙を舞台に、人類と神をテーマとした、壮大なスケールの作品であった。以後、ＳＦとホラーを中心に、次々と作品を発表。そんな作者が本格的に歴史・時代小説に乗り出したのが『義経になった男』である。二〇〇八年一〇月から一〇年九月にかけて「河北新報」に連載し（連載時「沙《さ》棗《そう》――義経になった男」）、一一年六月にハルキ文庫から全四巻で刊行された。義経の影武者となった主人公の数奇な運命と、奥州の民の誇りを高らかに謳い上げた、歴史伝奇小説の大作だ。二〇〇五年、岩手日報社が発行している「北の文学」（五一号）に、『義経になった男』の原形となった短篇「北へ」を掲載しているが、作者の歴史・時代小説が大きく注目されたのは、『義経になった男』からである。

だが、あらためて振り返ってみれば、作者が歴史・時代小説に向かう予兆はあった。時間テーマSFの『ノルンの永い夢』や、縄文時代へのこだわりを強く打ち出した『呪海』『壺空』『精霊のクロニクル』等の作品では、歴史のパースペクティブの中から、SF用語でいうところの〝センス・オブ・ワンダー〟が伝わってきた。歴史への眼差しは、早くから培われていたのだ。しかも作者は、ジャンルに拘泥《こうでい》しない。カッパ・ノベルス版『呪海』の「あとがき」で、

「ぼくはSF作家としてデビューした。筆を折るまでSF作家で居続けるつもりである。

しかし、ぼくの中に湧き上がる《物語》たちは、SFに限らない。ホラーであったり、他愛のない日常をつづるものであったり、ミステリーであったり」

「小説は、執筆されることによって、その物語が求めるジャンルに収束していくわけ

である。だから、SF作家が描くホラーが出来上がったり、SF作家が描くアウトドア小説が出来上がったりする」

と、述べているのである。歴史・時代小説というジャンルに踏み込んだのも、自身の裡《うち》に湧き上がる物語に、身を委ねた結果なのだ。しかもこれを機に、作者は歴史・時代小説への傾注を深めていく。二〇一一年一月に刊行された、井上雅彦監修のオリジナル・ホラー・アンソロジー『江戸迷宮――異形コレクション』に、津軽の言葉で占い師を意味する〝ゴミソ〟を主人公にした「萩供養」を寄稿。翌一二年八月には、その「萩供養」を収録した連作短篇集『萩供養　ゴミソの鐵次 調伏覚書』を出版した。同時期に電子出版で、『荻供養』に登場する少女イタコ・百夜を主人公にした「百夜・百鬼夜行帖」シリーズの連載も始まっている。やや時期は前後するが、同年四月からは、全一〇巻の予定の時代ロマン『風の王国』の出版も開始。また五月に上梓された『ユーディットXIII』は、第二次世界大戦下のヨーロッパを舞台にした冒険小説であった。歴史・時代小説の範疇《はんちゅう》には入らぬが、やはり過去の時代を扱っていることに留意したい。そして今、新たなる時代小説『藪の奥――眠る義経秘宝』が、講談社文庫から書き下ろしで刊行されたのである。まさに怒濤の勢いといっていいだろう。

本書の主人公は、ヨハン・ルートヴィヒ・ハインリヒ・ユリウス・シュリーマン。そう、トロイア遺跡を発掘し、世界中に名を轟《とどろ》かせた、あのシュリーマンである。だが、物語の時間軸はトロイア遺跡発掘の以前だ。巨万の富を築いた商人のシュリーマンは、歴史研究を道楽としていた友人の死後、彼が奥州平泉の秘宝について調べていたことを知った。かつての奥州藤原氏の繁栄を見れば、『吾妻鏡』に記述されている以上の宝が、どこかに秘匿されている可能性が高い。トロイア遺跡の前哨戦として、藤原氏の秘宝を入手しようとしたシュリーマンは、商売を畳み、世界漫遊の途次に立ち寄ったふりをして、横浜に降り立った。本来、外国人であるシュリーマンは、横浜から遠く離れることはできないが、影武者を仕立てて乗り切った。商人の陸奥屋《むつや》舷兵衛《げんべえ》の協力により、博覧強記の橘藤実景《きつとうさねかげ》、通弁の深野信三郎、用心棒の勇魚《いさな》の虎次郎といった同行者も得た。現地での摩擦を避けるため、アイヌに化けて、平泉を調査するシュリーマン。しかしその行く手には、思いもかけない出来事が待ち構えていた。

日本には、数々の秘宝伝説や、埋蔵金伝説がある。源氏によって滅ぼされた藤原氏の秘宝伝説も、そのひとつといえよう。作者の手柄は、その藤原氏の秘宝を追求する人物に、シュリーマンを持ってきたことだ。組み合わせの妙というべきか。これだけで、どのような物語なのかと、本書を読みたくなってしまうのである。

でも、よく考えてみると、これほど宝探しに御誂《おあつら》え向きな人物もいない。なにしろ本書の数年後、トルコでトロイア遺跡を発掘してしまったのだから。当時、トロイアの実在が信じられていなかったというのは、シュリーマンの誇張のようだが、それでも偉業といっていい。なるほど、シュリーマンならば、藤原氏の秘宝を発見できるのではないかと、期待してしまうのだ。

ところで、こうした宝探し小説の面白さは、秘宝を探す過程にある。本書も、その点に紙幅が割かれている。藤原氏による平泉の都市計画や、現地の調査を元に、シュリーマンは奥州に栄えた都市が〝貴族も賤民も、聖なるものも穢《けが》れたものも混じりあい、重なり合って存在する〟ある種の理想郷であったことを確信(『義経になった男』を既読の人ならば、シュリーマンの想像した理想郷・平泉が正解であったことが、すぐに分かる)。そして、それを巨大に敷衍《ふえん》することで、秘宝の在処《ありか》にたどり着こうとするのだ。

これに関連して目を向けたいのが、シュリーマンがアイヌに化けるという設定だ。当時の西洋人の常として、シュリーマンは日本人を、自分たちよりも劣った人種として蔑視している。その日本人が、自分たちより劣った人種として蔑視しているのがアイヌだ。つまりはシュリーマン自身が、西洋人とアイヌ――蔑視する側とされる側の混じりあった存在として屹立《きつりつ》することになるのだ。かつての平泉の都市像と、自分の立場により、シュリーマンは日本及び日本人に対する見方を変えていく。その変化も、本書の重要な読みどころなのである。

ついでに付け加えるならば、これは幕末の日本だけの問題ではない。勝ち組と負け組。上流と下流。ある登場人物が「蛮族と文明人の間に底なしの峡谷があるように、持つ者と持たざる者の間にも同様の隔たりがあるんだよ」というが、長引く不況を背景にして現在の日本人も二極分化され、互いを蔑視する傾向が強まっているのだ。でも、そんな感情を抱いていて、未来を切り拓くことはできない。シュリーマンが変わったように、今の日本人も変わってほしい。作者の切実な祈りが、ここに込められているのだ。

さて、シュリーマン一行が秘宝に近づくにつれ、秘宝を守る修験者たちや、その修験者を襲う謎の一団が入り乱れ、ストーリーはヒートアップ。意外な展開の果てに、ついに秘宝にたどり着く。そこで明らかになる秘宝の正体だが、なぜ本書のサブタイトルが「眠る藤原氏秘宝」ではなく「眠る義経秘宝」なのか判明する。その意味は……おっと、ここから先は書く訳にはいかない。代わりに、宮崎駿監督の劇場アニメ

『ルパン三世 カリオストロの城』で、カリオストロ公国に隠された秘宝を明らかにしたルパン三世がいうセリフ「まさに人類の宝ってやつさ。俺のポケットには、大きすぎらぁ」を引用しておこう。本書の秘宝も、そのようなものである。そしてそれは、岩手県に生まれた奥州の民である作者だからこそ生み出せた、大切なものであるのだ。

最後に本書のタイトル『藪の奥』に触れておこう。これは、芥川龍之介の短篇「藪の中」を意識したと思われる。周知の事実だが「藪の中」は、殺人と強姦事件を巡り、関係者と目撃者が証言をするが、ことごとく食い違い、何が真実か分からないという物語だ。作品は大きな話題となり、以後、真相のはっきりしない事柄を指して〝藪の中〟といわれるようになった。実在するのかどうかも分からない藤原氏の秘宝を探し、人殺しまで起きてしまう一連の流れを、作者は「藪の中」に擬したのであろう。

さらに『藪の奥』の〝奥〟は、言葉通りの意味であると同時に、奥州の意味も掛けているはずだ。作者は奥州の秘宝という〝藪の中〟を、物語の力を使って掻き分け、ひとつの魅力的な真実を導き出したのである。

〝歴史・時代作家〟平谷美樹の快進撃が止まらない。〝SF作家〟平谷美樹ファンには申し訳ないのだが、これからも続々とスケールの大きな歴史・時代小説を書き続けてもらいたいものである。なに、歴史・時代小説だって、作者のセンス・オブ・ワンダーは健在だ。ジャンルに拘泥することなく〝エンターテインメント作家〟平谷美樹の作品を楽しもうではないか。

本書は文庫書下ろし作品です。

|著者| 平谷美樹　1960年岩手県生まれ。大阪芸術大学卒業。2000年6月、『エンデュミオン エンデュミオン』でデビュー。同年、長篇SF『エリ・エリ』で第1回小松左京賞を受賞。著書には『ユーディットXIII』、〈エリ・エリ〉三部作を形成する『レスレクティオ』『黄金の門』の他、『運河の果て』、『ノルンの永い夢』、『約束の地』、『ヴァンパイア 真紅の鏡像』、『君がいる風景』、《聖天神社怪異縁起》シリーズ『呪海』『壺空』、『銀の弦』など。『義経になった男㈠〜㈣』や《風の王国》シリーズは独特の世界観を持った時代小説として注目されている。

藪《やぶ》の奥《おく》　眠《ねむ》る義経《よしつね》秘宝《ひほう》

平《ひら》谷《や》美《よし》樹《き》

講談社文庫

定価はカバーに
表示してあります

2012年12月14日第1刷発行

発行者――鈴木　哲

発行所――株式会社　講談社

東京都文京区音羽2-12-21　〒112-8001

電話　出版部　(03) 5395-3510
　　　販売部　(03) 5395-5817
　　　業務部　(03) 5395-3615

Printed in Japan

デザイン―菊地信義

本文データ制作―講談社デジタル製作部

印刷―――豊国印刷株式会社

製本―――株式会社若林製本工場

ISBN978-4-06-277425-3

講談社文庫刊行の辞

二十一世紀の到来を目睫に望みながら、われわれはいま、人類史上かつて例を見ない巨大な転換期をむかえようとしている。

世界も、日本も、激動の予兆に対する期待とおののきを内に蔵して、未知の時代に歩み入ろうとしている。このときにあたり、創業の人野間清治の「ナショナル・エデュケイター」への志を現代に甦らせようと意図して、われわれはここに古今の文芸作品はいうまでもなく、ひろく人文・社会・自然の諸科学から東西の名著を網羅する、新しい綜合文庫の発刊を決意した。

激動の転換期はまた断絶の時代である。われわれは戦後二十五年間の出版文化のありかたへの深い反省をこめて、この断絶の時代にあえて人間的な持続を求めようとする。いたずらに浮薄な商業主義のあだ花を追い求めることなく、長期にわたって良書に生命をあたえようとつとめるところにしか、今後の出版文化の真の繁栄はあり得ないと信じるからである。

同時にわれわれはこの綜合文庫の刊行を通じて、人文・社会・自然の諸科学が、結局人間の学にほかならないことを立証しようと願っている。かつて知識とは、「汝自身を知る」ことにつきていた。現代社会の瑣末な情報の氾濫のなかから、力強い知識の源泉を掘り起し、技術文明のただなかに、生きた人間の姿を復活させること。それこそわれわれの切なる希求である。

われわれは権威に盲従せず、俗流に媚びることなく、渾然一体となって日本の「草の根」をかたちづくる若く新しい世代の人々に、心をこめてこの新しい綜合文庫をおくり届けたい。それは知識の泉であるとともに感受性のふるさとであり、もっとも有機的に組織され、社会に開かれた万人のための大学をめざしている。大方の支援と協力を衷心より切望してやまない。

一九七一年七月

野間省一

講談社文庫 最新刊

重松 清
十字架
いじめで自ら命を絶った少年。のこされた人の魂の彷徨を描く吉川英治文学賞受賞作。

はやみねかおる
都会《まち》のトム&ソーヤ(3)〈いつになったら作戦《ミッション》終了?〉
頭脳明晰《めいせき》な創也《そうや》、自称普通の中学生の内人《ないと》の冒険とコメディ満載学園ストーリー第3弾!

田牧大和
翔《と》ぶ梅〈濱次お役者双六 三ます目〉
濱次《はまじ》にまさかの引き抜き話が。「縁《よすが》」など全3編の濱次シリーズ第三弾。〈文庫オリジナル〉

朝井まかて
ちゃんちゃら
江戸の庭師一家「植辰《うえたつ》」で修業中の元浮浪児「ちゃら」。その成長を描く、爽快時代小説。

石井睦美
キャベツ
中二で一家の主婦がわりとなったぼく。いびつだけれど愛すべき、家族の日常と恋を描く。

平谷美樹《よしき》
藪の奥〈眠る義経秘宝〉
探検家シュリーマンが「黄金郷平泉」の地図を手に抱く一攫千金の夢。〈文庫書下ろし〉

大江健三郎
水死
終生の主題に挑む老作家と女優の協同作業の行方。「森」の神話と現代史を結ぶ長編小説。

酒井順子
こんなの、はじめて?
年若い人を仕切る、叱る、奢《おご》る。大人の初体験のあれこれを綴《つづ》る週刊現代人気連載第5弾。

森 博嗣
目薬 α《アルファ》で殺菌します〈DISINFECTANT α FOR THE EYES〉
真っ暗闇に倒れていた変死体が握り締めていたのは目薬「α」。純化し続けるGシリーズ。

リー・チャイルド
小林宏明 訳
新装版 キリング・フロアー(上)(下)
全米マスコミの絶賛を浴びたジャック・リーチャー・シリーズ第一作。アンソニー賞受賞作。

パトリシア・コーンウェル
池田真紀子 訳
血霧(上)(下)
9年前に起きた一家惨殺事件の証拠からドーンのDNAが!「検屍官」シリーズ最新作。

講談社文芸文庫

遠藤周作

遠藤周作短篇名作選

遠藤周作の純文学長篇小説の源泉となる短篇十二篇と、単行本未収録作品を新編集。遠藤の文学・人生・宗教観をこの一冊でわかるように凝縮させた珠玉の作品集。

解説=加藤宗哉

えA8

978-4-06-290179-6

岩阪恵子

木山さん、捷平さん

長い不遇の時を過ごしながらも、飄逸としたユーモアを湛えた反俗の私小説作家。いまなお読者を魅了してやまない木山捷平への敬愛を込めて綴る、傑作長篇評伝。

解説=蜂飼耳

いF3

978-4-06-290181-9

木山捷平

落葉・回転窓

木山捷平純情小説選

市井の人として日常に慈しみを含む視線を向けていた木山捷平。短篇の名手であった彼の真骨頂ともいえる、さりげない男女の出会いと別れの数々を編纂した作品集。

解説=岩阪恵子

きC12

978-4-06-290182-6

講談社文庫　目録

東野圭吾　変　身
東野圭吾　仮面山荘殺人事件
東野圭吾　天使の耳
東野圭吾　ある閉ざされた雪の山荘で
東野圭吾　同級生
東野圭吾　名探偵の呪縛
東野圭吾　むかし僕が死んだ家
東野圭吾　虹を操る少年
東野圭吾　パラレルワールド・ラブストーリー
東野圭吾　天空の蜂
東野圭吾　どちらかが彼女を殺した
東野圭吾　名探偵の掟
東野圭吾　悪　意
東野圭吾　私が彼を殺した
東野圭吾　嘘をもうひとつだけ
東野圭吾　時　生
東野圭吾　赤い指
東野圭吾　流星の絆
東野圭吾　新装版　浪花少年探偵団

東野圭吾　新装版　しのぶセンセにサヨナラ
東野圭吾作家生活25周年祭り実行委員会　東野圭吾公式ガイド〈読者1万人が選んだ東野作品人気ランキング発表〉
広田靚子　イギリス花の庭
姫野カオルコ　ああ、懐かしの少女漫画
日比野　宏　アジア亜細亜　無限回廊
日比野　宏　アジア亜細亜　夢のあとさき
日比野　宏　夢街道アジア
平山壽三郎　明治おんな橋
平山壽三郎　明治ちぎれ雲
火坂雅志　美食探偵
火坂雅志　骨董屋征次郎手控
火坂雅志　骨董屋征次郎京暦
平野啓一郎　高　瀬　川
平野啓一郎　ド　ー　ン
平山　譲　ありがとう
平田俊子　ピアノ・サンド
ひこ・田中　新装版　お引越し
平岩正樹　がんで死ぬのはもったいない
百田尚樹　永遠の0《ゼロ》

百田尚樹　輝　く　夜
百田尚樹　風の中のマリア
百田尚樹　影　法　師
ヒキタクニオ　東京ボイス
平田オリザ　十六歳のオリザの冒険をしるす本
ビッグイシュー　枝元なほみ　世界一あたたかい人生相談
久生十蘭　久生十蘭「従軍日記」
東　直子　さようなら窓
平敷安常　キャパになれなかったカメラマン(上)(下)〈ベトナム戦争の語り部たち〉
樋口明雄　ミッドナイト・ラン！
平谷美樹　藪の奥〈眠る義経秘宝〉
藤沢周平　義民が駆ける
藤沢周平　新装版　春秋の檻〈獄医立花登手控え(一)〉
藤沢周平　新装版　風雪の檻〈獄医立花登手控え(二)〉
藤沢周平　新装版　愛憎の檻〈獄医立花登手控え(三)〉
藤沢周平　新装版　人間の檻〈獄医立花登手控え(四)〉
藤沢周平　新装版　闇の歯車
藤沢周平　新装版　市塵(上)(下)
藤沢周平　新装版　決闘の辻

講談社文庫　目録

講談社文庫　目録

松本清張　草の陰刻
松本清張　黄色い風土
松本清張　黒い樹海
松本清張　連環
松本清張　花氷
松本清張　遠くからの声
松本清張　ガラスの城
松本清張　殺人行おくのほそ道(上)(下)
松本清張　塗られた本
松本清張　熱い絹(上)(下)
松本清張　邪馬台国 清張通史①
松本清張　空白の世紀 清張通史②
松本清張　カミと青銅の迷路 清張通史③
松本清張　天皇と豪族 清張通史④
松本清張　壬申の乱 清張通史⑤
松本清張　古代の終焉 清張通史⑥
松本清張　新装版大奥婦女記
松本清張　新装版増上寺刃傷
松本清張　新装版 彩色江戸切絵図
松本清張　新装版 紅刷り江戸噂
松本清張他　日本史七つの謎
松谷みよ子　ちいさいモモちゃん
松谷みよ子　モモちゃんとアカネちゃん
松谷みよ子　アカネちゃんの涙の海
眉村卓　ねらわれた学園
丸谷才一　恋と女の日本文学
丸谷才一　闊歩する漱石
丸谷才一　輝く日の宮
麻耶雄嵩　翼ある闇〈メルカトル鮎最後の事件〉
麻耶雄嵩　夏と冬の奏鳴曲《ソナタ》
麻耶雄嵩　木製の王子
松浪和夫　摘出
松浪和夫　非常線
松浪和夫　核の柩
松浪和夫　警官魂〈激震篇〉〈反撃篇〉
松井今朝子　仲蔵狂乱
松井今朝子　奴《やっこ》の小万《こまん》と呼ばれた女
松井今朝子　似《に》せ者《もん》
松井今朝子　そろそろ旅に
町田康　へらへらぼっちゃん
町田康　つるつるの壺
町田康　耳そぎ饅頭
町田康　権現の踊り子
町田康　浄土
町田康　猫にかまけて
町田康　真実真正日記
町田康　宿屋めぐり
町田康　猫のあしあと
舞城王太郎　煙か土か食い物〈Smoke, Soil or Sacrifices〉
舞城王太郎　世界は密室でできている。〈THE WORLD IS MADE OUT OF CLOSED ROOMS〉
舞城王太郎　九十九十九
舞城王太郎　熊の場所
舞城王太郎　山ん中の獅見朋成雄《しみともなるお》
舞城王太郎　好き好き大好き超愛してる。
舞城王太郎　NECK《ネック》
舞城王太郎　SPEEDBOY!
舞城王太郎　獣の樹

講談社文庫　目録

2012年12月15日現在